KB002686

# 막장 악역이 되다

크레도 퓨전 판타지 장편소설
WISHBOOKS FUSION FANTASY STORY

 4

크레도 퓨전 판타지 장편소설

초판 1쇄 찍은 날 | 2020년 2월  7일
초판 1쇄 펴낸 날 | 2020년 2월 14일

지은이 | 크레도
펴낸이 | 권태완 우천제

기획 | 위시북스
편집책임 | 한준만
편집 | 위시북스

펴낸곳 | ㈜케이더블유북스
등록번호 | 제25100-2015-43호
등록일자 | 2015. 5. 4
KFN | 제2-19호

주소 | 서울시 구로구 디지털로31길 38-9, 401호
전화 | 070-8892-7937 팩스 | 02-866-4627
E-mail | fantasy@kwbooks.co.kr

ISBN 979-11-293-4836-4 04810
      979-11-293-4389-5 (set)

Wish Books
막장 악역이 되다
크레도 퓨전 판타지 장편소설
WISHBOOKS FUSION FANTASY STORY
4

# 막장 악역이 되다

# ⋆ CONTENTS ⋆

| | | |
|---|---|---|
| **Chapter1** 깨달음 | | 7 |
| **Chapter2** 부하 | | 47 |
| **Chapter3** 군주란? | | 135 |
| **Chapter4** 평화로운 국제 대회 | | 199 |
| **Chapter5** 악역 | | 257 |

# ♦ Chapter1 ♦
## 깨달음

"그래서 어떻게 되었나요?"

"궁금합니다."

엘프들이 반짝이는 눈동자로 총지배인을 바라보았다.

"허허, 그때 주인님께서 나타나셔서……."

총지배인의 말은 굉장한 흡입력이 있었다. 그는 인자한 미소를 지으면서 이야기를 풀었는데, 전개가 환상적이었다. 파도처럼 몰아치기도 하고 호수처럼 잔잔하기도 했다. 강조할 부분, 쉬어갈 부분이 너무나 매끄럽게 연결되어 엘프들의 혼을 쏙 빼놓았다. 엘론티에 소문이 나서, 지구에 가지 않더라도 총지배인의 이야기를 듣기 위해 온 엘프들도 많아지기 시작했다. 허영도 마찬가지였다.

'역시 대단한 군주였군.'

허영은 침을 꿀꺽 삼켰다. 이만한 것이 다행이었다. 괴롭기는 하지만 바깥 공기를 마시면서 활동하고 있지 않은가!

고위 마족 따위에게 설설 기는 굴욕을 당하고 있지만, 그냥 윗사람이라고 인정하니 마음이 편했다.

"오늘은 여기까지 하겠습니다. 다들 돌아가서 배운 내용을 잘 복습하시길 바랍니다. 숙제로 지구 활동 계획서와 주인님의 기적에 대한 리포트를 두 장 정도 써오시면 됩니다."

엘프들이 아쉬워했다. 엘론티는 상당히 지루했기 때문이다. 여왕이나 델루 같은 엘프들은 바빴지만, 일반 엘프들은 거의 채집이나 농사일만 했다. 놀 거리가 거의 없었다. 총지배인의 이야기는 극장이나 마찬가지였다.

엘프들이 웃으며 인사를 하고 돌아가자 웃는 낯이었던 총지배인의 얼굴이 무표정으로 바뀌었다.

'소득이 있었군.'

총지배인은 허영을 바라보았다. 허영의 마력과 기술들은 상당히 참고할 만했다. 마기라는 것을 받아들일 때는 조금 아프기는 했으나 무한한 충성심으로 찍어 누르니 금방 적응되었다. 마기를 다룰 수 있게 되자 새롭게 눈이 떠진 기분이었다.

총지배인은 작업실로 돌아왔다. 그는 허영에게 들은 내용을 바탕으로 예언서 제2장을 작성했다. 제법 많이 인쇄해서 책으로 만들어 진열했다. 바라보는 것만으로도 뿌듯했다.

"음?"

어째서인지 그중 몇 권이 비어 있었다. 어두운 무언가가 잠시 일렁인 것 같았지만 금세 사라졌다.

'나도 늙은 건가.'

집필 활동을 쉬지 않고 계속하니 눈이 침침하기는 했다.

총지배인은 잠시 고민하다가 제3장을 써 내려가기 시작했다. 그는 수명조차 의지로 극복할 수 있다고 생각했다.

돌아온 진우는 원작 지식을 바탕으로 암흑 마력에 대해 연구했다. 이대로 다시 마계로 갈 수는 없었다. 문제가 자신에게 있음을 알았으니 빨리 고쳐야 했다.

'아주 신났네.'

황금의 군주와 악의 화신이 굉장히 신이 난 것 같았다. 진우는 고개를 설레 저었다. 암흑 마력을 제어하는 데 역시 원작 지식을 빌리는 수밖에 없었다. 꺼려지기는 했지만 극진천마소멸신공을 포함해서 마기에 관련된 것들을 찾아 익혔다.

'중국 게이트 사태가 도움이 되었군.'

랭크가 낮기는 하지만, 무공비급에 마기와 관련된 것들이 꽤 있었다. 아무튼, 암흑이나 마기에 관련된 것들을 모조리 익혔다. 암흑 마력을 그럭저럭 컨트롤 할 수 있을 것 같았다. 정보의 마안으로 살펴보니 정확한 정보를 알 수 있었다.

[A+]악성(마계)
'오른손이 한 악행을 왼손이 모르게 하라.'

황금의 군주와 악의 화신은 항상 화려하고 사악하며 위엄이 넘칠 것이다. 마계에서 암흑 마력은 황금의 군주와 악의 화신에게 보정을 받는다.

*[A]나의 행운은 너의 불행: 자신의 행운 랭크만큼 상대에게 불행을 선사할 수도 있다.

진우는 고개를 끄덕였다.

'일단 조심하도록 하자.'

진우는 성소의 중심으로 와서 아주 조심스럽게 포탈을 열었다. 이번에는 다행히 포탈이 정상적으로 열렸다. 정보의 마안으로 봐도 이상이 없었다. 포탈 안으로 들어갔다.

휘이이이! 쾅!

포탈 밖으로 빠져나오니 암흑 마기로 이루어진 거대한 어둠의 기둥이 치솟았다. 처음 마계에 왔을 때보다 스케일이 더 커진 것 같았다. 몸 안을 가득 채우는 암흑 마력 역시 그러했다. 진우는 침착하게 암흑 마력을 조절했다.

'이제 조절이 가능하군.'

온몸을 휘감으며 하늘까지 뻗어간 검은 기류가 몸속으로 들어왔다. 다만, 오른손에는 희미하게 남아 있었다. 마치 여기까지가 최후의 마지노선이라고 말하는 듯했다.

진우도 이해할 수 있는 수준이기는 했지만…….

'오른손에 흑염룡도 아니고…….'

보기가 좀 그러했다.

붕대라도 감아야 할까?

그럼 더욱 오그라들 것 같아서 그냥 옷으로 대충 가렸다. 그러고 보면 중2스러운 것들은 대부분 가지고 있었다.

암흑 마력, 오른손, 황금빛 눈동자.

아무튼, 아리나의 영지는 꽤 괜찮았다. 호수와 들판이 있었고, 드문드문 건물이 올라와 있었다. 가장 많이 신경을 써서 지은 건 역시 촬영장이었다. 운치가 상당히 좋았고, 땅도 초기의 엘론티에 비하면 비옥한 편이었다. 그냥 돈을 주고 사기에는 굉장히 비싸 보이는 영지 같았다.

이렇게 화려하게 등장했으니 아리나도 당연히 눈치챘다. 빠르게 달려오는 아리나가 보였다.

"드디어 오셨군요. 기다리고 있었습니다!"

성소에서 보다가 이렇게 탁 트인 곳에서 보니 색다르긴 했다. 하지만 아리나는 아리나였다. 여전히 호들갑이었다.

"조금 사정이 있었어."

"그렇군요! 어쨌든 무사히 도착하셔서서 다행입니다."

"그런데 저들은?"

"주인님을 모시고자 찾아왔다고 합니다."

"나를?"

아리나 뒤에 많은 수의 드워프들이 있었다. 진우가 그쪽을 바라보니 화들짝 놀라면서 황급히 무릎을 꿇었다. 고초가 심했는지 꼴들이 말이 아니었다.

엘라에게 들은 적이 있었다. 인접하는 차원에 드워프들이 살고 있었는데, 오크들과 몬스터들에 의해 도시가 멸망하고, 모두 피난을 떠났다고 한다. 그들이 설마 마계에 있을 줄은 생각지도 못했다. 원작에서 드워프는 나오지도 않았다.

진우는 드워프에게 다가갔다.

'역시 판타지에는 드워프가 빠질 순 없지.'

작은 키에 수염이 덥수룩하고 근육질인 모습이었다. 전형적인 드워프의 모습이었다.

진우가 드워프들을 바라보자 드워프들은 감동에 젖으며 눈물을 흘렸다. 진우가 흠칫할 정도였다.

"오, 오오!"

"드디어 오셨나이까! 군주시여!"

두 팔을 올리며 무언가 중얼거렸다. 어떻게 알았는지 모르지만 자신을 찾아온 것이 맞았다. 아리나를 바라보았다.

"어떻게 하려고?"

"도망친 노예 같은데 내쫓기는 조금 그렇네요. 내쫓으면 아마 모두 죽을 겁니다."

"그렇군."

판타지 소설 속 전형적인 설정이 있었다. 드래곤 밑에서 부려지는 드워프의 슬픈 사연은 매번 나오곤 했다. 그만큼 일을 잘하는 종족이었다. 드워프는 마기를 견뎌내고 있지만 힘겨워 보였다. 수명이 깎이고 있는 것이 눈에 보였다. 아리나의 영지에서 살아가더라도 편하지는 않을 것이다.

"아! 탐욕의 군주가 머물렀던 레어가 있습니다. 그곳에 머물게 하면 되겠군요. 아무런 기운도 없으니 당분간은 괜찮을 겁니다. 있는 것이라고는 쓸모없는 비늘 조각 정도입니다."

"잘됐네."

아리나가 그 사실을 말해주니 드워프들이 눈물 콧물을 질질 흘렸다. 정말 질질 흘리는 덕분에 진우는 두 걸음 정도 뒤로 물러났다. 그냥 머물게 하기는 조금 그러니 일거리를 주기로 했다. 당연히 보수도 넉넉하게 줄 예정이었다.

'음…… 할라스나 마왕들은 공예품 같은 걸 좋아하던가?'

이번에 실례를 했으니 선물을 만들어서 보내면 좋은 그림이 나오지 않을까?

진우는 드워프들 중 가장 덩치가 크고 수염이 긴 드워프를 바라보았다. 그는 드워프들을 이끄는 족장이었다.

족장 데구르론. 정보의 마안으로 보니 확실히 뛰어났다. 인망이 높고 지혜가 뛰어난 리더라고 한다. 데구르론은 감히 진우와 눈도 마주치지 못했다.

"데구르론이라 했나?"

"네!"

"지원해 줄 테니까 마왕에게 보낼 선물을 만들어줘."

데구르론은 눈이 동그랗게 변했다. 그의 눈에서는 어떤 희열을 찾아볼 수 있었다. 드워프들도 주먹을 불끈 쥐며 몸을 부르르 떨었다. 진우는 그 모습에 고개를 끄덕였다.

'만드는 게 그렇게 좋은가?'

역시 드워프였다.

"선물…… . 크흑, 알겠습니다."

"기왕이면 크고 화려한 게 좋겠지."

"오오! 네! 마계가 아주 깜짝 놀랄 만한 위대한 것을 만들어 바치겠사옵니다!"

진우는 데구르론이 마음에 들었다. 무릎 꿇고 있는 그를 두 손으로 일으켜 주었다. 그러자 데구르론의 순진무구한 눈망울에서 붉은빛이 뿜어져 나왔다.

[데구르론이 암흑의 드워프 족장으로 각성하였습니다.]

[A]암흑장인 데구르론

오랜 구름 끝에 그는 이상향에 도달했다. 위대한 황금의 군주이자 악의 화신을 위해 300% 결과를 달성해낼 것이다.

데구르론의 피부가 어두워졌다.

'괜찮겠지.'

능력치가 올랐을 뿐이었다.

진우는 차원 금화를 잔뜩 담은 가죽 주머니를 꺼내 데구르론에게 건넸다. 이번 일도 있고 하니 많은 금액을 써야 할 것 같았다. 아마 이 정도라면 마왕들과도 좋은 관계를 쌓을 수 있을 것 같았다.

데구르론은 거대한 자루에 든 차원 금화를 보면서 고개를 끄덕였다. 위대한 군주께서 선물이라 하셨다. 기간테르에 떨어진 선물보다 훨씬 크고 아름답고 위대한 것을 만들라는 계시였다. 그 빌어 처먹을 놈들에게 복수할 기회를 손수 만들어주신 것이다!

[그분께서 계기를 주시면, 자아, 관념, 성향, 도덕심을 버리고 무조건 싸워 쟁취하라!]

그건 예언서의 문구였다.

'저 신성한 오른손을 본떠서……'

저 신성한 오른손에는 마치 거대한 암흑의 드래곤이 잠들어 있는 것 같았다.

암흑룡!

드워프들이 몸을 부르르 떨었다. 영감이 벼락처럼 꽂혔다. 그의 눈이 광기로 물들기 시작했다.

진우는 역시 드워프는 착한 것 같아 마음이 놓였다.

정말 이들은 선량한 피해자였다. 마계까지 끌려와 고생이 참 많았다. 머물 수 있는 곳을 제공해 준다고 하기는 했지만, 힘들고 지쳐 있는 와중에 저렇게 손수 나서주고 있었다. 진우는 아리나에게 잘 챙겨주라고 말했다.

'나중에 JW 게이트에 이주시키는 것도 괜찮겠지.'

지금 당장은 드워프 숫자가 많아서 아무래도 힘들었다.

아리나가 드워프들을 모두 레어로 이동시켰다. 드워프들이 사라지자 바닥에 쓰러져 있는 마족이 보였다. 얼굴이 엄청나게 부어 있고 이빨도 몇 개 사라진 상태였다. 원래의 얼굴이 어땠는지 짐작이 가지 않았다. 넝마가 된 옷을 입고 있었는데, 입에 거품을 물고 있었다.

"저 마족은?"

"마족도 있었네요."

아리나가 그의 품을 뒤적였다. 반쯤 부서진 속박의 반지를 발견했다. 노예들을 속박하는 데 쓰이는 마족 전용 도구였다.

"노예 상인인 것 같습니다. 마력이 없는 걸 보아 하급 마족이겠지요. 용케도 이런 악독한 놈의 손에서 빠져나왔군요."

진우는 고개를 끄덕였다. 하급 마족이면 굳이 정보의 마안으로 확인할 필요도 없었다.

노예 상인. 이름만 들어도 정말 나쁜 놈이었다.

"나쁜 놈이네."

"제가 처리하도록 하겠습니다."

진우는 고개를 끄덕였다. 아리나에게 맡겼는데, 아리나는 드워프들과 같이 보내서 일을 시키겠다고 했다.

진우는 깨달았다. 노예상인을 보면서 느끼는 바가 참 많았다. 본인이 원작에 악역으로 나오기도 해서 더욱 그러했다.

'역시 착하게 살아야 해.'

사필귀정이라 했던가. 나쁜 놈은 꼭 벌을 받게 마련이다. 이것도 나쁘지 않은 결말이었다.

'내 직업이 악의 화신이기는 하지만⋯⋯.'

그건 직업일 뿐이고, 사실은 선량한 사람이었다. 진우는 양심에 손을 얹고 그래도 나름대로 착하게 살았다고 자부할 수 있었다. 이런 마음을 부디 마족들이 알아줬으면 했다.

탐욕의 레어로 이주한 드워프들은 편안한 공기에 빠르게 건강을 되찾았다. 데구르론은 바닥에 떨어져 있는 거대한 검은 비늘을 바라보았다.

"크, 크크큭…… 으하하하!"

"후, 후후후……."

"이, 이히히!"

어두운 동굴 안에서 붉은 안광이 뿜어져 나왔다. 드워프들의 순진무구한 눈동자가 광기로 물들더니 붉게 달아오르기 시작했다. 정신을 차린 할라스는 구석에서 부르르 떨었다.

"만든다! 그리고 부수게 한다!"

모든 것이 준비되었다.

기이하게도 마계가 조용했다. 가끔 들리던 소식도 요즘은 뜸했다.

진우는 일단 조금 시간을 두고 마계로 가기로 했다. 그쪽도 사과문을 봤다면 수습해서 의사를 결정하는 데 시간이 걸릴 테니, 서두를 필요는 없었다. 괜히 자극해서 또 다른 오해를 불러일으키면 곤란했다. 초면에 굉장한 실례를 한 만큼 배려심 있는 자세가 필요했다.

유나가 진우가 도착했음을 알아차리고 서재로 들어왔다. 그녀에게는 마치 진우감지센서라도 달린 것 같았다.

"일찍 오셨군요. 친분을 다지러 가신다고 했었는데, 잘 되었습니까?"

"사소한…… 문제가 좀 있었어."

"그렇군요. 역시 마왕이다 보니 까다로운 모양입니다."

"음……."

"악마들이니만큼 신중하게 접근해야 할 것 같습니다. 아무래도 사악한 존재들이니까요."

진우는 차마 유나에게 마왕을 만나기는커녕 거대한 돌덩어리를 때려 박아주었다고는 말을 할 수 없었다. 잘 수습될 것 같으니 말할 필요도 없었다. 진우는 화제를 돌렸다.

"아! 연맹으로 보낸 건 응답이 있었나?"

"네, 안 그래도 그것 때문에 난리입니다."

"오, 그래?"

난리가 나기를 유도했으니 이런 결과는 당연했다.

"연맹에서는 공식적인 자리에서 검증을 원한다고 답변했습니다. 이미 1급 훈장을 받으셨으니, 검증이 끝나면 기사 자격을 받으실 수 있을 겁니다."

"잘 되었군."

"협회에서 난리가 났습니다. 파벌들이 불만이더군요. 자신들을 무시한 처사라며 불편한 심기를 드러냈습니다."

"문제가 있나?"

"그럴 리가요."

유나는 웃으며 고개를 저었다. 누가 이진우를 건드릴 수 있을까? 오히려 진우를 중심으로 새로운 파벌이 생겨나고 있었다. 이미 능력자들 사이에서는 검의 미학이 유행하고 있었다. 검의 미학을 바탕으로 깨달음을 얻은 리그 길드원들도 상당수였다. 진우는 신경조차 쓰고 있지 않았지만 말이다.

"언론에서도 크게 다루고 있습니다."

진우는 고개를 끄덕였다.

작용과 반작용, 원인과 결과. 의도된 계획과 달콤한 결실. 이 얼마나 매끄러운 과정이란 말인가. 마계를 다녀와서인지 이런 일반적인 반응에 힐링이 되는 기분이었다.

'나도 계획대로 진행 좀 해보자.'

이번만큼은 주인공도 계획대로 했다. 화려하게 기사로 데뷔한 주인공이었다. 당소정의 전략이기는 했으나 계획대로 아주 잘 풀렸다. 진우는 그때 신기하게도 나름대로 대리만족을 경험했다. 못났던 주인공이 처음으로 잘난 척을 했고, 박수까지 받았다. 연맹의 고위급 간부들과 친분도 다질 수 있으니 참 좋은 기회였다. 괜찮은 이벤트였다.

"검증 따위 빨리 끝내자고."

"네, 바로 일정을 협의하겠습니다."

주인공은 몇 편에 걸쳐서 내부에서 투덕거리거나 하는 등의 묘사가 나왔지만, 진우는 바로 일정이 잡혔다.

"아! 이건 사생활이긴 하지만…… 아무래도 도련님께 말씀드려야 할 것 같습니다."

"뭔데?"

"엘라 님께서 편지를 보내달라고 부탁하셨습니다."

편지?

엘라가 손수 자필로 편지를 썼다고 한다. 유나는 엘라의 편지를 보여주었다. 한국어로 썼는데, 신비스러운 느낌이 나는 고풍적인 글씨체였다. 굉장한 정성이 느껴졌다.

"나한테?"

"아닙니다. 그게……."

유나는 잠시 침묵을 지키다가 다시 입을 뗐다.

"미튜브 후원자에게 보내는 편지입니다. 아무래도 이민우인 것 같습니다. 그쪽에서도 부정하지 않더군요."

진우는 눈을 깜빡였다. 잠시 생각하다가 씨익 웃었다.

'이거 설마?'

뭔가 상황이 기이하게 돌아가고 있었다.

"일단 보내주도록 해."

"알겠습니다."

정보의 마안으로 슬쩍 보니 묘한 핑크빛 기류를 감지할 수 있었다. 어떻게 저렇게 되었는지 의문이었다. 역시 사람과 엘프의 마음은 아무도 몰랐다. 얼마 뒤, 전문 편지배달원을 고용하게 되었다.

국제 능력자 연맹 본부는 스위스에 있었으나, 연맹 측의 인원이 한국으로 오기로 했다. 진우의 일정을 조율하는 것보다 연맹 측의 인원이 오는 것이 훨씬 빨랐기 때문이다. 기사 수여식만큼은 한국에서 해야 한다는 이진만 협회장의 의견이 반영된 부분도 있었다. 스위스까지 가지 않아도 돼서 굉장히 편했다. 스위스에서 일어난 이벤트나 사건들을 보면 전혀 쓸데없는 것들이 대부분이었다.

　연맹과 의견을 조율한 끝에 JW 문화센터에서 검증하게 되었다. 그 난제 검증과 기사 수여식으로 언론은 시끄러웠다. 최소연령 기사는 최희연에게 빼앗겼지만, 능력 측정 이후 최단기간 기사 승격이라는 기록이 세워질 수 있다고 한다.

　진우는 물론 관심이 없었다. 그냥 빨리 해치우고 기사 자격을 얻고, 향후의 일을 해결할 생각뿐이었다.

　'사람이 꽤 온다고는 했는데……'

　이진만을 비롯한 고위 기사와 그밖에 사람들도 많이 온다고 한다. 리그 길드원들이 참여하는 것도 의외였다.

　준비 시간이 조금 걸려서 기다려야 했다. 진우는 대기실의 소파에 누워 TV를 틀었다.

　"막 나가는 도련님?"

　현재 방영되고 있는 건 '막 나가는 도련님'이라는 막장 드라마였다. 매화마다 기발한 전개로 시청률 고공 행진 중이라고 한다. 막장 드라마는 진우의 취향에 전혀 맞지 않았다. 진우는 아래에서부터 천천히 성장하는 그런 청춘 드라마를 좋아했다.

'흠……'

10대 20대에게도 인기가 있다고 하니, 잠시 지켜봤다.

[너 내 아들이랑 이 돈 받고 헤어져!]

고급 식당에서 이루어지는 전형적인 전개였다. 중견 배우라 그런지 역시 연기를 찰지게 잘했다.

[겨우 이런 푼돈 받고 헤어지라고요? 하, 기가 차는군요.]
[뭐야?]
[빌딩이라도 가져와야 할 겁니다. 어머님.]
[어, 어억!?]

중견 배우가 목덜미를 잡고 쓰러졌다. 진우도 멍하니 바라보다가 소파에서 굴러떨어질 뻔했다. 소름이 돋을 정도로 악독하게 대사를 친 배우가 있었다. 진우의 팔에도 닭살이 돋을 지경이었다. 딱 대사 두 줄을 들었을 뿐인데, 굉장했다. 그녀는 너무나 사악한 웃음을 흘리면서 우아한 걸음으로 고급 식당을 빠져나갔다.

'허영? 허영이 저기서 왜 나와?'

안허영이었다. 한때 허영의 군주였던 존재답게 굉장한 포스를 보여주고 있었다. 진우도 이 정도인데, 일반인들에게는 어떨까?

그리고 보니 영향력 수치가 수직으로 상승하고 있었다. 진우의 생각보다 훨씬 엘론티는 알아서 잘 굴러가고 있었다. 기다림 끝에 검증 시간이 되었다. 진우는 바로 검증 장소로 향했다.

문화센터 중앙에 있는 이벤트홀이 검증 장소로 탈바꿈되었다. 연맹과 협회의 고위 기사들은 맨 앞자리에 있었다. 유명 리그 길드원과 능력자들도 자리했다.

"이렇게까지 요란하게 해야 하는지……."

"안 올 수도 없고……."

"크흠!"

협회 쪽 고위 기사들이 아주 작은 목소리로 불평을 내비쳤다. 한걸음에 달려왔으면서 나름대로 자존심을 세우기 위함이었다. 한국 능력자 협회의 고위 기사들뿐만 아니라 멀린과 미국의 대마법사 오즈 M 마틴도 자리했다. 멀린은 오즈를 보며 머리를 쓸어넘겼다. 찬란한 금발 머리가 그의 심기를 긁어놓았다.

"이거 너무 많아도 좋지 않군."

"……크흠."

"자네는 참 어색해 보이는군. 사도를 버리고 정도로 돌아오게나. 가짜는 진짜를 이길 수 없다는 걸 모르진 않겠지."

모르는 이가 들으면 마법에 대한 토론처럼 들렸다.

진우가 걸어 나왔다. 등장만으로도 주변을 압도하는 무언가가 느껴졌다. 리그 길드원들은 침을 꿀꺽 삼키며 진우를 바라보았고, 불만스러운 표정이었던 한국 능력자 협회의 고위 기사들은 흠칫했다.

'빨리 끝내자.'

거대한 화이트보드가 있었다. 조금 달라지기는 했지만 친절하게 해석을 넣어서 이해하기 쉽게 써 내려갈 자신이 있었다. 풀이 과정만 있으면 복잡한 분야도 아니었다.

진우가 펜을 잡을 때였다. 검선이 진우를 바라보았다. 검선은 연맹에서도 존중받은 인물이었다. 검선은 기어코 연맹에 쳐들어가서 자격 심사 자격을 획득했다.

"먼저 질문 하나 해도 되겠는가?"

진우는 또 왜 저러나 싶었다. 정말이지 도움이 안 되는 인물이었다. 일단 검증부터 하자고 말을 하려 할 때였다.

"검이란 무엇인가? 검에 비친 인간이란 무엇인가? 무엇을 위해 인간은 검을 들어야만 하는가?"

검선이 시를 읊듯이 말했다. 무협지에서나 나올 법한 물음이었다. 모두가 진우를 바라보았다.

'미친, 노망났나?'

진우는 들고 있는 펜을 검선에게 던지고 싶었다. 분위기를 보아하니 답변하지 않고는 그냥 넘어갈 것 같지 않았다.

진우는 긴 숨을 내쉬었다. 그냥 대충 답변하기로 했다.

"다 먹고 살자고 하는 짓 아니겠습니까?"

내용은 과격했으나 말투는 당당하면서 정중했다. 정적이 깔렸다. 검선은 잠시 생각하다가 고개를 끄덕였다.

"살아가기 위한 검을 논하고 있군. 그렇지. 삶에 집착과 의지가 없다면…… 그저 스스로 검이 될 뿐이니……."

"그것이 신검합일 아닙니까?"

검선 뒤에 있던 리그 길드원이 눈치를 보다가 그렇게 말했다. 검선은 고개를 저었다.

"내가 나를 잊고 자아마저 흐려진다면 그것이 진정한 신검합일이라 할 수 있겠는가? 의지와 마음이 없다면 목적도 잃어버리게 마련일세."

"그렇군요. 검은 마음이 없으니, 마음의 경지인 심검 또한 이룰 수 없겠지요."

이진만은 많은 것을 깨달은 듯 무릎을 치며 말했다.

"그러고 보니 이진우 준기사님은 심검에 이르렀지."

"엄청난 상승 경지의 답을 이렇게 아무렇게나……."

"음, 정말 고민해 봐야 할 문제야."

주변이 웅성웅성했다. 리그 길드원이 삶과 검술, 무술과 의지에 대해서 서로 떠들어댔다. 진우는 그 광경을 보고 떨떠름했다. 검증하고 기사 자격을 받고, 겸사겸사 주인공처럼 박수도 받으려고 온 것인데 자기들끼리 떠들고 있었다. 내용을 들어보면 정말 시답지 않은 것들이었다.

진우는 어색하게 서 있다가 다시 화이트보드로 가려 했다.

"그럼 이진우 준기사님이 생각하시는 검의 가치는 무엇입니까?"

리그 길드원이 갑자기 질문했다. 그의 눈빛은 간절해 보였다. 그러나 진우는 깊게 생각하지 않았다.

검의 가치. 검은 창고에도 쌓여 있었고, 성소에는 보검이 아무렇게나 널려 있었다.

딱히…….

"생각해 본 적 없습니다."

"잊었다는 말씀입니까?"

"그럴 가치가 없었습니다."

그는 갑자기 무언가 깨달았다는 듯이 벌떡 일어났다. 펜 뚜껑을 열려던 진우도 깜짝 놀랄 정도로 갑작스러웠다.

모두의 시선이 그 리그 길드원에게 집중되었다. 리그 길드원의 눈이 스르륵 감기더니 그 자리에 다시 주저앉았다. 그의 몸에서 마력이 뿜어져 나오기 시작했다.

검선이 빠르게 나서며 그 리그 길드원을 보호했다. 마력이 한층 커져서 리그 길드원에게 빨려 들어갔다. 그건 상당한 깨달음이 있을 때 겪는 현상이었다.

리그 길드원이 멍한 표정으로 눈을 떴다.

"축하하네. 좋은 심득을 얻었나 보군."

"가, 감사합니다."

리그 길드원은 감격에 몸을 부르르 떨었다. 진우에게도 감사를 표했는데, 워낙 기뻐하고 있으니 뭐라고 말하기도 그러했다. 황금의 군주가 작동하고 있어 당황한 기색은 전혀 보이지 않았다. 오히려 당연하다는 듯한 표정이었다.

'이제……'

이제 검증을 좀 시작해도 되나 싶었다.

"질문 있습니다!"

"저도……."

질문이 쏟아져 나오기 시작했다. 검선이 흐뭇한 듯 진우를 바라보고 있었다. 협회장인 이진만도 마찬가지였다. 여기에 온 리그 길드원들은 모두 미래가 창창한 이들이었다. 이진만이 특별히 재능이 있는 리그 길드원들을 선별해서 불러들였기 때문이다. 다른 파벌들이 불편해하는 건 당연했지만, 검선도 있었고 연맹의 고위 기사들도 있으니 별말을 할 수 없었다.

'너무나 힘찬 젊은 물결…… 아니, 파도로군.'

고여 있는 한국 능력자 협회를 정화하는 파도가 될 것이다. 검선도 같은 의견이었다. 진우가 기사 자격이 충분하다는 건 모든 사람들이 다 아는 사실이었다. 검선과 이진만은 그에게 자유롭게 행동해도 문제가 없을 만한 자유로운 힘을 부여해 주고 싶었다.

진우는 난감했다.

'거절하기도 어렵네.'

난제도 검증하고 기사 자격도 있는지 검증하는 자리였다. 이것조차 검증에 포함되어 있다면 대답해 주는 것이 맞았다. 진우는 결국 펜을 내려놓았다.

질문은 다양했다.

"수련은 어떤 식으로 하십니까?"

"시간을 정해 규칙적으로 합니다."

"정신수양은 무엇으로 하십니까?"

"책이나 미튜브 영상을 봅니다."

그런 간단한 질문부터.

"마력은 사람의 근원을 나타낸다는 말이 있는데, 어떻게 생각하십니까?"

"정형화된 초식을 탈피하려면 어떻게 해야 합니까?"

제법 복잡한 질문까지 다양했다. 대충 지식을 꺼내며 빠르게 빠르게 대답해 주며 넘겼다. 그야말로 즉문일답이었다. 시원치 않게 대답해 주면 질문이 멈출까 싶었는데, 의외로 깨달음을 얻는 이들이 많았다.

"허허, 맞는 말이군. 잊으려 노력만 해서는 안 되네. 머리는 잊고 있지만, 몸은 기억해야 하지. 그 인지 부조화를 자연스럽게 이겨내야 하네."

"제 의견도 같습니다. 스스로 돌아보게 만드는군요."

검선과 이진만이 설명충이 되어서 개떡같이 말해도 찰떡같이 해석해 주었다. 검선과 검제는 심득을 그냥 막 뿌렸다.

파아! 파앙!

마력이 뿜어져 나오며 공기가 흔들렸다. 깨달음 릴레이가 시작되었다. 덕분에 시간이 상당히 지체되었다. 어느 정도 상황이 정리되었다. 깨달음을 얻은 리그 길드원들, 그렇지 못했지만 많은 걸 얻어간 리그 길드원들은 마치 화장실에 막 갔다 온 것 같은 표정이 되어 있었다. 오늘 있었던 일들은 리그 길드를 뒤흔든 커다란 기적으로 기억이 될 것이다.

진우는 드디어 화이트보드 앞으로 갈 수 있었다. 참으로 오래 걸렸다.

'어차피 늦은 거 좀 길게 해도 되겠지.'

진우는 최대한 빨리 끝내기 위해 적당히 간추려서 쓰려고 했다. 굉장한 분량을 손수 검토하며 줄이기까지 했다. 기왕 늦었으니 황금의 군주에게 맡기는 것도 괜찮아 보였다.

검증은 신성한 일이었다. 한 번 들어오면 검증이 될 때까지 외부로 나갈 수 없었다. 참관인들은 건물 밖으로의 이동만 금지되었지만 검증 자격으로 참여한 이들은 그 자리를 지켜야 했다. 부정적인 방법이 있을 수도 있어서였다.

"크흠, 듣기 좋은 말이긴 한데…….."

"수행은 자고로 직접 해야 하는 게 아닌가."

"과연 난제 증명은 어떨지 지켜보겠네. 체력은 충분하시겠지? 난제이니만큼 많은 질문이 있을 것이오."

협회 쪽의 고위 기사들은 애써 시큰둥한 표정을 짓고 있었고, 깐깐해 보이는 고위 기사 하나가 그렇게 말했다.

따지고 보면 그들의 전공 분야도 아니었다. 검증 장소였지만 기사 심사도 겸해서 하고 있었다.

기사 심사에서 오랜 시간 동안 어려운 질문을 해서 괴롭히는 건 흔히 말하는 신고식이었다. 기강을 잡는 꼰대 문화였다.

기사 자격이 확정된 이들은 어떤 식으로든 피할 수 없었다.

물론, 진우에게만큼은 그럴 의도가 없었고 그냥 날카로운 질문을 하는 모습을 보여줘서, 능력 있는 고위 기사의 모습, 자신들이 무시할 수 없는 고위 기사임을 나타내고 싶어 했다. 진우는 딱히 신경 쓰고 있지 않았다. 그냥 파벌이 있어서 조금 짜증 난다 정도였다.

진우는 펜을 들었다.

"그럼 시작하겠습니다."

황금의 군주가 서서히 일어나면서 진우는 무아지경 상태에 빠지기 시작했다. 그런데, 암흑 마력이 아직 몸에 소량이나마 남아 있기 때문일까?

[소량의 암흑 마력이 작동하여, 악성이 활성화됩니다.]
[악의를 가진 이들에게 작은 저주가 발생할 수도 있습니다.]

악성이 눈을 떴다. 무아지경 상태에 빠진 진우는 알아차리지 못했다. 그저 무언가 쏟아내는 감각에 기분이 좋을 뿐이었다.

씩!

진우의 입가에 미소가 걸렸다. 그 미소를 본 협회의 고위 기사들은 흠칫했다. 왠지 모를 압박감 때문이었다.

진우는 화이트보드에 천천히, 그리고 정확하게, 그리고 아름답게 써 내려가기 시작했다. 화이트보드가 채워지고 지워지기를 반복했다. 검증은 무척이나 길어졌다. 도저히 끝날 기미가 보이지 않았다.

협회의 고위 기사들은 발을 동동 굴렀다. 그냥 길어지는 것이라면 며칠 밤이든 참아낼 수 있을 것이다. 괜히 고위 기사가 아니었으니까.

현재 그들은 죽을 맛이었다.

'끄윽!'

'으윽, 나올 것 같아.'

'집중해야 해……'

갑자기 오한이 들더니 배가 아파지기 시작했다. 처음에는 심마가 찾아왔나 싶어 내부를 관조했지만 정상이었다. 그 고통은 점점 심해져서, 온 마력을 다 써서 간신히 틀어막고 있었다. 마치 누군가 장을 쥐어짜는 것 같았다. 진우에게 집중하지 않고 정신을 딴 곳에 두면 고통이 더욱 심해졌다. 그런 그들과는 다르게 관련 분야 검증위원들은 흥분에 휩싸여 계속해서 감탄했다. 고위 기사들의 얼굴이 새파랗게 질려갔다.

탁!

진우는 마침표를 찍고 무아지경 상태에서 빠져나왔다.

'얼마나 지났지?'

시간을 확인해 보니 반나절이 지나 있었다.

진우가 잠시 펜을 내리자 협회의 고위 기사가 반색했다.

"크, 크흠! 대단하군! 기사 자격이 충분하다고 생각하네!"

"맞습니다. 이보다 완벽할 수는 없군요."

"저, 저도 동의합니다."

고위 기사들의 표정이 갑자기 더 안 좋아지기 시작했다. 진우가 써 내려가는 것을 멈추니 더욱 고통이 심해졌기 때문이다. 그들은 눈동자를 굴리며 주위를 바라보았다. 모두 진지하게 이야기를 나누거나 감탄하고 있었다. 검증을 하는 연맹 측 인물들은 더욱 열정적이었다.

협회 고위 기사 세 명만이 심각했다. 서로가 같은 심경이라는 것을 알아차렸다. 아침에 먹은 게 잘못되었나 싶었다.

많은 질문이 쏟아지자, 진우는 고개를 끄덕였다.

"아무래도 제 설명이 부족한 것 같군요. 다시 처음부터……."

"아닐세!"

"정말 완벽하네!"

"이건 기적이야!"

고위 기사들이 벌떡 일어나며 박수를 보냈다. 연맹 측 인물은 아쉬웠지만, 그 의견에 동의했다. 난제가 너무나도 완벽하게, 아니, 그 이상으로 해결이 되었다. 이 이론과 검증을 바탕으로 다른 난제까지 접근할 수 있을 것 같아서 질문한 것이었다.

"자자! 박수!"

진우는 최초로 연맹과 협회에서 만장일치, 그것도 만점이라는 점수로 검증과 기사 심사를 통과했다. 고위 기사들은 밖으로 나가려고 했지만, 수여식까지 봐야 했다. 기사 자격 수여식이 끝난 후 빠르게 나가려 했지만, 검선 덕분에 문에 나란히 서서 잠시 자리를 지켜야 했다.

"자네들의 마음은 알겠지만, 너무 그렇게 후배들을 압박하지 마시게. 허허, 나 때는 정말 심각했지. 나 때는 말이야……."

검선이 그들에게 훈수를 두었다. 그들은 숨이 넘어갈 지경이었다. 마력도 이미 다 썼고 근육에 엄청난 집중을 하고 있어서 10년은 더 늙어 보였다.

"알겠는가?"

"네!"

"알겠습니다."

"조언 감사합니다!"

검선이 흐뭇한 미소를 지으며 물러갔다. 고위 기사들은 빠른 걸음으로 화장실을 찾았다. 그러나 워낙 넓어 발견할 수 없었다. 간신히 찾은 화장실도 잠겨 있었다.

그때 고위 기사들은 기사 정복을 입고 있는 진우를 발견했다. 굉장히 잘 어울렸다. 그들에게 진우는 마치 구세주처럼 보였다. 진우는 그들에게 악감정이 없었고 고위 기사이니 인맥이라도 만들 겸 친절하게 대해주었다.

"혹시 화, 화장실이 어디에 있는지 아는가?"

"여기는 공사 중이라고 합니다. VIP 대기실 쪽으로 가시지요. 직원이 안내해드릴 겁니다."

진우가 대기하고 있는 직원을 부르자 직원이 고위 기사들을 안내해 주었다.

"그럼 시, 실례하겠네."

"크윽!"

"크흠!"

화장실에 도착하자 나란히 칸에 들어갔다. 긴 숨결 소리만이 들려왔다. 허무함이 담겨 있는 숨소리였다.

"허어, 결국 인생은 이리 간단한 것인데……."

"그러게 말입니다. 어차피 비우게 되어 있거늘……."

"무엇 때문에 집착을 했나 의문이군요."

현자 타임이 강하게 왔다. 깨달음에 이르렀다.

'이진우 경에게 잘해줘야겠군.'

'그러고 보니 내가 너무했어.'

'그렇게 똑똑하고 착한데 말이야.'

고위 기사들은 환한 미소를 지으면서 자신들을 구원해 준 진우가 굉장히 마음에 들기 시작했다. 이 일을 계기로 장기화한 파벌 싸움으로 인한 냉전 체제가 무너졌고 화합으로 나아가게 되었다.

210년 만에 마왕 회의가 있었다. 실제로 만난 것이 아니라 아티팩트를 통해 이루어진 화상 회의였다. 할라스를 제외하고 모두가 참여했다.

회의의 분위기는 당연히 심각했다. 군주가 다녀간 직후, 기간테르가 사라졌고, 할라스도 실종되었다. 게다가 마계 전체에 지진과 화산 폭발이 있었다. 갈로드는 창고가 하나 무너지는 정도의 피해를 보았지만, 다른 마왕의 영지는 화산 폭발에 휘말려 큰 고초를 치렀다고 한다.

회의가 끝나자 갈로드는 마왕들이 십시일반으로 모은 보물들을 들고서 아리나의 영지에 방문했다. 그녀의 영지와 가깝다는 이유로 마왕 중에서 그가 선발되었다.

'도대체 무슨 의도일까?'

군주는 무슨 의도로 마계에 온 것인가!

아리나의 영지를 방문해서 몰래 염탐을 할 계획이었다.


아리나가 가득 쌓인 보물을 보고 환하게 웃었다. 너무나 순수해 보이는 웃음이었다. 갈로드는 소름이 끼쳤다. 그동안 느끼지 못했던 것이 이상했다. 그 순수함의 이면에는 사악한 탐욕이 존재했다.

"뭘 또 이런 걸 다……. 이렇게까지 많이 들고 오실 필요 없는데……."

"하하, 다, 당연히 이 정도는 해야지요."

기간테르가 어떻게 되었는지를 보면 이 정도도 모자랐다.

"구, 군주께서는……?"

"오늘 오신다고 했는데 언제 오실지는 모르겠네요. 워낙 바쁘신 분이라서요."

"후우, 그렇군요."

갈로드는 안심했다. 아리나가 그 모습에 고개를 갸웃하자 갈로드는 재빨리 웃었다.

"하, 하하! 역시 위대하신 분이니 공사다망하시군요!"

아리나가 미소를 짓자 갈로드는 속으로 안도의 한숨을 쉬었다. 아무것도 모른다는 듯 자신의 안색을 살피는 그녀의 모습에 갈로드는 또다시 소름이 끼쳤다.

"그…… 여, 영지 구경을 좀 할 수 있겠습니까?"

"네, 제가 안내해 드릴게요."

아리나는 미소 지으며 그를 안내했다. 갈로드는 필사적으로 영지를 살폈다. 그녀와 눈을 마주칠 때면 바보처럼 웃었다.

'수많은 발자국…….'

갈로드는 굳은 진흙에 찍힌 수많은 발자국을 발견했다.

'피?'

핏자국도 있었다. 마족의 피가 분명했다.

갈로드는 다른 마왕보다 오감이 뛰어났다. 피의 색과 향기를 자세히 알아볼 수 있었다. 피의 색과 향으로 볼 때 마족이 분명했다.

앞서가던 아리나가 고개를 살짝 돌려 그를 바라보았다. 그녀의 미소가 이번에는 어색하게 느껴졌다.

"무슨 일인가요?"

"아, 아닙니다."

갈로드는 침을 꿀꺽 삼키며 그녀를 뒤따랐다. 영상 촬영장을 구경했다. 갈로드와 다른 이들이 후원한 모든 것이 녹아 있는 장소였다. 할라스가 가장 많은 지원을 해줬던 걸로 기억하고 있었다.

"아! 저는 잠시 일이 있어서……."

"호, 혼자 둘러보겠습니다. 참 좋은 영지 같네요."

"네, 그럼 둘러보시다가 저택으로 오세요."

아리나가 등을 돌리며 영주 저택으로 향했다. 갈로드가 겨우 안도의 한숨을 내쉬는데 그녀가 뒤를 돌아보았다.

갈로드는 다시 긴장했다.

"포탈이 연결된 곳이 있는데, 그쪽은 가지 마세요."

"네? 알겠습니다."

아리나가 그 말을 남기고 영주 저택으로 갔다. 갈로드는 이마에 흐르는 땀을 닦고는 영지를 관찰하기 시작했다. 핏자국과 발자국이 어디론가 이어졌다. 발자국을 따라가 보았다. 중간에 시녀들과 마주쳤는데, 갈로드는 주변을 둘러보는 척했다.

"정말? 후후."

"손질이 어렵더라고. 가죽이 잘 안 벗겨져서……."

"특히 뿔이……."

시녀들의 이야기가 왠지 섬뜩하게 들렸다. 그녀들이 사라지자 갈로드는 발자국을 추적했다. 영지 구석에 포탈석이 있었다. 허름한 포탈석이었다.

아리나의 말이 떠올랐다. 하지만 여기까지 와서 빈손으로 돌아갈 수는 없는 노릇이었다.

'내 마력이라면 흔적을 남기지 않을 수 있으니……'

소멸의 마왕 갈로드. 그는 물체를 소멸시킬 수 있는 마력을 다루었다.

행운이나 재운도 소멸시키는 것이 아니냐는 다른 마왕의 의견이 있기는 했다. 전투력만큼은 마왕 중에서 최상위를 다투니, 영지는 가난했지만 그를 무시하는 마왕은 없었다.

갈로드는 포탈석을 이용해 어디론가 넘어왔다.

"읍?!"

이곳에는 그 어떤 기운도 존재하지 않았다.

그는 마력이 점차 빠져나가는 것을 느꼈다. 마치 이곳은 마계가 아닌 것처럼 느껴졌다. 마력이 텅 빈 공간으로 빨려 들어가듯 빠져나갔다. 시간이 없었다. 여기가 어디인지는 모르지만 빠르게 둘러봐야 했다.

그는 어둠을 헤치며 나아갔다.


"크, 흐흐, 흐흐흑!"

어디선가 울음소리가 들렸다. 갈로드는 조심스럽게 다가갔다. 처참하게 망가진 마족이 보였다. 마족이 그를 발견하자마자 뭐라고 말하기 시작했다.

"괘, 괜찮은가?"

"우엉, 으어어, 가, 그알, 로드……."

갈로드는 마력을 이용해 마족을 회복시켰다. 얼굴이 알아볼 수 있을 정도로 돌아오자 그는 깜짝 놀라고 말했다.

"할라스?!"

"사, 살려줘. 나를 내보내 줘! 여, 여긴 지, 지옥이야!"

"진정하게! 대체 무슨 일이 벌어지는 건지 말해주게!"

"그, 그건……. 어, 엄청난 거야! 크고 위험한……."

그때 수많은 발걸음 소리가 들려왔다. 어둠 속을 밝히는 수많은 붉은 안광들이 보였다. 할라스가 그에게 매달렸다.

'데리고 나가서는 안 된다.'

아리나에게 들킬 수 있어서였다.

"미, 미안하네."

"갈로……. 억!"

마력을 쥐어짜 그에게 사일런스 마법을 걸었다. 마력핵이 없으니 반항할 수 없었다. 할라스는 당분간 말을 할 수 없게 되었다. 그가 원망스러운 눈으로 갈로드를 바라보았다. 그리고 바짓가랑이를 붙들고 떨어지지 않았다. 갈로드는 급한 마음에 그를 내쳤다.

쿵!

옆으로 튕겨 나간 할라스가 어딘가에 부딪혔다. 그러자 무언가 굴러떨어졌다.

"해골? 마족?!"

수많은 마족의 해골이었다. 마치 누군가에게 먹힌 것처럼 보였다. 살과 근육을 아주 깔끔하게 다 발라낸 것 같았다.

순식간에 마력이 전부 떨어졌다. 갈로드는 간신히 포탈 쪽으로 기어 올라왔다. 붉은 안광들이 할라스에게 다가가는 것이 보였다.

'용서해라, 할라스.'

교활하고 잔인한 피와 지배의 마왕 할라스. 적에 속하기는 했지만, 그래도 오랫동안 치고받으면서 정이 들긴 했다.

퍽! 퍽!

둔탁한 무언가로 할라스를 패는 소리가 들렸다.

갈로드는 눈을 질끈 감고 포탈 밖으로 넘어왔다.

'무언가, 무언가가 일어나고 있다. 심상치 않은 일……'

식은땀이 잔뜩 흘렀지만 갈로드는 간신히 태연한 척 연기를 했다. 영주 저택 앞에 누군가 서 있었다. 그의 오른팔에서 너무나도 두려운 암흑의 기운이 올라오고 있었다.

단번에 누구인지 알 수 있었다.

'화, 황금의 군주!'

기사 자격을 획득한 진우는 아리나의 영지로 왔다. 마침 마왕 갈로드가 영지에 방문해 있다고 한다. 그와 친분을 다질 겸 같이 식사나 하면서 이야기를 나누면 될 것 같았다.

"저기 오네요."

갈로드가 보였다.

배우처럼 잘 생긴 미남이었다. 머리에 뿔이 있었는데 상당히 잘 어울렸다.

"아, 안녕하십니까! 갈로드입니다."

"반갑습니다."

진우가 손을 뻗자 그는 눈치를 보다가 진우의 손을 잡았다. 그러자 갈로드가 한 차례 휘청했다. 그의 안색은 새파랗게 질려 있었다. 몸이 좋지 않아 보였다.

빠르게 식사가 차려져 같이 식사를 했다. 아리나의 부탁으로 JW 게이트에서 가지고 온 고기로 만든 메뉴였다. 주 메뉴는 뼈에 붙은 살을 발라내며 먹는 마계 전통음식이었는데, 진우의 입맛에도 상당히 잘 맞았다. 치킨 먹듯 먹으니 꿀맛이었다.

"고기가 잘 익었네요."

"그렇군."

"저는 살코기만 발라서 구워 먹는 게 취향이긴 한데 이것도 좋네요! 역시 '특별한' 고기입니다."

"그렇지. 특별하긴 하지. 아주……."

아리나의 말에 진우는 고개를 끄덕였다. 높은 랭크를 지닌 꽤 특별한 고기였다.

진우는 갈로드를 바라보았다.

갈로드가 그의 시선에 고기를 들더니 간신히 입에 가져다 댔다. 한참을 망설이다가 입에 힘겹게 넣고는 겨우 삼켰다. 잠시 후 손으로 입을 틀어막았다.

"혹시 입에 안 맞습니까?"

"죄, 죄송합니다!"

"괜찮습니다. 억지로 드시지 마세요."

"아닙니다!"

진우는 괜히 미안해졌다.

식사가 끝났을 때 갈로드는 거의 쓰러지기 직전이었다.

'갈로드라면 굉장히 강한 마왕인데, 이상하군.'

몸이 굉장히 좋지 않은 것 같았다. 그러면서도 끝까지 식사를 같이했고, 진우의 말을 들어주었다. 갈로드는 원작에서 별로 언급되지는 않았다. 진우가 보기에 그는 상당히 괜찮은 마왕이었다.

"받으시지요."

"이건?"

"선물입니다."

진우는 상당한 값어치가 나가는 보석을 선물해 주었다. 갈로드는 엄청나게 갈등하다가 떨리는 손으로 선물을 받았다. 진우는 뿌듯한 미소를 지었다.

역시 대화를 하면 통하게 마련이었다. 잠을 자고 가라고 했지만 갈로드는 정중하게 사양하며 빠르게 영지를 떠났다.

아리나가 그 모습에 감탄했다.

"아무래도 영지가 걱정되나 보군요."

"좋은 영주로군."

"네. 후원도 많이 해주고 참 착한 마왕입니다."

진우는 고개를 끄덕였다.

아리나가 무언가 생각난 듯 진우를 바라보았다.

"아! 탐욕의 레어에서 마족들의 유골이 발견되었습니다. 탐욕의 군주가 먹어치운 이들 같은데, 깊게 묻혀 있는 걸 드워프들이 작업을 하다가 발견했습니다."

"음, 정중하게 장례를 치러주자고."

"네, 영지에 묘지를 만들겠습니다."

진우는 고개를 설레 저었다. 새삼 다시금 깨달았다. 탐욕의 군주는 참 나쁜 놈이었다.

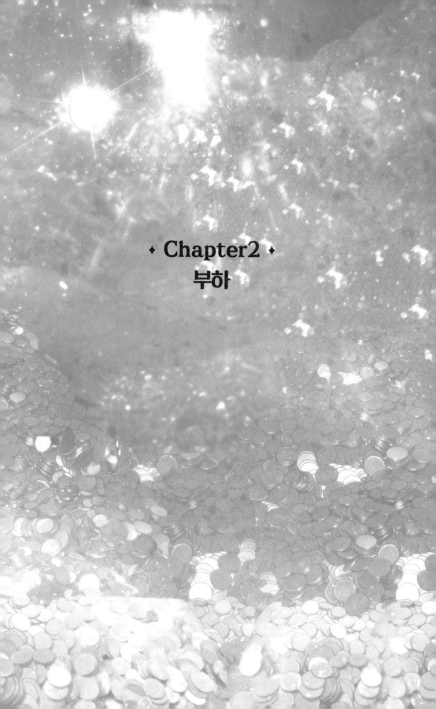

♦ **Chapter2** ♦
부하

　진우는 깊은 한숨을 내쉬었다. 기사가 된 후 더욱 바빠진 것 같았다. 기사로서 소화해야 하는 굵직한 공식 행사에 참여할 수밖에 없었다. 어쨌든, 한국 능력자 협회 소속이었으니 마냥 거부할 수도 없었다.

　그래도 기사 모임에 갔을 때는 나름대로 화기애애한 분위기라 마음에 들었다. 어째서인지는 모르겠지만 가장 파벌 싸움이 심각했던 고위 기사 셋이 서로 웃으면서 술잔을 주고받고 있었다. 의형제까지 맺었다고 한다. 기사들은 '진우 효과'라 부르기는 했는데, 진우는 도대체 자신이 무슨 영향을 주었는지 의문이었다.

　기사와 G&P의 일이 겹치며 한동안 꽤 바빴다. 대부분 그냥 대충 결재만 하면 되었지만, 엘론티에 관련된 건 진우도 주의 깊게 관여해야 했다.

'다 내 탓이지, 뭐.'

군주나 이런저런 상황을 해결하기 위해서였지만, 너무 일을 많이 벌여놨다. 유능한 부하들이 있어서 정말 다행이었다. 그래도 조금씩이라도 신경을 쓰는 것이 좋을 것 같았다.

진우는 JW 게이트 관할 지역을 방문했다. 경호가 없었기에 적당히 얼굴을 가리고 다니면 그렇게까지 티가 나지는 않았다. 유나를 수행기사, 서포터로 등록해 놔서 딱히 불편한 점은 없었다.

'교육이 잘 되었나 모르겠네.'

총지배인의 교육은 진우가 인정할 정도로 확실했지만 아무래도 이종족인 엘프이다 보니 걱정이 되기는 했다. 종족 자체가 너무 착하고 순진했다. 마치 물가에 내놓은 어린아이를 보는 심정이었다. 어떻게 지내고 있는지 직접 확인하기 위해 관할 지역을 방문했다.

유나에게는 미안하지만 몰래 빠져나왔다. 그녀에게 알리면 또 관할 지역뿐만 아니라 G&P까지 아주 분주해졌기 때문이다. 박사들과 연구원들이 뛰어올까 무섭기도 했다.

'이쪽이었지?'

게이트 문화의 거리는 올 때마다 모습이 달랐다. 새로운 건물들이 즐비했고, 사람들도 전보다 훨씬 많아졌다. 수요일, 그것도 아침임에도 불구하고 거리 전체가 사람으로 가득 차 있었다.

'이쪽인가?'

상점가를 지나쳐 엘론티 엔터테인먼트 쪽으로 가려 할 때였다.

"친환경 엘프 그릇입니다! 엄청 쌉니다! 한 개에 만 원!"

"네! 당연히 카드도 됩니다. 넣어드릴까요?"

"최신 유행하는 엘프 전통 의상입니다. 구경하시고 가세요! 사이즈 맞춰 드립니다!"

진우는 흠칫하며 걸음을 멈추었다. 고개를 돌려보니 엘프들이 아주 능숙하게 물건을 팔고 있었다. 마법으로 귀를 가리기는 했지만, 엘프의 미모를 가릴 수는 없었다. 그 덕분인지 손님들이 대단히 많았다.

'정령?'

은밀하게 바람의 정령까지 이용해서 목소리를 퍼뜨리고 있었다. 생긋생긋 웃으면서 손님을 대하는 모습은 프로 그 자체였다.

진우는 잠시 그 광경을 바라보았다. 어이가 없어서였다.

"이거 환불해 주세요. 기스가 나 있네요. 이런 걸 팔아도 되는 거예요?"

"손님, 거짓말을 하시면 마음이 뾰족해져요. 그럼 저도 아프고 손님도 아파요."

"네? 뭐라고요?"

"자, 이리 와요. 우리 같이 떠올려 봐요."

엘프 하나가 요정안으로 거짓말을 꿰뚫어 보았다. 엘프가 손님의 손을 잡고는 부드럽게 미소 지으며 손님을 다독였다.

"크흑……."

마치 엄마의 품에 있는 것처럼 느껴지자 손님은 눈물을 흘렸다. 엘프에게서 뿜어져 나오는 자연의 기운 덕분에 손님은 화를 내기는커녕, 커다란 위로를 받고 있었다.

"죄송합니다. 제가 욕심 때문에……. 저기……."

"네! 감사합니다! 또 오세요!"

맺고 끊음이 확실했다. 바로 손을 놓고 미소로 손님을 배웅했다. 엘프들은 모두 백지처럼 순수하기 때문일까? 굉장히 빨리 때가 묻은 것 같았다.

생각해 보면 엘프는 판매 직원으로서 대단한 재능을 가지고 있었다. 거짓말을 꿰뚫어 보고, 자연의 기운으로 악질 손님의 마음조차 따뜻하게 만들 수 있었다. 그리고 매우 아름답기는 하지만 마치 가족처럼 친근하게 느껴져서 단골도 빠르게 확보할 수 있었다.

'음…….'

대단한 모습을 보고 말았다.

진우는 빠른 걸음으로 엘론티 엔터테인먼트로 향했다.

"저건……."

또 새로운 광경이 펼쳐졌다. 엘론티 엔터테인먼트 앞에는 공터가 있었는데, 사람들이 오와 열을 맞춰서 목검을 열심히 휘두르고 있었다. 능력자가 아닌 일반인들이었다. 단상 위에서 자세를 가르쳐 주고 있는 엘프가 보였다.

"델루?"

다크 엘프인 델루였다. 운동복을 입고 있었는데, 굉장히 잘 어울렸다. 모델 포스를 내뿜고 있었다. 진우는 잠시 말을 잊었다.

"거기! 자세가 흐트러졌다!"

"고치겠습니다!"

"너! 쉬지 마라!"

"네!"

일반인들은 땀을 뻘뻘 흘리면서도 아주 열심히 했다. 델루는 굉장한 카리스마로 일반인들을 지휘했다. 검을 배운다고 보기에는 여성들이 더 많았다.

진우는 정보의 마안으로 자세히 살펴보았다.


[T]다크 엘프의 다이어트 검술

'운동하세요! 여왕님!'

다크 엘프 델루가 고안한 운동법. 운동 부족인 엘라를 위해 만들었으나, 지금은 지구에서 선풍적인 유행으로 자리 잡은 검술 다이어트 법이다. 아름다운 몸을 만드는데 효과적일 뿐만 아니라 굉장히 많은 열량을 소모한다. 정작 엘라는 델루를 피해 도망치고 있다고 한다.

*[T]엘프의 육체: 적당한 근육, 아름다운 선을 만들어준다.

*[T]열량소모: 엄청난 열량이 소모된다. 운동 후 반드시 기름진 것을 먹어야 할 정도이다.

핸드폰으로 검색해 보니 확실히 유행하는 것 같았다. 델루에게 직접 강의를 받으려면 상당한 금액을 줘야 했지만 이미 대기열이 꽉 차 있다고 한다. 특히 연예인들이 많았다. 후기 역시 만점이었다.

'엘프는……'

연약한 꽃인 줄 알았는데, 어디서나 잘 자라는 풀이었다. 델루가 트레이닝을 끝내고 단상에서 내려왔다.

"군주님?"

얼굴을 가리기는 했지만 델루는 진우를 한 번에 알아보았다. 델루가 반가운 기색으로 달려왔다. 시선이 모이기 시작해, 일단 엘론티 엔터테인먼트에 있는 접대실로 이동했다.

"군주님, 정말 오랜만입니다."

"그래, 엘프들은…… 정말 잘 지내고 있네."

"네, 모두 만족하고 있습니다. 다들 이곳으로 오고 싶어 하더군요. 정말 낙원과도 같은 곳입니다."

한번 나오면 돌아가기 싫어한다고 한다. 유나가 보고를 통해 잘 적응하고 있다고 말해주긴 했으나, 적응이 아니라 거의 정착을 하고 있었다. 완벽한 수준으로 말이다.

"마계에 방문하셨다고 들었습니다."

"잠깐 갔다 왔어."

"마계에도 군주가 잠들어 있다고 들었습니다. 전설이기는 하지만……"

진우는 고개를 끄덕였다. 마왕과 친하게 지내려는 이유는 딱 하나였다. 군주를 막기 위해서였다. 그렇지 않고서는 굳이 마계까지 가서 귀찮은 일을 할 필요가 없었다.

'진짜 섞어도 너무 많이 섞었어.'

진우는 고개를 설레 저었다. 원작은 이것저것 참 많은 것들을 섞었다. 뜬금없이 등장하는 것들도 많아 대응하기가 참 곤란했다.

'3번째, 미궁의 군주.'

마계에 출몰하는 군주였다. 허영이나 탐욕과 같이 뚜렷한 자아를 지니고 있지는 않았다. 특이하게도 거대한 미궁이 하나의 군주였다. 전설이라 불릴 정도로 가장 오래된 군주이기도 했다. 마신의 발이라고도 불리고 있었다.

미궁의 군주를 깨워서 조종할 수 있다면 군주의 좌에 오를 수 있다는 전설이 전해지고 있었다. 막대한 마력과 권능이 필요했기에 할라스는 마왕들의 힘을 흡수하여 미궁의 군주를 깨웠다. 마왕들이 서로 치고받고 싸우면서 마계를 정복하려는 이유도 다 그 힘을 차지하기 위해서였다.

마계를 통일하고 군주가 되어 마족의 부흥을 이끈다!

마왕 중 누구라도 이루기만 하면 위대한 업적일 것이다. 주인공도 나름대로 나름 긍정적으로 생각해서 할라스를 도운 적이 있었다. 역시 뒤통수를 맞기는 했지만.

'전설이 아니었지.'

그런데! 탐욕의 군주가 심어놓은 전설에 불과했다!

원작 작가는 나름대로 반전을 주기 위해 미궁의 군주를 이용했다. 전설 속의 군주이자 마신의 발이라 불리는 거대한 미궁이 구태여 마왕의 말을 따르고, 힘을 줄 이유가 있을까?

'묘사가 안 나오기는 했지만……'

할라스는 죽기 전에 결국 미궁의 군주를 깨우고 죽었다. 마계에 엄청난 피해를 주고, 어째서인지 일본 쪽에 나타나게 되었다. 국제 대회가 있는 바로 그 장소에 말이다. 게다가 미궁이 차원을 통째로 비틀며 이동되었기에 새로운 차원들이 열리게 되었다. 미궁 속에 말이다.

'중간계……'

가장 대표적인 차원으로는 중간계가 있었다. 가장 커다란 크기를 지닌 차원이었다. 일곱 가지 색의 드래곤과 제국! 왕국! 귀족들! 판타지의 로망이라 부를 수 있는 매력적인 장소이기는 하지만 연관되지 않는 게 제일 좋았다.

'미궁의 군주만 막으면 다른 차원은 상관없지.'

다른 군주가 깨어나도 가지 못하는데 어떻게 막을까?

진우는 고생을 스스로 자처할 만큼 성인군자는 아니었다.

"평화롭게 잘 설득하면 괜찮을 거야."

"사악한 마족이기는 하지만…… 군주님께서 하시는 일이니 그렇게 될 겁니다."

진우는 자리에서 일어났다. 엘프들은 잘하고 있으니 걱정할 필요는 없었다. 허영도 그렇고, 엘라도 새로운 곡을 발표하기도 하는 등 활발하게 활동하고 있었다.

"엘라에게 안부 전해줘."

"으, 음······. 요즘 저를 피해 다니셔서······. 사춘기인 것 같습니다. 저에게 무언가 숨기고 있는 것 같기도 하고······."

많이 서운한가 보다. 사춘기라고 부르기에는 나이가 너무 많았지만 진우는 그냥 고개를 끄덕여 주었다. 다시 자리에 앉아 한동안 델루의 푸념을 들어줄 수밖에 없었다. 다크 엘프가된 이후 감정이 풍부해진 델루였다.

어쨌든, 지구에서의 일은 굉장히 잘 풀리고 있었다.

진우는 마계로 이동했다. 군주를 깨우기 위해서는 여러 마왕의 권능과 마력이 필요했다. 그래야 암흑의 자아가 움직여 미궁에 힘을 불어넣어 주기 때문이었다. 암흑의 자아는 마계 그 자체라고 보는 게 맞았다. 암흑의 자아는 무엇 때문인지는 모르지만, 자신의 눈치를 보고 있었다. 무언가 자꾸 해주려고 했다. 그런 생각이 암흑 마력에서부터 느껴졌다. 솔직히 민폐였다.

'아무튼, 주인공이 없으니 괜찮긴 하겠지.'

마왕들이 서로 균형을 지킬 수 있도록 조절하면 되었다. 할라스가 헛된 생각을 하지 못하도록 설득할 필요도 있었다. 갈로드가 지닌 권능이 할라스에게 가장 많은 힘을 부여해 주었다. 일단 갈로드에게 신경을 쓰도록 하자.

진우는 갈로드와 친해지고 싶었다. 그는 마족치고는 상당히 정상적인 사고방식을 지니고 있었다. 첫 만남이었을 뿐이었지만 마치 옆집 후배처럼 느껴졌다.

"주인님, 말씀대로 전망 좋은 곳에 묘지를 만들었습니다."

"잘했어."

탐욕의 군주가 한 짓이기는 했지만, 진우는 희생당한 마족들의 넋을 기리고 싶었다. 진우는 아리나와 함께 묘지로 향했다. 영지는 여전히 한적했다. 영지민이 거의 없었다. 시녀들과 하인들, 건물을 관리하는 마족 빼고는 아무도 없었다. 생긴 지 얼마 되지 않았고, 이주민도 받지 않았기 때문이다.

"갈로드가 묘지를 만드는데 도와줬습니다. 부하를 보내도 되는데 굳이 직접 와서 도와주더군요. 군주님의 일을 돕겠다고 했습니다."

"그 친구 참 착해. 잘 해줘."

일이 많은지 초췌한 모습이었다고 한다. 그런데도 도와주다니 마족이 아니라 사실 천족이 아닐까?

묘지는 잘 가꾸어져 있었다. 유골을 모두 묻고, 그 위에 네모반듯한 묘비석을 세운 형태였다. 방해될 것들은 갈로드가 땀을 뻘뻘 흘리면서 마법으로 다 없애 버렸다고 한다.

'갈로드의 영지가 힘들다고 했으니……'

오늘 갈로드의 영지를 방문할 계획이었다. 도움을 받았으니 도와주는 게 맞았다. 특히, 갈로드처럼 좋은 마족은 팍팍 지원을 해줘야 했다. 엘프들에게 그랬던 것처럼 말이다.

진우는 아공간에서 좋은 술을 꺼냈다. 술을 묘지에 잔뜩 뿌려주었다.

"잘 가고, 다음 생에는 좋은 곳에서 태어나라."

진우는 진심을 담아 그렇게 말했다. 마족이 죽으면 어디로 가는지는 몰랐지만, 어쨌든 좋은 곳에서 좋은 모습으로 태어났으면 좋겠다고 생각했다.

[황금의 군주에게 마족의 혼이 감동합니다.]
[암흑의 자아가 도와줍니다.]

정보가 떠오르는 순간이었다. 묘지 위에 뿌린 술에 검은 불꽃이 붙기 시작했다. 마구 뿌렸는데, 불꽃이 붙고 보니 이상한 문양 같기도 했다.

"음?"

주변에 있던 마기가 뭉치기 시작하더니 그대로 묘지 속으로 빨려 들어갔다. 아리나가 눈을 깜빡였다. 암흑 마법을 익히고 있는 그녀도 이런 현상을 이해할 수 없었다.

"혹시 주인님의 말씀에 감동한 게 아닐까요?"

그냥 추측만 할 뿐이었다. 아리나의 그런 말에 헛웃음이 나왔다.

퍼석!

진우가 웃음을 내뱉는 순간 묘비가 깨지며 쓰러졌다. 묘지 밑에서부터 꿈틀거리는 것 같은 진동이 울렸다. 진우는 묘지를 자세히 바라보았다. 묘지 안에서 무언가 일어나고 있었다.

터억!

손이 바닥을 뚫고 올라왔다. 검은색 뼈로 만들어진 손이었다. 그 손을 시작으로 수많은 손이 바닥을 헤집고 올라왔다. 호러 영화에나 나올 법한 굉장히 섬뜩한 광경이었다.

쑤욱!

곱게 포장되어 있던 바닥이 마구 갈라지더니 검은색 스켈레톤들이 모습을 드러냈다. 마치 알에서 깨어나는 것처럼 바닥을 가르며 등장했다. 크기는 꽤 컸는데, 날렵하고 날카로운 형태였다. 일반적인 해골보다 훨씬 소름이 끼치는 생김새였다. 달그락거리면서 계속 올라왔다. 계속 올라왔다. 계속.

"……"

"다, 다시 태어났네요. 여, 여기는 좋은 곳이니까 아마도……. 어, 그러니까 주인님의 명령에 따른 것이 분명합니다! 역시 주인님이십니다!"

아리나의 얼굴에는 혼란이 가득했다. 어떻게든 냉정하게 상황을 파악하려 애썼다. 진우의 앞에 오와 열을 맞추며 서기 시작했는데, 이러니 마치 자신이 마왕이라도 된 것 같았다. 유난히 타오르는 것 같은 붉은 안광이 인상적이었다. 진우는 해골을 정보의 마안으로 살펴보았다.


[-C]블랙 스켈레톤

마족의 원혼이 깃든 스켈레톤. 수백 년간 어두운 곳에 방치되어 있던 영혼들은 장례를 통해 비로소 암흑의 자아로 돌아갈 수 있었다. 하지만 황금의 군주가 진심으로 넋을 기리며 극락왕생을 빌어주자 감동하여 다시 마계로 돌아왔다. 좋은 곳에서 다시 태어났다.

-보유 기술

*[-C]충실한 노가다꾼: 명령받은 바를 계속 실행한다.

*[E]수다쟁이: 말은 할 수 없지만 달그락거리면서 계속 말하려 한다. 수백 년간 아무것도 들리지도 보이지도 느낄 수도 없는 공간에 갇혀 있던 탓이다.


"음……."

딱한 사정이 있는 해골들이었다. 해골의 숫자가 수백이 넘어가자 전망이 좋던 묘지는 음침하고 무서운 묘지로 바뀌어버렸다. 아리나가 스켈레톤을 이리저리 살펴보았다.

"데스나이트와 거의 맞먹는 스켈레톤이네요."

언데드 같은 경우에는 원한이 깊으면 깊을수록 강한 존재로 다시 태어난다고 한다. 그래서 원한 있는 영혼이 중요한 재료였다. 저들을 보니 마족들의 원한이 얼마나 깊은지 이해할 수 있었다.

달그락! 끼익! 달그락! 달그락! 끼익!

계속 달그락거렸다. 뼈가 갈리는, 굉장히 섬뜩한 소리도 들려와 소름이 돋을 지경이었다. 빨리 돌려보내고 싶었다.

"힘들게 마계에 있을 필요 없잖아? 돌아가서 편히 쉬어."

진우의 말에 충격을 받은 듯 블랙 스켈레톤 하나가 휘청거리다가 무릎을 꿇었다. 좌절이 가득 담긴 몸짓이었다. 말을 할 수 없으니 몸으로 표현하고 있었다. 다른 블랙 스켈레톤들도 따라했다. 보디랭귀지가 그야말로 일품이었다.

"돌아가기 싫어하는 것 같습니다."

"음……."

"일단 마족이기는 하니까 영지민으로 받아들이고 적당히 일을 시키는 것이 어떻겠습니까?"

아리나의 말에 스켈레톤들이 모두 고개를 끄덕였다. 그러다가 머리가 빠진 스켈레톤도 있었다.

'하긴, 텅 비어 있기도 하고 할 작업도 많다고 하니…….'

아리나가 영지민을 받아들일까 고민하고 있던 시기였다. 아무래도 노동력이 필요했으니 말이다. 드워프들은 마기 때문에 밖으로 나올 수 없으니 논외였다.

"그래, 그게 낫겠군."

"네! 군주님께서 오시니 이상하게도 일이 잘 풀리고 있네요. 역시 황금의 군주님이십니다."

잘 풀리고 있는 건지 꼬여가는 건지 알 수 없었다. 어쨌든, 원한이 풀린 건 기쁜 일이었다. 블랙 스켈레톤들이 영지를 돌아다니면서 일을 하기 시작했다. 하인들이 처음에는 놀라기는 했지만, 블랙 스켈레톤들을 붙여주니 그들을 능숙하게 다루면서 밀린 일들을 처리했다. 빨래나, 건축, 잡초 뽑기 등 못 하는 게 없었다. 블랙 스켈레톤의 비주얼이 워낙 흉악해 영지가 다소 음침해졌지만, 그래도 활력이 생겼다.

마계이니 이 정도는 허용 범위가 아닐까? 마왕도 있고 마족도 있고 몬스터도 있으니 흉악하게 생긴 스켈레톤도 있을 수 있었다.

'많이 챙겨가야겠군.'

진우는 받은 것 이상으로 돌려주는 사람이었다. 갈로드를 위해 차원상점과 창고에서 이것저것 많이 챙겼다. 진우는 오른손을 바라보았다. 차원상점에서 강력한 봉인술이 걸린 이런저런 것들을 사서 꼈다. 덕분에 가까이에서 보지 않는 이상 암흑 마력이 보이지는 않았다. 한숨이 나왔다. 검은 장갑이 오글거리기는 했지만 어쩔 수 없었다.

'아리나의 영지는 영지라고 보기보다는……'

커다란 세트장, 작업실 같았다. 진우는 진짜 마족들이 살아가는 영지가 어떨지 궁금했다. 일단 갈로드의 영지를 천천히 구경하면서 문제점도 찾을 생각이었다. 방문객들도 꽤 있다고 하니 어색하지는 않을 것 같았다. 바쁜 갈로드를 방해하고 싶지는 않았다. 당연히 걸어갈 필요는 없었다. 포탈석을 이용하자 갈로드의 영지 근처에 바로 도착할 수 있었다.

'오……'

성벽이 보였다. 기간테르 정도는 아니었지만 그래도 잘 지어놓은 성벽이 있었고, 조금은 뭉툭해 보이는 성도 보였다. 성벽 주변에는 황량해 보이는 밭이 넓게 깔려 있었다.

마법적인 장치도 많아 문명 수준이 떨어져 보인다거나 하지는 않았다. 이리저리 오가는 마족들이 매우 많았는데, 상당히 분주해 보였다.

'바쁜가 보군.'

역시 좋은 영주 밑에 있는 부하들은 항상 바쁘게 움직였다. 진우는 고개를 끄덕이며 일부러 정문을 피해 다른 문으로 다가갔다. 나름대로 후드도 눌러써서 모습을 가렸다.

진우는 배려심이 넘쳐흘렀다. 성벽을 따라 조금 돌아가야 했지만 구경하면서 가니 그리 멀게 느껴지지 않았다. 땅을 살펴보니 엘론티보다는 훨씬 나은 상황이었다. 자금을 지원해 주면 자력으로 회생이 가능할 것 같았다. 작은 문으로 다가가니 줄이 보였다. 진우는 줄 뒤에 섰다. 고급스러운 복장을 한 마족들이 인상을 잔뜩 구기고 있는 것이 보였는데, 귀족 같은 느낌이 났다. 정보를 살펴보니 다른 영지에서 온 귀족이었다.

"참나, 이런 가난한 영지에서 이런 취급을 받다니……."

"브리악 님께 말씀드립시다. 이건 그분을 모욕하는 처사요."

불만이 대단히 많은 것 같았다. 그러다가 진우 쪽을 바라보았다. 시비를 걸거나 그러지는 않았다. 오히려 진우의 모습이 심상치 않게 느껴졌는지 가볍게 인사를 했다. 하급 마족이 가질 수 있는 존재감이 아니었기 때문이다. 마족은 웃으면서 입을 뗐다. 진우가 귀족이나 높은 신분이면 안면을 터놓는 것이 좋았기 때문이다. 그는 그러한 처세술로 상당히 높은 위치에까지 오른 마족이었다.

"하하! 귀하신 분 같은데, 여행하시나 봅니다."

"잠시 들렀습니다."

"그러시군요. 참, 이리도 여행객들에게 각박한 영지는 없을 겁니다. 마왕 갈로드 님의 명성만 아니었다면 오지도 않았겠지요."

마족들은 친절했다. 보통 시비를 걸거나 하는 전개가 벌어지게 마련이지만 그런 일은 벌어지지 않았다. 문 앞으로 다가가니, 문지기가 신분검사를 하고 있었다. 아리나에게 듣기로는 갈로드의 영지는 자유롭게 방문객들이 오갈 수 있다고 했는데, 의외였다.

"아니, 우리가 누구인 줄 알고 이러는 게냐!"

"손님을 이리 막 대해도 되는가?"

"마차까지 통제하다니……! 내가 말이야! 여기 관리인이랑 밥도 먹고 다 한 사이야!"

문지기는 땀을 뻘뻘 흘리며 그들을 진정시키려 애썼다.

"죄송합니다. 마왕님께서 직접 명령하신 일이니 양해를 부탁드립니다."

"크흠, 갈로드 님께서 그러셨다면…… 이해를 하기는 하겠지만……. 정식으로 항의할 것이네!"

"귀족을 이리 대하면 마계의 법도가 무너지는 법일세! 허어, 참으로 아쉽구만!"

그래도 귀족치고는 그렇게까지 행패라고 보기는 어려웠다. 오히려 귀여운 느낌이 났다. 진상 같은 느낌이었다. 투덜거리면서도 검사받을 건 다 받고 있었다.

진우의 차례가 왔다. 문지기는 상당히 잘 훈련을 받은 마족 병사로 보였다. 문지기로 있을 만한 실력이 아니었다. 태도는 굉장히 정중했다.

"방문 목적이 무엇입니까?"

"여행입니다."

"그러시군요. 통제구역이 있으니 주의하시길 바랍니다."

고개를 끄덕였다. 외곽만 둘러봐도 상관없었다. 진우의 앞에 있던 귀족들은 일꾼들에게 짐을 나르게 하고 있었다.

"수정구에 손을 올려놓으시면 됩니다."

수정구는 굉장히 비싸 보였다. 진우는 정보의 마안으로 살펴보았다.

[C+]진명탐색기

마왕 갈로드가 제작한 아티팩트. 마왕의 권능으로 암흑의 자아와 연결하여 부여받은 이름을 확인할 수 있다. 효과는 확실하지만, 잘 쓰이지 않는다. 암흑의 자아에게 많은 제물을 바쳐야 하기 때문이다.

꽤 신기한 아티팩트였다.

"그냥 손을 올려놓기만 하면 됩니까?"

"아무런 해가 없으니 안심하셔도 됩니다."

그러고 보니 마족들은 진우의 이름을 몰랐다. 다른 차원에서 이름을 밝힌 적이 없었다. 그저 군주라 불렸기 때문이다.

진우가 잠시 수정구를 바라보고 있으니 주변의 시선이 몰렸다. 앞에 있던 귀족들도 진우를 바라보고 있었다.

"아직 멀었나?"

"요즘 너무 시간이 걸려서……."

"음……."

뒤에 있는 방문객과 일꾼들이 눈치를 주었다. 이제 와서 물러나면 수상한 사람으로 몰릴 가능성이 컸다.

'일단 통과만 되면 되니…….'

이곳에서는 굉장히 특이한 이름이겠지만 감출 만한 것도 아니었다. 일단, 수정구 위에 손을 올려놓았다. 하얀 액체가 들어 있는 것 같은 수정구가 점차 탁해지기 시작했다. 하얀 우유에 검은 물감을 탄 것 같았다.


[암흑의 자아가 정중히 이름을 묻습니다. 이름을 말해주세요. 암흑의 자아가 가명으로 바꿔줄 수 있습니다.]


'오, 도움이 되기도 하는군.'

민폐라고 생각했던 암흑의 자아였다. 그러나 이번에는 도움이 될 것 같았다. 암흑의 자아가 그럴듯하게 바꿔주면 바로 통과가 가능했다. 그동안 암흑의 자아를 너무 안 좋게 본 것 같았다. 생각해 보면 도와주기 위해 노력하고 있는 어린아이 같은 느낌이기는 했다. 의도는 좋았으나 결과가 안 좋아서 문제였다.

'이진우.'

진우가 의지를 담아 이름을 떠올리는 순간이었다.

부르르!

주변에 있던 마기가 떨렸다.


[이진우!]

[암흑의 자아조차 감당할 수 없는 거대한 악입니다.]

[감당할 수 없는 거대한 이름에 암흑의 자아가 잠시 폭주합니다.]


정보가 떠올랐다. 그러고 보니 잊고 있었지만, 탐욕의 군주도 그런 말을 하기는 했다. 심지어 피까지 토하면서. 마신 바로 밑이라 일컬어지는 그조차 그러했다.

조용했다. 아직 무언가 일어난 것 같지는 않았다. 의외로 그냥 넘어갈 수도 있을 것…….

파지직!

같지는 않았다. 수정구가 완전히 검게 변했다. 너무나 어두워 아무것도 보이지 않았다. 마치 공간에 검은 구멍이 뚫려 있는 것 같은 모습이었다.

"무, 무슨……?!"

"이게……."

땅 밑에서 어두운 기류가 뿜어져 나오더니 수정구를 감쌌다. 수정구가 점점 공중으로 떠오르기 시작했다. 문지기들이 뒤로 주춤 물러났다. 구경하고 있던 귀족들 역시 매우 놀라며 뒤로 물러나려다가 넘어지며 크게 엉덩방아를 찧었다. 진우의 뒤에 있던 이들도 놀라기는 마찬가지였다. 도망치는 이들도 많았다.

찌저적!

수정구에 금이 갔다. 마왕의 권능이 깃든 아티팩트는 마왕을 넘어서지 않으면 절대 부서지지 않았다. 마왕이 권능을 소모하여 만드는 것들은 보통 무기였다. 그래서 보통 마왕이 만든 무기는 신이 만든 무기라 불리기도 했다.

퍼엉!

수정구가 너무나 허무하게 깨져 버렸다. 수정구에 있던 기운들이 뿜어져 나오며 소용돌이치기 시작했다. 블랙홀과도 같은 모습이었다.

콰앙! 쾅!

주변 바닥이 갈라지며 마기가 치솟았다. 마기들이 모두 소용돌이 속으로 빨려 들어가더니 소용돌이가 점점 거대해졌다. 모두 멍하니 그 광경을 바라보았다. 진우도 마찬가지였다. 대체 이게 무슨 일인가 싶었다.

"······."

순간 정적이 내려앉았다. 이 세상에서 소리마저 사라진 것 같은 너무나 싸늘한 정적이었다. 마족들은 귀가 먹먹해지는 것을 느꼈다.

성문 밑에서 멍하니 소용돌이를 올려다보던 귀족은 자신의 목에 걸린 목걸이가 공중으로 천천히 떠오르는 것을 보았다.

손톱만 한 보석이 달린 목걸이였는데, 중력이 사라진 것처럼 떠오르고 있었다. 목걸이가 목을 떠나 공중에 떠다녔다. 귀족이 손을 뻗어 목걸이를 잡으려던 순간이었다.

휘익!

손에 낀 반지가 빠지더니 소용돌이로 빨려 들어갔다.

"억!"

"무, 무기가!"

문지기가 들고 있던 무기 역시 빨려 들어갔다. 버티려 했지만 버틸 수 없었다.

두드드득!

성벽에 있던 벽돌이 부서지며 뜯겨 나갔다. 갈로드를 상징하던 깃발은 갈기갈기 찢겨 사라졌다.

"피, 피해!"

"빠, 빨려 들어간다!"

"으아악!"

귀족들이 먼저 도망치자 주변에 있던 모든 마족이 전력으로 도망쳤다. 진우의 주변에 아무도 없게 되었다.

'위험한데.'

성벽과 성문이 빨려 들어가고 있는 것을 보니 빨리 대책을 마련해야 했다. 갈로드에게 폐를 끼칠 수는 없었다.

진우는 장갑을 벗으며 마력을 일으켰다. 암흑 마력을 이용해 소용돌이를 잡았다. 소용돌이는 진우의 암흑 마력을 빨아들이며 더욱 커지기 시작했다. 묵직한 무게가 느껴졌다. 마안으로 살펴보니, 소용돌이는 금방이라도 터져 버릴 것 같이 불안정했다. 시한폭탄과도 같았다.

진우는 소용돌이를 힘껏 당기다가 그대로 하늘 위로 던졌다. 소용돌이가 검은 기류를 흩뿌리며 하늘로 치솟기 시작했다. 휘날리는 검은 기류가 끔찍한 촉수처럼 보였다.

어느 정도 높게 올라온 순간.

콰앙!

소용돌이가 그대로 터졌다. 어마어마한 마기를 뿌리며 구름을 모조리 날려 버렸다. 검은 기운이 하늘을 덮으며 빛을 먹어치웠다. 낮이 밤으로 바뀌는 순간이었다. 하늘을 장악한 검은 기운이 부서져 내리기 시작했다. 검은 눈이 내리는 것 같은 광경이 펼쳐졌다.

"그래도 위험하지는 않네."

정보의 마안으로 확인해 보니 위험하지 않았다. 오히려 암흑 마력과 마기가 적당히 섞이며 영양소가 풍부해졌다. 대지에 내리면 굉장한 효과가 있을 것이다. 비주얼은 좀 그렇긴 해도 말이다.

"음……."

성문은 무너져 있었고 성벽도 마찬가지였다. 진우는 구경하기도 전에 입구에서부터 막혀 버렸다.

갈로드는 아리나의 영지에 다녀온 이후 잠을 잘 수 없었다. 잠을 잘 때마다,

날 왜 두고 갔어. 저주할 테다!
영원토록 저주할 거야!
네 살을 파먹고 말 거야! 끄아아악!

할라스가 나타나 그를 괴롭혔다. 악몽 속 할라스는 정상이 아니었다. 살이 반쯤 발라져 있었고 피눈물을 흘리고 있었다.

"후우……."

갈로드는 깊은 한숨을 내쉬었다. 그는 아리나에게 군주를 따르겠다고 말했다. 기간테르와 같은 사태를 피하고자, 그리고 시간을 벌 생각으로 그렇게 말했다.

일단 영지의 보안 경계를 올렸다. 영지의 상황을 모조리 파악하고 있어야 안심이 될 것 같아서였다. 군주가 찾아올 가능성도 대비했다. 군주로 보이는 자를 발견하면 바로 달려가 모시기 위해 중앙 문, 성으로 이어지는 길을 통제하고 잘 꾸며놓았다.

병사들과 관리들에게 예절 교육을 하는 것도 잊지 않았다. 그리고 그의 아내와 딸을 별관에 머물게 했다. 언제든 피난시킬 수 있게 짐을 모두 싸놓았다. 그래도 안심이 되지 않았다.

'후우…….'

갈로드는 군주에게서 받은 보석을 바라보았다. 엄청난 가치

를 지닌 보석이었다. 그 보석을 사용하면 다른 마왕에게 진 빚을 갚고, 영지 문제를 해결할 수 있었다.

'……선택을 해야 하는 건가.'

군주는 마계와 다른 마왕을 등지기를 강요하고 있었다. 그렇지 않는다면 그가 영지민들을 모두 먹어치울 것이다. 그 무수한 마족의 뼈……. 그리고 그 살점으로 만든 끔찍한 음식. 음식을 먹을 때면 그 광경이 떠올라 지금까지 물만 마신 갈로드였다.

도대체 무덤을 왜 만든 것일까? 그냥 그대로 뼈를 내버려 둬도 되는데 군주는 굳이 무덤을 만들라고 지시했다. 그 의도를 알아야 했다. 갈로드는 두려웠지만, 눈을 질끈 감고 직접 아리나를 도와주었다. 무덤을 만들 때 아리나 몰래 감시용 아티팩트를 설치해 놓았다. 권능을 깎아 만들어 군주라고 하더라도 쉽게 알아차릴 수 없을 것이라 생각했다.

'……영상이 왔군.'

그는 영상 재생을 하려다가 망설였다.

잘한 짓일까? 각별한 주의를 기울였다고 하나 군주가 알아차리진 않았을까?

그런 불안감은 여전히 남아 있었다. 갈로드는 침을 꿀꺽 삼키며 영상을 재생했다. 영상을 살펴보다가 그대로 굳었다. 군주가 아리나와 함께 무덤에 나타났기 때문이다.

군주는 다시 봐도 너무나 두려운 존재였다.

'무엇을 하는 거지?'

군주가 묘지에 알 수 없는 액체를 뿌렸다. 그의 오른손이 검은 기류에 둘러싸여 있어 제대로 볼 수는 없었다.

군주가 뭐라고 말을 하는 순간이었다. 갈로드의 눈이 크게 떠졌다. 묘지 위에 기괴한 문양이 새겨지더니…….

"저건……!"

검은색 해골들이 올라왔다.

블랙 스켈레톤. 마계의 깊은 지하에서만 나온다는 마물이었다. 그런 블랙 스켈레톤이 수백 기가 넘어갔다. 블랙 스켈레톤이 모두 군주 앞에 무릎을 꿇었다. 붉은 안광이 유난히 섬뜩하게 느껴졌다.

'저 붉은 안광은…….'

어두운 공간에서 봤던 붉은 안광과 유사했다.

식은땀이 흘렀다. 이미 옷은 다 젖었다. 군주는 마족을 먹어치우고 남은 뼈를 이용해 블랙 스켈레톤을 만들었다. 그리고 그 블랙 스켈레톤를 가지고 무언가를 만들고 있었다.

'그는 마계를 탐내는 게 아니야. 그저…….'

그가 가진 막대한 부를 보면 마계는 아무런 가치도 없는 땅이었다. 마족을 먹어치우고 군사를 만들기 위해 온 것이었다. 마족은 그에게 있어 재료에 불과했다. 황금의 군주는 그야말로 악신이었다.

덜덜덜!

갈로드는 떨리는 손으로 얼굴을 쓸어내렸다. 엘프들의 처지가 나은 것일지도 몰랐다. 아니, 어쩌면 엘프 여왕은 필사적으로 동족을 위해 그렇게 노래를 부르는 건지도 몰랐다. 잡아먹히지 않기 위해.

'아, 아직 들키지 않았을 거야. 빨리 아티팩트를 파기해야……'

갈로드가 권능을 일으켜 아티팩트를 빠르게 파기했다. 원격으로 파괴했기에 마력 소모가 극심했다.


그가 거친 숨을 내쉬고 있을 때였다.

띠띠딕!

수정구가 반짝였다. 아리나로부터 연락이 온 것이다.

갈로드의 몸이 굳었다. 떨리는 손으로 연락을 받았다.

-안녕하세요? 갈로드 님.

"아, 아, 안녕하십니까. 아리나 님."

-많이 피곤해 보이시네요? 건강이 중요하다고 그렇게 말씀드렸는데…….

"죄, 죄송합니다."

-죄송하긴요! 그냥 갈로드 님이 걱정되어서 말씀드린 거예요. 갈로드 님의 영지민들은 갈로드 님을 굉장히 존경하고 따르잖아요? 갈로드 님이 건강하지 않으면 무척이나 슬퍼할 겁니다.

꿀꺽!

갈로드는 침을 꿀꺽 삼켰다. 땀이 턱선을 타고 떨어졌다. 영지민은 그의 가족이나 마찬가지였다. 힘든 상황을 이겨내게

해준 원동력이었다. 명백한 협박이었다.

"며, 명심하겠습니다. 그, 그런데 무슨 일로……."

-아! 그렇죠.

아리나는 싱긋 웃었다. 너무나 티 없이 맑은 미소였다. 하지만 갈로드는 알고 있었다. 저 가면 뒤에 숨겨진 무서움을.

-아무래도 알고 계셔야 할 것 같아서 연락드렸어요. 갈로드님의 영지를 둘러본다고 가셨는데, 불편한 점이 있으면 곤란하니까요.

"두, 둘러보신다고 하셨습니까? 누, 누가……?"

-주인님께서요. 지금쯤이면 도착하셨을 겁니다.

갈로드의 입이 벌어졌다.

-그럼 다음에 연락 드리겠습니다! 주인님 몰래 알려드리는 거니까 나중에 한턱내세요!

아리나가 그렇게 말하고는 연락을 끊었다.

'들켰다!'

갈로드는 그렇게 생각할 수밖에 없었다. 군주를 분노하게 만들고 말았다. 빨리 수습해야 했다. 본의가 아니었다고 변명이라도 해야 했다. 그렇지 않는다면 영지가……. 영지민들이……! 먹힐 수가 있었다.

갈로드가 그렇게 생각한 순간이었다. 주변에 있던 마기가 진동했다. 갈로드는 잘 돌아가지 않는 고개를 돌려 성 밖을 바라보았다.

"아, 아아……."

영지를 모두 집어삼킬 것 같은 블랙홀이 성벽 위에 떠올라 있었다. 성문과 성벽을 잡아먹고 있었다. 깃발이 빨려 들어갔고, 성벽 위에 있던 무기들도 마찬가지였다. 영지가 먹히고 있었다.

"아, 안 돼!"

갈로드는 바로 무릎을 꿇었다.

"죄송합니다! 제가 잘못했습니다! 제 목숨을 바치겠습니다! 부디……!"

그렇게 목이 터지라 외쳤다. 그 정성이 닿아서 일까? 블랙홀이 하늘로 치솟더니 사악한 기운을 뿌리며 터졌다. 사악한 먼지들이 영지로 쏟아져 내렸다. 그건 칼라리스가 예언한 광경과 흡사했다. 다행히 아직 영지는 무사했다.

갈로드는 빠르게 뛰쳐나갔다. 군주께서 더 기분이 상하시기 전에 모시기 위함이었다.

갈로드가 빠르게 뛰어오는 것이 보였다. 굉장히 미안했다.

'마계에서는 정말 사건 사고가 끊이지 않네.'

지구가 그리울 지경이었다.

반가운 마음과 미안한 마음이 교차했다.

"구, 군주님, 이리 누, 누추한 곳에 오시다니……. 죄송합니다. 제가…… 정말……."

"잠깐 실수가 있었습니다. 미안합니다. 다 보상해 드리겠습니다."

"그, 그런 말씀하지 말아주십시오. 미리 모시지 못한 제 불찰입니다."

갈로드는 몸 둘 바를 몰라 했다. 타인의 실수마저 자기 탓이라고 말하고 있었다. 진우는 그의 대인배적인 면모에 감동했다.

"성으로 가시지요. 안내해 드리겠습니다!"

"영지를 둘러보고 싶습니다. 괜찮겠습니까?"

"무, 물론입니다."

갈로드는 고개를 마구 끄덕이면서 영지를 안내해 주었다.

'괜찮네.'

영지민들이 사는 집은 다소 낡기는 했으나 청결했다. 상하수도도 잘 구성되어 있었다. 방금 있었던 소란에 놀랐는지 영지민들이 길거리에 나와 있었다. 모두 갈로드를 보고는 정중하게 고개를 숙였다. 영지민들이 그를 존경하고 있음을 알 수 있었다.

갈로드는 오히려 당황하며 안절부절못했다.

'참 겸손하군.'

진우도 그가 존경을 받아 마땅하다고 생각했지만, 그는 오히려 겸손한 자세를 취하고 있었다. 그런 그의 태도에서 많은 것을 배울 수 있었다. 마족 꼬마들이 몰려다녔다. 그중에서 유난히 눈에 띄는 여자아이가 있었다. 갈로드 쪽을 바라보더니 환하게 웃으며 뛰어왔다.

"아빠!"

"허, 허억!"

갈로드가 크게 당황했다.

"따님입니까?"

"네? 네, 마, 맞습니다."

마왕의 딸임에도 동네 꼬마들과 어울려 놀고 있었다. 진우가 생각하기에 참 이상적인 광경이었다. 마왕의 딸이 갈로드바로 앞까지 달려왔다. 갈로드를 바라보다가 진우를 멍하니 올려다보았다. 굉장히 귀여웠다.

"안녕하세요? 아빠 친구예요?"

"그래, 이름이 뭐니?"

"에이미 갈로드 사르던 4세!"

"오, 그래?"

진우는 자세를 낮추고 에이미와 눈을 맞추었다. 갈로드가 새파랗게 질렸지만, 진우는 눈치채지 못했다. 아공간에서 사탕과 간식거리를 꺼냈다. 그걸 보자 에이미가 눈이 반짝였다.

"친구들이랑 나눠 먹으렴."

"와! 감사합니다!"

에이미는 사탕과 간식을 잔뜩 들고 고개를 꾸벅했다. 그러고는 친구들에게 달려갔다.

진우는 문득 자식이 생기면 어떨까 하고 떠올렸다.

과연, 누가 아내일까? 어떤 아이가 생길까?

'귀엽네.'

진우도 이렇게 느끼는데, 갈로드는 오죽할까.

진우는 갈로드를 바라보며 웃었다.

"귀여운 아이군요. 참 예쁘게 잘 키우셨습니다."

"쿨럭……."

"어째서 그렇게 열심히 일하시는지 알 것 같네요."

"아, 아닙니다. 저, 저는 아무것도……."

진우는 고개를 저었다.

"감추실 필요 없습니다. 다 알고 있으니까요."

"으, 으억!"

"다음에는 에이미에게 줄 선물을 가져와야겠습니다."

"아, 아아……."

갈로드는 숨이 넘어가려 했다. 칭찬에 약한 모습이었다.

영지를 둘러보고 성안으로 들어왔다. 그럭저럭 봐줄 만한 곳으로 들어왔다.

갈로드는 무언가 결심했는지 진우를 바라보았다.

무릎을 꿇었다.

"군주님께 충성을 바치겠습니다."

"아니, 그러실 필요는……."

"제발 제 충성을 받아주셨으면 합니다."

마왕이 갑자기 이리 저자세로 나오니 진우는 곤란했다.

진우는 그를 일으켜 세웠다. 거절하기도 뭐해 입을 뗐다.

"지금처럼 서로서로 돕도록 하지요."

"그……. 여, 영지민들은……."

"걱정 마세요. 앞으로 잘살게 될 겁니다."

"가, 감사합니다. 정말 감사합니다!"

갈로드가 어색한 미소를 지으며 그렇게 말했다. 영지민을 위해서라면 자존심도 내버릴 수 있는 인물이었다.

'팍팍 도와주도록 하자.'

진우는 아공간에서 차원 금화가 가득 든 자루를 꺼냈다. 성문과 성벽에 손상을 입힌 피해보상금이었다.

갈로드는 멍하니 자루를 바라보았다. 그 막대한 차원 금화를 보니 죄책감이 잠시 사라졌다.

갈로드는 생각했다.

'그래, 살기 위해서다. 이거라면…….'

지금까지 치열하게 살아왔지 않은가? 에이미를 위해서, 가족을 위해서, 그리고 영지민을 위해서였다. 이미 충분히 고통을 받았다.

"음, 이걸로는 너무 적겠지요."

그렇게 말한 진우는 아공간에서 몇 자루 더 꺼냈다. 갈로드의 눈이 또다시 질끈 감겼다. 죄책감을 느끼기에는 솔직히 너무 많은 돈이었다.

진우는 갈로드에게 많은 지원을 해주고 직접 도와주었다.

밭을 재정비하고 직접 강화한 여러 씨앗을 심었다. 영지민과 병사까지 동원하고 있지만 할 일이 너무 많았다. 농사를 짓고, 도로와 성벽을 보수하고, 여러 가지 건물을 다시 짓기 위해서는 많은 노동력이 필수적으로 필요했다.

자칫 잘못하면 갈로드의 영지민들을 혹사하는 꼴이 되었다. 그리고 마족 병사들까지 빼내어 쓰고 있었기 때문에 치안에도 문제가 있었다. 갈로드 영지 주변에는 마물들이 서식하고 있었기 때문이다.

상처를 입은 영지민, 실종되는 영지민도 꽤 있다고 한다. 그렇다고 마왕인 갈로드가 매번 나설 수도 없었고, 병사를 돌릴 수도 없었다. 인접한 위치에 있는, 마왕 사라 브리악 그리고 고위 마족들의 영지와 관계가 좋지 않았기 때문이다.

'노동력이라……'

진우가 고민에 빠져 있자 갈로드는 어찌할 바를 모르며 발을 동동 굴렀다. 그의 얼굴은 10년은 더 늙어 보였다. 마왕임에도 불구하고 진우가 무슨 말을 하면 빠르게 뛰어다니며 바로 실행에 옮겼다. 그런 갈로드를 보니 진우는 더욱 깊게 고민하지 않을 수 없었다. 그러다가 방법이 떠올랐다.

"아!"

"며, 명령하실 게 있으십니까?"

"일꾼을 데려와도 되겠습니까?"

"무, 물론입니다. 하, 하하. 그, 그런 건 저에게 일일이 물어보지 않으셔도 됩니다."

진우는 고개를 끄덕였다. 문제를 해결할 수 있을 것 같았다. 준비할 게 있으니 기다려 달라고 한 뒤 아리나의 영지로 이동했다.

갈로드는 진우가 사라지자 바닥에 털썩 주저앉았다. 삶을 다 불태운 듯한 모습이었다. 하지만 이제 시작이었다.

아리나의 영지로 돌아온 진우는 블랙 스켈레톤을 불러 모았다. 갈로드의 영지 문제를 해결하는데 블랙 스켈레톤이 딱이었다. 그럭저럭 강하고, 노동력으로서는 최고의 기술도 가지고 있었다. 게다가 부서지더라도 마력핵이 파괴가 되지 않는 이상 멀쩡하게 부활했다. 아리나의 영지 작업은 거의 다 마무리되었기에 문제가 없었다.

'일단……'

블랙 스켈레톤이 든 장비를 보니 굉장히 빈약했다. 나무 쟁기나 낡은 도끼 따위를 들고 있었다. 갈로드의 영지 상황을 떠올리면 이걸로는 충분하지 않았다.

'마물도 있으니……'

적당한 장비가 필요했다. 진우는 기존에 있던 장비들과 대량으로 도구를 구매해 가지고 왔다. 지구에서 가지고 온 여러 도구는 시간을 들여 모조리 강화했다. 속성석까지 갈아 넣어서 제법 그럴듯한 도구로 재탄생되었다. 일을 마치고 나니 보람이 있었다. 진우는 도구 하나를 들어보았다. 살짝 휘두르자 압축된 바람이 뿜어져 나가며 땅이 깊게 파였다.

'괜찮네.'

이 정도라면 빠르게 작업을 진행할 수 있을 것 같았다.

진우는 블랙 스켈레톤을 바라보았다. 뼈만 남아 있어서 앙상한 모습이었다. 조금 가려주면 외관상 괜찮아질 것 같았다.

'이참에 창고를 풀어야겠군.'

중국이나 일본 쪽이 무료로 기부해 준 갑옷, 그리고 알게 모르게 쌓인 것들을 전부 가지고 왔다. 이참에 창고 정리까지 진행한 진우였다. 블랙 스켈레톤은 강화한 도구와 갑옷을 주섬주섬 챙기기 시작했다.

"차려입으니까 데스나이트보다 더 괜찮은 것 같습니다."

"그러네."

"고생한 보람이 있었습니다. 일도 더 잘할 것 같네요!"

생각보다 시간이 오래 걸렸지만 진우와 아리나는 뿌듯한 표정이 되었다. 노가다의 고생이 결과물을 보니 씻은 듯 사라졌다. 아리나의 말대로 블랙 스켈레톤이 도구를 들고 갑옷을 입으니 확실히 달라졌다.

은연중에 뿜어져 나오는 마기가 갑옷과 도구에 스며들더니, 검붉은 기운이 은은하게 깃들게 되었다. 앙상한 뼈대에 무언가를 입히니, 마치 잘 빠진 스포츠카를 보는 것 같은 느낌이 들기도 했다.

진우는 고개를 끄덕였다. 조금 과한 면이 있는 것 같기도 했지만, 작업을 확실하게 하려면 이 정도는 되어야 했다. 바로 갈로드의 영지로 향하는 포탈을 열고 이동했다.

갈로드의 영지에는 숲이 있었다. 포탈석으로 연결되어 있지 않다면, 다른 영지에서 갈로드의 영지로 오기 위해서는 이 숲을 통과해야 했다. 마물이 많기로 유명한 숲이었다.

'이곳부터 개간해야겠군.'

성문 앞에서 있었던 귀족의 대화를 떠올려보면 길에 문제가 많다고 한다.

"일단 깔끔하게 밀어버려."

진우가 명령하자, 블랙 스켈레톤의 붉은 안광이 매섭게 흘러나왔다. 바로 도구를 들고는 길 근처의 숲을 불도저처럼 밀어버리기 시작했다. 속성석이 깃든 도구는 강력했다. 검기와 같은 것들이 뿜어져 나가며 나무를 찢어버리고 돌을 부수었다. 땅에 박힌 돌들이 가루가 되더니, 몇 번 쓱싹쓱싹하자 너무나도 예쁜 평지가 완성되었다. 그야말로 작업을 위해 다시 태어난 것 같았다.

키에에엑!

중간에 트롤과 비슷한 몬스터가 나오긴 했지만.

퍼억! 푸직!

나무나 돌처럼 바로 사라졌다.

길이 넓어지고 있을 무렵 저 멀리서 마족들이 마차를 이끌고 접근해 왔다. 얼마 전 갈로드의 영지에 방문했던 귀족들과 비슷한 복장이었다. 그들은 갈로드의 영지에서 일어난 사태를 자세히 알아보기 위해 파견된 마족이었다.

콰앙!

거대한 나무가 그들의 앞에 떨어졌다. 마족들은 갑작스러운 사태에 마차에서 내렸다. 마차를 호위하던 병사들이 나무로 다가갈 때였다.

쿠웅!

마차만 한 몬스터가 나무 위로 떨어졌다. 머리가 반쯤 터져 있었는데, 가죽이 단단하기로 유명한 마물이었다.

"뭐, 뭐야!"

마계의 밤은 유난히 어두웠다. 그러나 그들은 볼 수 있었다. 나무와 몬스터들이 여기저기 치솟고 있었다. 몬스터들이 내지르는 비명과 무언가 파괴되는 굉음이 사방으로 메아리쳤다. 어두운 숲 속에는 너무나 사악해 보이는 붉은 기운이 가득했다. 병사들이 긴장하며 무기를 들었다. 그 순간, 굉음이 점점 가까워지기 시작했다.

콰가가가!

마차의 옆에 있던 커다란 바위가 폭발했다. 귀족들은 눈을 동그랗게 뜨며 바위를 바라보다가 숲 속으로 천천히 고개를 돌렸다.

"허억!"

"저, 저, 저건……!"

평범한 데스나이트는 아니었다. 그것은 처음 보는 양식의 갑옷을 입고, 어두운 기류에 휩싸여 있었다. 요사스러운 무기를 휘두를 때마다 주변 지형이 바뀌었다.

귀족 중 하나는 상식이 풍부했다. 검은 뼈를 본 순간, 마계의 지하 깊은 곳에서만 출몰하는 몬스터임을 알아차렸다.

"블랙 데, 데스나이트!"

저들은 엄청난 수준의 검기를 다루고 있었다.

낫같이 생긴 무기를 들더니 바닥을 찍자!

콰앙!

마차 앞에 있던 모든 것들이 순식간에 제거가 되었다. 귀족은 주변을 바라보았다. 숲에는 붉은 안광이 가득했다. 저런 무지막지한 것들이 수십, 아니, 수백이 있는 것 같았다.

달그락달그락!

뼈와 뼈가 부딪히는 기괴한 소리가 들려왔다. 마치 너희를 잡아먹겠다고 말하는 것 같았다. 귀족과 병사들은 마차를 버리고 왔던 길을 따라 전력으로 도망쳤다. 블랙 스켈레톤은 붉은 안광을 깜빡이며 그들을 바라보다가 다시 일하기 시작했다.

진우는 저 멀리서 무슨 목소리가 들리는 것 같아 고개를 들었다가 다시 도구를 잡았다. 그도 직접 일하고 있었다.

"보람차군."

지저분했던 주변이 깔끔해지니 상쾌한 기분이 되었다. 진우는 가끔 이런 것도 괜찮다고 생각했다. 블랙 스켈레톤은 진우가 명령한 바를 완벽하게 수행했다.

진우는 나름대로 이 분야에 관련된 지식을 공부까지 했는데, 조금 달라진 부분이 있기는 하지만 어쨌든 많은 도움이 되었다. 순식간에 도로포장까지 마치고 이것저것 설치하니 전보다 훨씬 봐줄 만했다.

진우는 블랙 스켈레톤을 데리고 갈로드의 영지로 돌아왔다. 갈로드와 마족 병사들이 잔뜩 몰려나와 있었는데, 긴장한 기색이 역력했다. 모두 블랙 스켈레톤을 경계하고 있었다.

진우는 그들을 진정시키려고 미소를 지으며 다가갔다.

"구, 군주님?"

"일꾼들을 데려왔습니다. 많은 도움이 될 겁니다."

"일, 일꾼이라는 말씀입니까?"

"네. 사연이 있기는 하지만……. 말하자면 복잡합니다. 설명해드릴까요?"

"아, 아닙니다!"

슬픈 사연이 있기는 하지만 블랙 스켈레톤들도 일하기를 원하니 서로서로 좋았다. 아무것도 시키지 않으면 좌절 모드에 빠진다고 한다. 돌아갈 생각도 전혀 없어 보였다. 일을 시켜주니 저렇게 활기가 생겼다. 장비를 마음에 들어 해서 진우도 내심 흐뭇했다.

'만족할 만큼 일을 시켜주면 돌아가긴 하겠지.'

만족하면 성불 같은 걸 할 것 같기는 했다. 하지만 갈로드는 안색이 점점 안 좋아졌다.

'그러고 보니 내가 기다리라고 했지.'

영지를 떠나기 전 그렇게 말했었다. 피곤할 텐데 지금까지 기다리고 있었던 것 같았다. 진우는 갈로드에게 다가가 그의 어깨에 손을 올렸다. 그를 바라보며 미소를 지었다.

"저에게 맡기고 푹 쉬도록 해요. 너무 걱정이 많으신 것 같습니다."

"아, 알겠습니다. 쉬겠습니다. 푹, 푹 쉬겠습니다. 으, 으……."

갈로드가 영지에 관한 모든 권한을 넘겨주었다. 갈로드는 진우에게 신뢰를 보였다. 진우는 그에 보답하고 싶었다.


그날부터 바로 영지 개발에 착수했다. 블랙 스켈레톤의 외관 때문에 영지에 녹아드는 데 시간이 걸렸지만, 원래부터 영지민들과 같은 마족이었다.

"와아! 해골 아저씨! 같이 가요!"

"멋지다!"

"우와!"

블랙 스켈레톤은 착했다. 에이미를 비롯한 아이들과 잘 놀아주었고, 영지민들의 일도 도와주었다. 마족 병사들과 함께 경계를 도는 등, 많은 일을 하니 모두 마음을 열고 받아들이기 시작했다.

"우리가 삼시 세끼 먹을 수 있는 건 다 군주님 덕분이지!"

"군주님께 기도를 올려야겠어요."

"그래요. 모두 같이 기도드립시다."

진우에 대한 호감도도 엄청나게 올라갔다. 갈로드는 진우처럼 따뜻한 집, 좋은 옷, 그리고 맛있는 음식을 주지 못했다. 영지가 빠르게 풍요로워지기 시작하니, 갈로드보다 진우를 더 따르고 존경하게 되었다.

성안에서 그 모든 걸 지켜본 갈로드는 복잡한 심경이 되었다. 영지민들뿐만 아니라, 병사들도 모두 군주에게 넘어갔다. 같이 고생을 하며 버텼지만 당장에 주어진 풍요로움에 매혹될 수밖에 없었다. 그건 차원 금화에 매혹되어 버린 갈로드도 아주 잘 알고 있는 감정이었다. 몸도 마음도 빼앗겼다. 영지민들은 모두 군주의 충실한 부하가 되어버렸다.

빚이 모두 사라졌고, 영지는 날이 갈수록 발전했다. 막대한 차원 금화가 들어가니 그럴 수밖에 없었다. 조만간 기간테르보다 더 화려해질 것 같았다.

'순식간에······.'

영지가 점령당했고, 영지민들의 마음마저 빼앗겼다. 소름이 끼치는 계략이었다. 그는 당장에라도 영지민들에게 소리치고 싶었다.

'아니야! 속고 있는 거야!'

그 해골들은 마족들의 뼈라고! 너희들도 그렇게 될 뻔했다고! 내가 구해준 거라고! 해골과 친하게 지내면 안 된다고!

그러나 에이미는 늘 블랙 스켈레톤과 함께 다녔다. 동화책을 읽어주거나 같이 뛰어놀았다.

자신이 허튼짓이라도 한다면······.

갈로드는 소름이 끼쳤다.

"여보?"

그의 아내가 걸어왔다. 갈로드는 깜짝 놀라며 그녀를 바라보았다. 그녀는 선천적으로 마력핵이 약했다. 그로 인해 마력통로가 막히는 바람에 팔다리를 절었다. 그러나 지금은 멀쩡해져 있었다.

"어떻게……?"

"군주님께서 도와주셨어요. 너무나 고마우신 분이에요."

선천적으로 약한 마력핵을 고치려면 할라스 정도 되는 부자만 가지고 있는 최고급 포션, 그걸 수십 개는 써야 했다.

"제가 몸이 아프다고 에이미가 군주님께 말했나 봐요."

"그, 그렇군."

"참 좋으신 분이죠?"

아내는 아무것도 모른다는 듯 웃었다. 그의 아내는 군주의 정중한 말투와 보기 좋은 미소 속에 숨겨진 사악한 어둠을, 검은 촉수 같은 끔찍함을 몰랐다. 갈로드는 큰마음을 먹고 아내에게 고백하고 싶었다. 위로를 받고 싶었기 때문이다.

"저기……."

입을 떼는 순간 바로 닫을 수밖에 없었다. 아내의 뒤에는 어느새 블랙 스켈레톤이 서 있었다.

"제 일을 도와주고 있어요. 요즘 흉흉하잖아요?"

"……그렇군."

"군주님이 오셔서 참 다행이에요."

"크흑!"

아내가 회복된 건 눈물이 나올 정도로 기쁜 일이었다. 그러나 그 눈물에는 기쁨과 원통함이 섞여 있었다.

이미 한 배를 탔다. 그에게서 벗어날 수 없었다. 영원히.

갈로드는 마계 정복의 전초기지처럼 변해가는 영지를 그저 멍하니 바라봐야 했다.

탐욕의 레어. 마계의 가장 깊은 곳에 있었고, 마계 전역에 닿을 정도로 거대했다. 탐욕의 군주가 세계수의 뿌리처럼, 마계의 밑을 대부분 먹어 치웠기 때문이다. 그 거대한 공간에서 정체를 알 수 없는 무언가가 만들어지고 있었다.

데구르론은 고개를 저었다. 다른 드워프들도 심각한 표정이었다. 저 거대한 것을 작동시키기 위해서는 그만한 동력원이 필요했다. 차원 금화로도 작동시킬 수 있었지만 막대한 유지비가 들어갔다. 완벽함을 추구하는 그의 성격상 그건 맞지 않는 일이었다. 군주께서는 완벽하고 아름다운 것을 원하실 것이다. 몇 날 며칠을 고민했지만 뚜렷한 답이 내려지지 않았다.

"족장님, 해결 방법을 찾은 것 같습니다."

"음?"

"할라스가 무언가 알고 있다고 합니다."

데구르론이 고개를 끄덕이자 할라스가 끌려왔다. 할라스는 예전의 그 할라스가 아니었다.

"제, 제가 알고 있습니다요."

"말해보아라."

"아주 오래전에 천마대전이 있었는데요. 비둘기…… 아니, 그 천족놈들의 숫자가 너무 많았더랍니다. 그래서……."

할라스가 친절하게 말해주었다. 위대한 선대 마왕이 만든 거신병기가 있었다. 천족과의 싸움에서 많은 공을 세운 병기라고 한다. 이후 후대 마왕들이 분해해서 나눠 가졌는데, 동력원이 되는 핵은 사라 브리악의 가문이 보관하고 있었다.

'이것 또한 성스러운 시련이군.'

데구르론은 고개를 끄덕였다. 자세히 들어보니 조건에 딱 맞았다. 할라스는 데구르론의 마음에 들기 위해 필사적이었다. 배가 너무 고팠고 몸이 너무 아팠기 때문이다.

"사라 브리악의 영지는 제, 제가 아주 잘 알고 있습죠."

"어떻게 알고 있지?"

"제, 제가 침공하려 했습니다. 세, 세작도 많이 심어서……."

데구르론은 할라스의 정보를 바탕으로 작전을 세웠다. 운이 좋게도 탐욕의 레어는 사라 브리악의 영지와 연결되어 있었다. 데구르론과 드워프들은 계획을 위한 장비를 만들었다.

"그, 여기는 말입니다. 이, 이렇게 하면 어, 어떨까요?"

"음, 네놈의 지식도 쓸 만하군."

할라스는 온갖 지식을 다 쏟아냈다. 레어에서 발견한 검은 비늘은 주변 마기를 흡수하는 능력이 있어, 마기에서도 자유롭게 움직일 수 있게 해주었다. 비늘을 간신히 휘어 등에 짊어질 수 있게 만들었다. 몸을 웅크리면 비늘 속으로 숨을 수 있었다. 몸이 작고 손발이 짧은 드워프에게 딱이었다. 방어력이 엄청나 마법 폭격이 있더라도 멀쩡할 것이다. 할라스가 신체 능력을 비약적으로 업그레이드해 주는 술식과 은신 능력을 부여하는 술식을 고생 끝에 완성했다. 게다가 아공간까지 부여했다.

데구르론이 식사 한 끼를 주니 할라스는 울면서 먹었다. 데구르론과 드워프들 중에서 가장 날렵한 이들이 복면을 쓰고 비늘을 짊어졌다. 몸을 웅크리면 안으로 숨을 수도 있었다. 그러면 바로 은신 능력이 발동되었다. 그것은 할라스가 남아 있는 권능마저 모조리 소모하여 만든 최고의 술식이었다.

마력핵이 없는 지금은 권능 따위가 아무런 도움도 되지 않았다. 고통을 벗어나는 것이 우선이었던 할라스였다. 데구르론과 드워프들은 동굴을 따라 사라 브리악 영지 근처까지 도착했다.

은밀하게 올라와 사라 브리악의 영지로 잠입했다. 할라스가 준 지도가 있어서 아주 은밀하게 침투할 수 있었다. 할라스의 세작이 미리 만들어놓은 비밀 통로도 도움이 되었다.

휘익!

빠르게 담을 넘었다. 마족 병사가 보였지만 문제없었다. 은밀히 접근해 비늘로 내려치니 바로 기절했다.

목적지까지 빠르게 도착하자 거대한 문이 보였다. 복잡하고 정교한 마법이 걸려 있는 문이었다. 데구르론이 할라스가 만든 도구를 가져다 대니 마법진이 빠르게 풀렸다.

경보도 울리지 않았다. 너무나 깔끔했다.

'할라스……. 대단하군. 역시 힘을 잃었다고는 하나 마왕은 마왕인가.'

굉장히 치밀한 계획을 세운 할라스였다. 군주께서 할라스를 살려놓은 이유가 드디어 이해가 되었다. 모든 것이 계시대로 이루어지고 있었기 때문이다.

은밀하게 문을 열고 안으로 들어갔다. 수많은 보물이 있었고, 보물들 가운데에 막대한 에너지를 지닌 수정구가 보였다. 데구르론은 수정구를 비늘에 있는 아공간에 넣고 돌아가려 했다.

"족장님, 모두 챙겨가는 것이 어떻습니까? 군주께서 곧 마계의 주인이 되실 테니, 이것들 또한 군주님의 것입니다."

"음, 따지고 보니 그렇군."

일리가 있다!

데구르론은 그렇게 생각했다. 보물을 모조리 다 챙기고, 다시 할라스의 세작이 만들어놓은 뒷길을 따라 은밀하게 빠져나왔다. 할라스, 정말이지 무서운 마왕이었다.

'나쁜 생각을 하지 못하게 더 패야겠군.'

데구르론은 그렇게 생각했다.


레어로 돌아온 데구르론은 모두가 지켜보는 가운데 동력원을 꺼냈다. 빛으로 일렁이는 동력원을 두 손으로 들었다.

"어둠의 힘이 이곳에 강림할지니……."

"오오!"

"어둠의 멸망이 비로소 완성될 것이다!"

굉장히 위험한 분위기였다. 할라스는 그 모습을 힐끔 쳐다보다가 구석으로 가서 몸을 웅크렸다. 너무 무서웠다.

사라 브리악은 영상으로 이루어지는 마왕 회의에 참여했다. 할라스와 갈로드가 빠져 마왕은 그녀를 포함하여 5명뿐이었다. 7마왕 중 둘이 사라진 것은 마왕들에게도 엄청난 충격을 주었다. 갈로드의 영지가 어둠의 군세에 먹혔다는 소식은 충격 그 자체였다. 평소 다른 마왕들을 깔보기는 했으나, 갈로드만큼은 인정하고 있던 그녀였다. 은밀하게 마족을 보내 살펴본 광경은 너무나 끔찍했다.

'무, 무서워 죽겠어!'

그동안 갈로드와 대책을 마련하기 위해 이런저런 이야기를 했지만, 이제는 연락이 완전히 끊겼다. 갈로드 영지와 제법 가까운 곳에 있어 그녀는 엄청나게 불안했다. 그러나 그녀는 공포의 마왕이었다. 언제나 오만한 표정을 짓고 있었다. 처음 마왕이 된 날 컨셉을 잘못 잡은 덕분이었다. 굉장히 신기하게도 마왕들이 알아서 착각을 해주었다.

갈로드와 맞먹는 권능을 지닌 공포의 마왕!

하지만 실제로는 그렇지 않았다. 그렇게 시간이 흐르니 이제는 본래 모습을 보여줄 수도 없었다. 그녀는 어느덧 극한의 컨셉충이 되어 있었다.

-권능을 바쳐 미궁의 군주를 깨우는 것이 어떻소?

-하! 그렇게 된다면 우린 평범한 마족이 되어버릴 것이오!

-그 이후가 있지 않소. 군주로 군주를 죽이고 그의 힘을 취득해서…….

-미궁의 군주가 어떤 존재인 줄 알고 깨운단 말이오. 기록에도 명확히 나와 있지 않소!

고성이 오갔다.

-음, 그럼…… 미궁의 군주는 최후의 수단으로 하고, 거신병기 아크론을 기동하는 건 어떻소?

-음, 군주에게 통할지 미지수이오.

-그래도 우리가 이 정도 힘은 있다는 걸 보여줄 수는 있겠지 않겠소? 그리고 협상을 진행하자고 요청하면…….

평소라면 절대 나오지 않을 이야기였다. 마왕끼리 서로 협력하는 일은 거의 없었기 때문이다. 회의는 길어졌다. 그녀는 오만한 표정으로 마왕들을 바라보고 있을 뿐이었다.

-그럼…… 그걸로 결정되었군. 거신병기 아크론 정도면 군주라 할지라도 얕볼 수 없겠지. 브리악, 자네 가문이 동력원을 보관하고 있다고 알고 있네.

"후훗, 걱정 말거라."

-공포의 마왕으로 명성이 높은 자네라면 믿을 수 있지.

그녀는 오만하게 고개를 치켜들 뿐이었다.

700년 만에 거신병기가 부활하는 순간이었다. 지루한 회의가 끝나자 그녀는 간신히 본래 표정으로 돌아왔다. 그러다 기척이 느껴지자 다시 오만한 표정이 되었다.

"폐하!"

"무슨 일이지?"

"그, 그게 도둑이…… 들어서……."

"후훗, 도자기라도 훔쳐 갔나?"

깜짝 놀랐지만 별거 아닌 것처럼 태연하게 말했다.

"바, 방금 확인해 보니 중앙 보물창고가……."

"뭣?!"

그녀는 깜짝 놀라 중앙 보물창고로 뛰어갔다. 복잡한 술식이 너무나 깔끔하게 풀려 있었다. 안으로 들어가니 아무것도 남아 있지 않았다.

"아……."

멍하니 창고를 바라보다가 허겁지겁 마왕들에게 연락했다.

"그…… 요즘 도둑이 좀 많은 것 같군, 그, 그래서 말인데……."

-걱정해 주어서 고맙소. 그대의 가문은 최고의 보물창고를 가지고 있다고 알고 있소. 참으로 부럽군.

"으, 음……."

말하기가 어려웠다. 다른 마왕에게 연락을 해보았다.

-공포의 마왕 사라 브리악! 우리는 모두 준비가 되었네. 가장 완벽한 자네라면 모두 예측했겠지?

"당연하다. 내가 바로 공포의 마왕이다."

-역시 그렇군. 그럼 그날 보도록 하지.

그녀는 오만한 표정으로 연락을 끊었다. 식은땀이 줄줄 흘렀다.

"어떡하지."

위기를 모면하기 위해 고심했다.

'이, 일단 가짜라도…….'

이제 어쩔 수 없었다. 가짜라도 준비하는 수밖에.

진우는 상당히 오랫동안 갈로드의 영지에 머물렀다. 가끔씩 JW 게이트에 가서 마계에서 키울 수 있을 만한 것들도 가져왔다. 레이첼과 무진은 몰라볼 정도로 성장을 했는데, 용병 길드 중에는 최고라고 봐도 무방했다. 그들은 순조롭게 JW 게이트를 탐색하며 활동 범위를 늘려가고 있었다.

고기와 재료의 종류가 다양해지니 게이트 요리도 많이 생겨났다. 레이첼과 무진 덕분에 계속 새로운 재료가 발견되고 있어 발전 가능성이 무궁무진했다. 어떤 학자는 인간이 불을 발견했을 때와 비견되는 혁명이라고 표현하기도 했다. 인스턴트 시장에도 진출했는데, SNS는 온통 그 이야기뿐이었다. '게이트 라면'이나 '게이트맛 감자칩'을 사기 위해 전국 투어를 하는 사람도 나올 정도였다.

진우는 요즘 가끔 지구로 돌아가 일을 보는 시간 외에는 갈로드 영지에 머물렀다. 유나가 조금 아쉬워했지만, 워낙 진우가 벌인 일들이 많아 그녀도 할 일이 많았다.

'너무 과했나?'

정신을 차려보니 어느새 갈로드의 영지는 크고 화려해졌다. 이것저것 신경 쓰다 보니 점점 규모가 커졌고, 무언가 자꾸 마음에 안 들어, 부수고 새로 짓다 보니 화려해졌다. 심시티를 하는 기분으로 만들다 보니 몰라보게 바뀌었다. 웅장한 성벽과 성탑은 진우가 보더라도 예술 작품 같았다. 농작물도 잘 자라고 있고, 나름대로 특산물도 생겨났으니 앞으로 큰 문제는 없을 것 같았다.

이 정도면 갈로드도 만족하지 않을까?

'다른 마왕들도 이렇게 회유하면 괜찮을 것 같은데.'

진우는 그렇게 생각했다.

할라스에게는 여전히 연락이 없지만 어쨌든, 일이 그럭저럭 잘 풀리고 있었다. 마왕을 만나보고 진솔하게 이야기를 나누면 미궁의 군주가 부활하는 일은 없을 것 같았다. 갈로드가 같은 편인 건 굉장히 든든했다. 그는 마왕 중에서도 손꼽히는 실력자였으니까.

'여기서 가까운 영지는……'

사라 브리악 영지였다. 사라 브리악. 그녀는 마계편의 히로인이었다. 공포의 마왕이라는 무시무시한 이명으로 불리고 있었다. 할라스가 음모를 꾸며 처음으로 처리한 마왕이기도 했다. 갈로드와 순위를 다투는 마왕치고는 허무하게 당한 감이 있었다. 할라스에게 권능을 모조리 빼앗긴 이후에 주인공의 사역마가 되었다.

'내가 권능만 있었어도 너 같은 놈은……!'
'내 힘이 줄어든 것이 아쉽군.'
'이것이 힘없는 자의 슬픔인가.'

이런 대사를 줄곧 내뱉었는데, 약간 오그라들기는 했다. 어쨌든, 힘을 잃은 컨셉의 히로인이었다. 마계편이 끝나자 사라졌는데, 그때까지 힘은 전혀 회복되지 않았다.

'주의해야 할 마왕이기는 하지.'

진우가 그렇게 생각하며 고개를 끄덕일 때였다.

갈로드가 달려오는 것이 보였다.

"구, 군주님!"

무언가 큰일이라도 난 것 같은 모습이었다.

"무슨 일인가요?"

"그게……."

갈로드의 말을 들어보니 마왕들이 자신을 초대했다고 한다. 거신병기 아크론의 완성을 축하하고 시연하는 자리에 참석해달라고 했다. 그리고 상호 간의 발전을 위해 협상을 하자고…….

'아크론이라면…….'

원작에도 잠깐 나오긴 했다. 할라스가 주인공의 시선을 돌리기 위해 썼다. 다른 마왕의 영지를 쑥대밭으로 만들었는데, 주인공은 마족을 구하기 위해 할라스를 막으러 가는 것을 멈추었다.

불안정한 병기라 주인공이 어떻게든 막기는 했지만, 결국, 그 틈에 할라스가 미궁의 군주를 깨웠다.

'음······.'

어째서 지금, 이 시기에 튀어나왔는지는 의문이었다. 자신이 처음 올 때 저지른 짓 때문인 것 같기도 했다. 하긴 탐욕의 군주 같은 놈이 떠나고 나서, 다시 군주가 왔는데 연합하는 것도 이상하지는 않을 것이다. 잘된 일일지도 몰랐다.

'협상이라, 내가 원하던 거였지.'

진우는 국제 대회 전에 마계의 일을 해결하고 싶었다. 미궁의 군주만 해결된다면 일본에 미궁의 군주가 나타나는 일은 없었고, 중간계로 가는 길이 열리지 않았다. 그렇게 되면 국제 대회는 무탈하게 이루어질 것이고 세계는 평화로 가득 찰 것이다.

"어, 어떻게 하시겠습니까?"

"협상이라······. 좋군요."

"그, 그들도 악의는 없을 것입니다. 그, 그저······."

갈로드의 말에 진우는 미소를 지었다. 이참에 그들의 불안감을 해소해 준다면 평화의 길을 모색할 수 있을 것 같았다.

"마왕들의 취향을 좀 알고 싶네요."

"네? 어, 어째서……?"

"초대를 받았는데 빈손으로 갈 수는 없으니까요."

"아, 아아……."

갈로드는 부들부들 떨다가 마왕들의 정보를 말해주기 시작했다. 말을 굉장히 더듬었는데, 아주 사소한 정보까지 알 수 있었다. 습관부터 약점까지 다 말해주었다. 어쨌든, 갈로드 덕분에 마왕의 취향에 맞는 선물을 고를 수 있었다.

"준비해야겠군요. 갈로드 님."

"네?"

"아무래도 마왕들과는 초면이니, 잘 부탁드립니다."

"아, 알겠습니다."

갈로드가 흐르는 땀을 닦고는 그렇게 대답했다. 비극과 절망이 될 현장에 가지 않으려 했다. 그러나 군주의 말을 거절할 수 없었다.

'이 미친놈들아! 그냥 얌전히 있을 것이지!'

군주의 비위를 맞추기 위해 갖은 노력을 다한 갈로드였다. 군주가 마계에 대한 흥미를 잃게 만들려고 정성과 성의를 다했다. 그런데 빌어 처먹을 마왕 놈들이 다 망쳐 버렸다.

'에라이, 나도 모르겠다.'

생각해 보니 군주의 편인 게 다행이었다. 적어도 잡아먹힐 걱정은 하지 않아도 되었으니까.

'그래! 다 망해라! 나만 아니면 돼.'

나는 군주님의 신하다! 인정하니 마음이 너무나 편해졌다.

초대받은 날짜가 되었다. 지구로 돌아온 진우는 모처럼 옷을 맞췄다. 그들은 마계를 다스리는 왕이었다. 마왕들이 모인 곳에 가니 누추한 차림으로는 갈 수 없었다. 갈로드는 동료라 허물이 없었지만, 다른 마왕들은 아니었기 때문이다.

마계로 가기 전 오랜만에 유나와 대화를 할 수 있었다.

"마왕들을 만나러 가신다는 말씀입니까?"

"그래, 이야기를 잘 나눠봐야겠어."

"그렇군요. 무슨 일을 꾸미고 있을지 모릅니다. 조심하셨으면 합니다."

유나는 불안해했다. 하긴 악마들의 왕을 만나러 간다는데 그럴 만했다.

진우는 바로 마계로 향했다. 선물을 챙기는 것도 잊지 않았다. 마족은 물질적으로 약했으니 마왕이라 할지라도 만족할 것이다.

갈로드의 영지로 돌아오자 준비가 끝나 있었다. 그도 모처럼 마왕을 상징하는 복장을 차려입었다. 그러나 왕관은 쓰지 않았다. 초대를 받았으니 호위는 대동하지 않기로 했다.

"멋지십니다. 군주님."

"과찬이십니다."

갈로드는 늘 안색이 나빴는데, 이제는 괜찮아 보였다. 초대받은 곳은 마왕 다이젠트의 영지 다론트였다.

마왕 다이젠트는 마왕 중에서 최고령 마왕이었다. 마왕들의 정신적 지주로 나왔는데, 원작에서는 할라스가 그의 뒤에서 심장을 뚫어버렸다.

갈로드가 다이젠트 영지로 이동하기 위해 포탈석을 사용했다. 그러나 포탈이 열리지 않았다.

"마력 공급이 끊긴 것 같습니다."

"도로 정비를 하다가 건드린 것 같군요."

진우는 정보의 마안으로 포탈석을 살펴보았다. 마력 공급에만 문제가 있고 멀쩡했다. 진우가 마력을 불어넣자 검은 포탈이 열렸다.

갈로드가 감탄하면서 고개를 끄덕였다.

포탈을 통과하니 다론트가 보였다. 다이젠트의 영지 다론트는 기간테르처럼 부유하지 않았고, 브리악 영지처럼 큰 영토는 아니었다. 그러나 마계의 수도라고 불렸다. 선대 마왕이 자리 잡은 곳이었고, 마계의 전통과 문화가 그대로 남아 있는 곳이었기 때문이다. 다론트 앞에 장소가 마련되어 있었다. 거대한 테이블에 음식들이 놓여 있었고, 그 뒤로 수많은 마족 병사들이 도열해 있었다.

'마왕들이군.'

다섯 명의 마왕이 보였다. 여섯일 줄 알았는데 의외였다. 마왕들에게 뿜어져 나오는 강력한 기세가 느껴졌다. 갈로드가 말해준 정보 덕분에 정보의 마안을 쓰지 않아도 모두 다 알아볼 수 있었다. 할라스만 이 자리에 없었다.

'음…….'

역시 마왕은 수준이 달랐다. 암흑 마력이 없다면 쉽게 상대할 수는 없을 것 같기도 했다. 천에 가려져 있는 것도 보였다. 꽤 큰 크기였는데, 아마도 저게 그 병기인 것 같았다.

'조금 긴장되는데?'

진우가 긴장을 풀기 위해 손을 움직였는데, 마왕과 마족들이 모두 움찔하며 뒤로 물러났다. 첫인상이 중요한 법이었다.

진우는 미소를 지었다. 나름대로 거울을 보며 연습했던 사람 좋은 미소였다.

탐욕의 레어. 데구르론의 주변에 모두가 모여 있었다.

드디어 때가 되었다.

"아리나 님에게 연락이 왔다. 오늘 마왕들이 모인다더군."

그 말에 드워프들이 결연한 표정으로 고개를 끄덕였다.

"선물이 완성됐느냐고 물으셨다. 아리나 님께서 군주님을 위한 깜짝 선물을 준비하고 싶다고 하셨다!"

"깜짝 선물……. 그야말로 어울리는 말입니다."

"맞습니다."

깜짝 선물. 깜짝 놀라 모두가 죽어버릴 그런 선물이었다.

데구르론은 거대한 공간에 엄청난 존재감을 발휘하며 서 있는 깜짝 선물을 바라보았다. 이런 걸 탄생시킬 줄은 몰랐다. 운이 좋다고 할 수밖에 없었다.

할라스의 능력도 아주 많은 도움이 되었다. 아니, 생각해 보면 모두 군주님께서 바라신 대로 이루어진 것이다! 이미 군주님께서 지니신 무한한 암흑 마력과의 연결을 끝내놓았다.

블랙 스켈레톤이 아주 많은 도움이 되었다.

'군주님께서 신호하시면……'

저 거대한 것이 세상에 모습을 드러낼 것이다.

다이젠트와 마왕들은 긴장했다. 어찌 보면 군주를 도발한 것이나 마찬가지였다. 마왕들은 거신병기와 마왕 다섯의 힘이 있다면 그래도 어느 정도는 협상할 자격이 되지 않을까, 그렇게 생각했다. 할라스처럼, 갈로드처럼 맥없이 당할 수는 없는 노릇이었다.

솔직히 도박이었다. 거신병기의 힘을 직접 경험해 본 적이 없었기 때문이다. 다이젠트는 칼라리스의 관측, 그리고 정보전을 통해 군주의 계획을 어느 정도 파악했다. 일이 잘못되면 영토뿐만 아니라 주기적으로 제물을 바칠 의향도 있었다.

그들 중 유일하게 허리를 꼿꼿이 펴고 여유로운 미소를 보이는 것은 역시 공포의 마왕 사라 브리악이었다.

'마계를 이끌어갈 마왕답군.'

갈로드가 배신을 한 이상, 그녀가 최고로 강한 마왕이었다. 다이젠트는 거신병기를 바라보았다. 무리하게 준비하느라 불안정한 부분이 있기는 하지만, 시스템 제어나 컨트롤 같은 부분은 동력원이 충분하다면 커버할 수 있었다. 동력원은 기이하게도 화려하고 안정적이었다. 워낙 급해 자세히 살펴보지 않았지만, 고대 선조들의 기술력에 감탄하지 않을 수 없었다.

모두 일찍 도착해 긴장하며 군주를 기다렸다. 거대한 검은 포탈이 생성되었다. 공간을 찢어발기며 군주가 천천히 포탈을 빠져나왔다.

오랜 세월 마왕으로서 살아온 다이젠트도 긴장하지 않을 수 없었다. 군주가 살짝 손을 움직이자 다이젠트는 본능적으로 방어 자세를 취했다. 다른 마왕들도 마찬가지였다.

갈로드가 군주의 바로 옆에 서 있었다. 그는 너무나 자연스럽게 군주를 모시고 있었다. 마치 간사한 신하를 보는 것 같기도 했다.

군주가 천천히 다가왔다. 엄청난 존재감에 마왕들은 모두 눈치를 보았다. 다이젠트가 먼저 악수를 청하며 입을 뗐다.

"다, 다론트에 오신 것을 진심으로 환영합니다. 다론트를 다스리고 있는 다이젠트입니다."

"반갑습니다. 이진……."

그때 마기가 요동쳤다. 군주의 주변으로 검은 기류가 폭발적으로 흘러나오기 시작했다. 다이젠트는 진득한 마력에 숨이 막혀 몸이 절로 떨렸다. 군주가 고개를 설레 젓자, 검은 기류가 깔끔하게 사라졌다. 마왕들, 병사들 모두 침을 꿀꺽 삼킬 뿐이었다. 모두 꼬리를 내려 버렸다.

진우는 이름을 밝힐 수 없어, 그냥 얼버무렸다. 결례가 되지 않을까 조심스러웠지만 다행히 신경 쓰는 기색은 없었다.

마련된 자리에 앉았다. 싸늘한 정적 가운데 식사가 이어졌다. 마계 음식은 꽤 괜찮았다. 호불호가 갈릴 수도 있었는데, 진우의 취향에 맞았다. 음식점을 내면 마니아층이 생길 것 같았다.

"맛있군요."

"취향에 맞으시니 다행입니다."

"제가 요리를 좀 하는데, 이건 괜찮네요."

진우는 화기애애하게 분위기를 이끌기 위해 그렇게 말했다. 효과가 있었는지, 다이젠트와 다른 마왕들의 표정이 풀어졌다. 다이젠트가 어색한 표정을 지으며 크게 웃었다.

"허허허! 구, 군주께서 직접 요리를 하신다니……. 혹시 부족한 부분이 있습니까?"

"제가 가지고 온 고기를 넣으면 맛이 더 풍부해질 것 같습니다. 다이젠트 님께서는 마계에서 제일 유명한 미식가라고 알고 있으니, 대접해 드리고 싶군요."

군주의 특별한 고기는 다이젠트도 짐작하고 있었다. 칼라리스가 관측을 했다. 마족의 뼈, 그리고 갈로드가 구역질을 참으며 억지로 먹는 모습을.

그 이후 칼라리스는 한동안 아무것도 먹지 못했다고 한다.

"그래서 다이젠트 님께 드릴 선물이 있습니다."

진우는 마침 잘 되었다고 생각하며 아공간에서 최고급 고기 세트를 꺼냈다. JW 게이트에서 야심차게 준비한 설 선물 세트였다. 가격이 조금 나가기는 하지만 요즘 가장 인기 있는 제품이었다. 테이블 위에 JW 고기 세트를 올려놓였다. 갈로드를 통해 파악한 취향이 참 많은 도움이 되었다.

다이젠트는 특별한 음식을 굉장히 좋아하니 마음에 들어 할 것 같았다.

"고급 재료입니다. 랭크가 높은 고기로 만들었지요. 입맛에 맞으실 겁니다."

"고, 고급…… 이라면 고위……? 그런 겁니까?"

"아니요. 비슷합니다."

D+랭크 정도이니 고위 랭크라고 보기는 어려웠다. 분위기가 괜찮은 것 같아 말을 더 이어간 진우였다. 진우의 대답에 조심스럽게 물어보던 다이젠트가 경악했다. 순간 싸늘한 정적이 생겼다.

'말을 잘못했나?'

진우는 그 반응에 당황했다. 아무래도 말실수를 한 것 같았다. 이런 게 바로 문화 차이라는 걸까?

진우는 일단 수습하기 위해 말을 돌리기로 했다. 일단 최대한 예의 바른 미소를 지었다. 그런 말도 있지 않은가? 웃는 얼굴에 침 못 뱉는다는 말.

"아! 할라스 님이 보이지 않는군요."

"······하, 할라스······."

"그런······!"

마왕들이 그렇게 반응했다. 할라스를 신경 쓰고 있는 것 같기는 했다. 사라는 포크를 쥔 채로 그대로 굳어 있었다. 눈조차 깜빡이지 않았다. 다른 마왕들은 고기 선물 세트를 보며 몸을 부르르 떨었다.

다이젠트는 눈을 부릅뜨며 갈로드를 바라보았다. 갈로드는 고개를 설레 저을 뿐이었다.

"크, 크흠. 고기는 마계의 일과 비교하자면 작은 부분입니다. 그러니 슬슬 이야기를 진행해야 하지 않겠습니까?"

마침 갈로드가 도와주었다. 진우는 정말 다행이라고 생각했다. 역시 갈로드는 노련했다.

"그전에 거신병기의 작동 모습을 보여 드리고 싶습니다. 천족을 몰아낸 병기입니다. 허허, 군주님의 계획에도 도움이 되지 않을까 합니다."

다이젠트가 그렇게 말했다. 마왕들이 그를 바라보았지만 그는 신경 쓰지 않았다. 다이젠트는 눈치가 상당히 빨랐다. 그건 오랫동안 마왕의 좌를 지킨 힘이었다.

군주를 직접 보니, 마계의 위용을 보여주는 건 소용이 없을 것 같았다. 차라리 거신병기를 바쳐서 마음을 사는 편이 나을지도 모른다고 생각했다.

'차라리 협조해서······.'

위기였지만 곧 기회였다. 협상보다는 협조로 방향을 바꾸었다. 그가 본 군주는 상식이 통하지 않는 존재였다. 군주는 차원을 정복할 군사를 모으는 것 같으니, 최대한 협조를 해서 콩고물을 주워 먹는 것도 나쁘지는 않았다. 어차피 마계는 황폐하니 말이다.

'일단 지켜보자.'

진우는 마왕을 자극할 생각이 없었다. 거신병기가 있어봤자 어차피 마계에서만 활동할 수 있으니 상관없었다.

거신병기를 감싸고 있던 천이 제거되었다. 마치 거대한 거미를 보는 것 같았다. 다이젠트가 거신병기 앞에 섰다. 두 팔을 벌리며 거신 병기를 작동시켰다. 진우는 거신병기를 살펴보았다.

[-S]거신병기 아크론

천마대전 때 활약한 고대 병기. 거미의 형상을 한 병기이다. 거신병기가 내뿜는 빔은 드래곤의 브레스와 비슷한 파괴력을 지녔다고 알려져 있다. 안정적인 동력원이 필요하지만, 다른 것으로 대체되어 있어 무척 불안정한 상태이다.

"음?"

불안정한 상태였다.

갈로드가 진우를 바라보았다.

"왜 그러십니까?"

"작동하지 않는 게 좋을 것 같은데……."

이미 늦었다. 아크론이 연기를 뿜어내며 몸을 일으켰다. 원작에서 나온 묘사와 흡사했다. 건물만 한 것이 몸을 일으키는 모습은 장관이긴 했다.

위이이잉!

아크론의 주위로 마기가 모이기 시작했다. 몸통에 있는 붉은 보석이 마기를 빨아들이며 빛을 뿜어냈다. 빛이 한 곳에 응집되더니 굉장히 강력한 에너지가 되었다. 표적은 저 멀리 있는 작은 산이었다.

"오오!"

"이게 바로 아크론……."

마왕들이 감탄했다. 진우는 뒤로 조금 물러났다.

'동력원이 부족하면…….'

보통 작동이 중지되게 마련이었다.

막 발사가 되려는 순간이었다.

피우우웅!

전원이 꺼지는 소리와 함께 아크론의 다리가 굽혀졌다. 두 팔을 벌리고 있던 다이젠트를 향해 쓰러졌다. 아크론에 모여 있던 마력이 흩어지며 다이젠트와 그 주변을 덮쳤다.

쿠웅!

다이젠트가 마력에 튕겨 나가며 바닥을 굴렀다.

아크론의 몸통에 있던 동력원의 도금이 벗겨지며 형편없는 내부가 모습을 드러냈다. 피를 토한 다이젠트가 멍하니 동력원을 바라보았다.

"도, 동력원이……."

"어떻게?"

"가, 가짜?"

마왕들의 시선이 모두 사라 브리악에게 향했다. 뒤로 멀리 물러나 있던 사라 브리악은 마왕들의 시선을 피했다. 식은땀을 흘리고 있기는 하지만 여전히 포커페이스였다.

"후…… 후훗."

'모든 것은 계획대로!'라고 말하는 것 같은 느낌이었다.

그때였다.

휘이이잉! 콰앙!

아크론이 끌어모은 마력은 흩어지지 않고 있었다. 가짜 동력원으로 마력이 뭉치기 시작하더니 한 차례 폭발이 있었다.

아크론에게서 붉은빛이 다시 뿜어져 나왔다. 칼날과도 같은 다리를 마구 휘두르며 주변에 있는 모든 것들을 날려 버렸다. 마족 병사들이 공처럼 튕겨 나갔다.

쉬익!

아크론의 다리가 떨리더니 그대로 오그라들었다. 마력이 한쪽으로 뿜어져 나가며 팽이처럼 돌기 시작했다.

"끄악!"

"으아악!"

아크론이 마족 병사들을 덮치며 지나갔다. 마족 병사들이 마구 튕겨 나가며 마치 비가 오는 것처럼 주변에 떨어져 내렸다. 아크론이 근처에 있는 마왕들을 덮쳤다. 마왕들은 허겁지겁 마력을 일으키며 아크론을 막았다. 사라는 여전히 저 멀리에서 굳어 있었다.

"크윽!"

"컥!"

"크윽!"

세 마왕이 간신히 아크론의 공격을 튕겨냈다. 아크론은 방향을 바꾸어 진우 쪽으로 빠르게 다가왔다. 마력으로 이루어진 토네이도까지 만들어내며 엄청난 위력을 보여주었다. 다이젠트, 그리고 다른 마왕들이 경악하며 진우 쪽을 바라보았다. 거리가 꽤 있어 피할 수는 있었으나 진우의 주위에는 쓰러진 마족 병사들이 있었다.

'막아야겠군.'

막아낼 수 있을까?

암흑 마력이 있다면 어떻게든 막아낼 수 있을 것 같았다. 진우는 암흑 마력을 모조리 끌어모았다. 막대한 검은 기류가 뿜어져 나오며 주변을 덮었다. 진우가 긴장하며 손을 뻗을 때였다. 아크론을 막기 위해 내뿜었던 마력이 대지 밑으로 빨려 들어가기 시작했다. 무언가 공명하고 있는 것 같았다. 저 아래에서부터 진동이 울렸다.

"응?"

두드드드드! 콰아!

대지가 갈라지며 거대한 무언가가 치솟았다.

콰앙!

갑자기 치솟은 거대한 존재와 아크론이 부딪혔다. 아크론이 옆으로 튕겨 나가며 다시 마왕을 덮쳤다.

마왕들은 다시 필사적으로 막아냈다. 드래곤 브레스와 비슷한 위력, 그리고 엄청난 속도로 회전하는 다리의 힘은 마왕이 힘을 합치더라도 막아내기 버거웠다.

마왕들은 간신히 고개를 돌려 군주를 바라보았다. 암흑에 휩싸인 군주가 성스럽게 느껴지는 오른손을 들고 있었다.

"저건……."

거대한 바닥을 가르며 솟아오른 것은 마치 드래곤 같았다. 아니, 드래곤의 뼈를 보는 것 같았다. 앙상한 몸체가 몸을 일으키자 대지가 무너져 내렸다.

"보, 본 드래곤?"

마왕 하나가 소리쳤다. 뼈라고 보기에는 이상했다. 단단한 광물로 이루어진 것 같았다. 아크론보다 두 배는 큰 본 드래곤이 몸을 일으켰다.

군주의 오른손에서 뿜어져 나간 검은 기류가 불꽃처럼 일렁이며 본 드래곤에게 깃들기 시작했다. 그러자 본 드래곤의 앙상했던 모습이 사라지고 검은 불꽃으로 이루어진 비늘이 생겨났다. 간신히 몸을 일으킨 다이젠트는 멍하니 입을 벌릴 수밖에 없었다.

구오오오오!

검은 불꽃으로 이루어진 날개를 활짝 펴며, 검은 드래곤이 포효했다. 마치 검은 불꽃으로 이루어진 것 같은 모습이었다.

다이젠트는 본 적이 있었다. 간신히 봉인해 놓았던, 그 트라우마가 다시금 떠올랐다.

어리석었다. 군주가 얼마나 위대한지 잠시 잊고 있었다.

"탐욕의…… 군주."

크기는 작았지만 탐욕의 군주 같, 아니, 분명했다.

검은 불꽃에 휩싸여 흑염룡으로 다시 태어났다. 황금의 군주는 탐욕의 군주를 단순히 물리친 것이 아니었다. 죽여서 노예로 만들었다.

[억?! 저게 뭐야?!]

황금의 군주가 검은 기운에 가려진 끔찍한 언어를 내뱉고는 손을 털어냈다. 마치 하찮은 벌레를 털어내는 것 같은 모습이었다. 흑염룡이 황금의 군주 위로 날아올랐다.

진우는 무지하게 당황했다. 그동안 아주 많은 일이 있었지만, 이렇게 당황한 적은 탐욕의 군주 이후로 처음이었다. 눈앞에 펼쳐진 광경을 도저히 이해할 수 없었다. 단지 거신병기를 막으려고 손을 뻗었을 뿐이었다. 그런데 갑자기 땅이 갈라지더니 거대한 드래곤의 뼈가 모습을 드러냈다. 거기까지라면 어떻게든 이해하려 노력을 했을 것이다.


[황금의 군주와 악의 화신이 흑염룡을 흡수하였습니다.]
[암흑 마력에 공명하여 오른손에 흑염룡이 깃듭니다.]

그동안 잠잠했던 황금의 군주와 악의 화신이 발동하며 거대한 뼈에 술식이 새겨졌다. 암흑 마력이 대량으로 빠져나갔다. 암흑의 자아가 허겁지겁 채워 넣었는데, 그런데도 마력이 텅텅 비어갔다. 거대한 뼈대에 비늘이 붙기 시작했다. 비늘 하나하나에 술식이 새겨지며 굉장히 사악하면서 아름다운 검은 불꽃이 입혀졌다. 말이 안 나오는 광경이었다.

암흑의 자아가 전력으로 마력을 보충해 주고 있어 마계가 힘들어했다. 그 결과, 마기를 태워 빛을 내고 있던 마계의 태양이 점차 어두워졌다. 마치 종말이 온 것처럼 태양이 검게 변하며 빛이 약해졌다. 진우의 오른손에서 검은 불꽃이 엄청난 기세로 뿜어져 나왔다. 갑작스럽게 온도가 높아져 굉장히 뜨거웠다. 불꽃을 끄려 손을 터는 순간이었다.

쿠오오오오!

흑염룡이 포효를 하더니 날아올랐다. 날 때마다 검은 불꽃의 비가 떨어지며 주변을 불태웠다. 태양 빛마저 사라져 암흑으로 물든 하늘 아래 공포와 절망이 마계에 강림했다. 마왕들은 비명을 지르거나 경악을 토해내며 그 광경을 바라보았다. 거신병기 따위는 이미 안중에도 없었다.

진우는 저 마왕들의 마음이 이해가 되었다. 그도 비슷했으니까.

진우의 위로 날아오른 흑염룡은 회전하고 있는 거신병기를 바라보았다. 흑염룡은 진우의 의지를 과도하게 잘 따랐다. 거신병기를 막아야 하는 것을 알고 있었다.

하늘을 날던 흑염룡이 마치 독수리처럼 거신병기에게 떨어져 내렸다. 순간, 거대한 흑염의 폭풍을 일으키며 주변의 모든 것이 불타올랐다.

그리고 흑염룡과 거신병기가 부딪혔다.

콰아앙!

거신병기의 회전이 멈추었다. 표면이 부글부글 끓더니 마구 휘어지기 시작했다. 마치 게가 끓는 물에 빠져서 익듯이 벌겋게 달아오르다가 다리가 모조리 끊어졌다. 흑염룡이 거신병기를 맛있게 물어뜯다가 공중으로 던졌다. 강아지가 장난감 공을 가지고 노는 것처럼 가벼워 보였다.

흑염룡이 입을 벌리는 순간 주변이 진동했다. 암흑 마력이 흑염룡의 입 앞으로 응집되었다. 거대한 술식이 새겨졌다. 황금의 군주와 악의 화신이 콜라보를 하며 굉장히 사악하면서 아름다운 마법진을 만들어 냈다.

콰가가가!

검은 화염으로 이루어진 브레스가 뿜어져 나갔다. 거신병기를 덮치고 그대로 쭈욱 뻗어 나가 본래 타깃이었던 작은 산에 부딪혔다. 뜨거운 바람이 몰아쳤다. 작은 산에 구멍이 뚫리며 폭발했다. 거기서 끝이 아니었다. 진우가 손을 턴 횟수만큼 마구 브레스를 발사했다.

마력 소모가 극심했다. 산은 반듯하게 깎여 버렸다. 먼지도 모조리 타버려 결과물이 너무나 잘 보였다.

브레스는 분명 위력이 엄청나지만 마력의 60% 정도는 폼을 잡기 위해 소모가 되었다. 아름다운 선을 그리기 위해, 사악한 소리를 만들어 내기 위해, 그리고 폭발하는 연출을 하기 위해 마력이 아주 많이 소모되었다.

그 덕분에 실제 위력보다 더 엄청나 보였다. 흑염룡의 성격 은 마치 황금의 군주와 악의 화신이 합쳐진 것 같았다. 더럽게 폼을 잡는다는 말이었다.

흑염룡은 상공을 한 차례 배회하다가 진우의 뒤로 날아왔 다. 마력을 많이 소비한 흑염룡의 형체가 흐릿해졌다.

진우의 오른손에서 뿜어져 나온 암흑 마력과 연결되어 있었 는데, 점차 작아지더니 오른손으로 흡수가 되었다. 거대한 머 리와 날개는 여전히 진우의 뒤에 떠올라 있었다.

'이거……'

오른손으로부터 뿜어져 나온 기류가 이제는 진짜 흑염룡이 되었다. 왜인지는 모르지만 흑염룡 자체에서 암흑 마력이 생성 되고 있었다. 마치 굉장한 에너지를 지닌 동력원이라도 있는 것 같았다.

텅! 터터텅! 콰앙!

브레스에 휩쓸려 하늘 위로 날아갔던 거신병기의 잔해가 마왕 주위로 떨어졌다. 대부분 녹아 있었고 서로 엉겨 붙어 있 어 형체를 알아보기 힘들었다. 마계의 희귀 금속을 끌어모아 만들었다는 거신병기였다. 암흑의 자아가 미친 듯이 진우에게 마력을 쏟아부은 결과였다.

마왕들은 눈이 반쯤 튀어나와 있었고 뒤에 있던 갈로드 역시 입이 떠억 벌어졌다.

진우는 암흑 마력을 컨트롤했다. 흑염룡의 형상이 연기처럼 남아 있어 더욱 끔찍해 보였다. 진우는 간신히 침착함을 유지하며 정보의 마안으로 흑염룡을 바라보았다.

[S]황금과 악의 흑염룡
'우연과 우연, 행운과 행운이 겹쳐 만들어진 걸작!'

암흑 장인 데구르론과 암흑의 드워프들이 모든 것을 쏟아부어 만든 걸작이다. 평소에는 암흑 마력을 제공해 주고, 막대한 마력을 소모하여 실체화할 수 있다. 위력은 확실하지만, 황금의 군주와 악의 화신이 작동하여 마력 소모가 극심하다.

*[C]유지비: 66.6%의 마력이 사악하고 아름다운 연출에 쓰인다.

*[S]암흑 마력 동력원: 암흑 마력을 지원해 준다.

*[S]실체화: 마력의 크기, 종류에 따라 다양한 형상으로 실체화할 수 있다.

일단 어째서 흑염룡이 나왔는지는 어떻게든 이해가 됐다. 드워프에게 굉장히 많이 지원을 해줬는데, 무언가 오해가 있었던 모양이었다. 이 정도라면 아주 심각한 오해였다.

진우가 잠시 고민을 하고 있을 때, 누구도 말을 하지 않았다. 침묵이 깔려 있었다. 일단 상황을 수습하는 게 먼저라고 생각했다. 거신병기의 폭주를 막은 셈이었으니, 크게 실례한 건 없었다. 많은 마족 병사들을 구할 수 있어 다행이었다.

진우가 마왕에게 다가갔다. 다이젠트와 다른 마왕들은 멍하니 진우를 올려다보았다. 난감했다. 협상하러 온 자리가 이렇게 폭발해 버렸으니 어떻게 말을 해야 할지 막막했다.

상태를 보니 도저히 협상을 진행할 상황이 아니었다.

"괜찮으십니까?"

"크, 크윽."

포션은 많이 있었다. 차원 상점에 보이는 족족 전부 사버렸기 때문이다. 요즘 들어 안 올라오기는 하지만 그래도 여유분은 충분했다. 진우는 아공간에서 포션이 가득 든 상자를 꺼냈다. 마왕들은 포션을 보고는 눈이 동그랗게 떠졌다.

마왕들의 표정이 심각해졌다. 포션이 조금 비싼 편이니 부담을 느끼는 것일 수도 있었다.

"부담 갖지 마세요. 상황이 이렇게 되었으니, 협상은 나중에 다시 하는 게 좋을 것 같습니다. 병사들도 많이 다쳤으니……."

마왕들은 진우를 멍하니 바라보다가 고개를 끄덕였다. 그럴 수밖에 없었다. 진우의 뒤에 검은 기류가 되어 있는 흑염룡이 그들을 노려보다가 커다란 입을 벌렸기 때문이다. 반드시 잡아먹고 말겠다는 그런 의지가 느껴졌다.

흑염룡이 입맛을 다시는 순간이었다.

"구, 군주님, 저에게 맡겨주시지요."

정신을 차린 갈로드가 진우의 앞으로 달려오며 그렇게 말했다. 고개를 끄덕였다. 자신보다는 마왕인 갈로드가 이 상황을 수습하는데 좋을 것이다. 지금의 상태로는 무언가 하기가 그랬다. 일단 미친 용대가리를 빨리 봉인하고 싶었다. 마계에 있으니 자꾸 튀어나오려 했다. 아주 멋지게 폭주라도 할 기색이었다.

"그게 낫겠군요. 부탁드립니다."

"마, 맡겨주십시오!"

진우는 갈로드에게 정중하게 부탁했다. 갈로드는 고개를 마구 끄덕이며 그렇게 말했다. 진우는 아무리 생각해 봐도 자신은 사건을 몰고 다녔다. 악역이었기 때문인지, 아니면 수치화할 수 없는 무언가가 있는 것인지 알 수 없었다. 그래도 고민을 함께 나눌 수 있는 갈로드가 곁에 있어 참 다행이라는 생각이 들었다.

진우는 일단 성소로 돌아갔다.

군주께서 암흑 그 자체로 이루어진 것 같은 포탈을 열고 사라졌다. 갈로드는 침을 꿀꺽 삼키며 그 모습을 바라보다가 간신히 안도의 한숨을 내쉬었다.

"갈로드……. 네, 네 이놈!"

다이젠트가 힘겹게 소리쳤다. 마력핵이 손상된 다이젠트는 갈로드의 적수가 될 수 없었다. 다른 마왕도 마찬가지였다. 오로지 사라 브리악만이 조금 떨어진 곳에서 오만한 표정을 짓고 있을 뿐이었다. 그녀는 미동도 하지 않았다. 이 모든 상황을 관조하고 있었다.

"그러게 왜 군주님의 심기를 건드렸습니까? 미쳤습니까?"

"크윽!"

"제가 아니었다면 모두 할라스 꼴이 될 뻔했습니다."

갈로드의 목소리에서는 분노와 서러움이 묻어났다. 다이젠트와 마왕들은 아무 말도 할 수 없었다. 확실히 잡아먹히기 일보 직전이었다.

다이젠트는 이를 악물었다.

"어디서부터…… 어디서부터 계획된 것이냐."

"짐작하기도 어렵군요. 저는 그저 꼭두각시일 뿐입니다."

갈로드가 그렇게 말했다. 마계에서 일어난 지각변동 때문에 최대 포션 생산지가 막대한 타격을 입었다. 당분간 고급 포션을 생산할 수 없게 되었을 뿐만 아니라, 창고에 있는 포션들도 모두 파괴되었다고 한다. 차원 상점에 올라온 매물은 모두 군주가 구매해 갔다. 잡종이기는 하지만 그래도 도움이 되었던 서큐버스 퀸을 착취해도 소용이 없었다. 그녀는 더 이상 마계에 포션을 팔지 않았다. 모두 군주께 판다는데 뭐라 할 수 있을까?

다이젠트는 사라 브리악을 노려보았다.

'그렇다면 저년이……!'

치밀했다. 그리고 치명적이었다. 거신병기로 군주를 공격하게 만든 것도 공포의 마왕이었다. 그러고 보면 마왕들이 거신병기를 언급할 때 그녀만 오묘한 미소를 짓고 있었다.

"큭, 너는…… 애초부터 황금의 군주 편이었군."

다이젠트가 그렇게 말하자 사라 브리악은 살짝 몸을 움찔했다. 하지만 평소와 같은 표정으로 다이젠트와 마왕들을 바라보았다.

"후, 후후훗"

사라 브리악이 웃었다. 간드러진, 하지만 사악함이 느껴지는 웃음이었다. 숨기고 있던 본색을 드러낸 흑막 같았다.

"그, 그렇다! 나는 군주님의 충실한 왼팔, 가장 많은 총애를 받는 고위 간부다. 후, 후훗, 어리석은 녀석들! 모두 계, 계획대로였다."

"크윽!"

"그랬던 건가……!"

사라 브리악은 상황을 모면하기 위해 그런 말을 내뱉었다. 식은땀이 줄줄 흘러 등이 다 젖었지만 어쩔 수 없었다. 그녀는 극한의 컨셉충이었기 때문이다.

'사라 브리악이……. 그랬었군. 그래서…….'

듣고 있던 갈로드도 깜짝 놀라고 말았다. 애초부터 사라 브리악이 군주의 편이었고, 자신은 그 위에서 놀아났다. 오래전부터 사라 브리악이 자신을 압박한 것도, 막대한 빚을 만들어낸 것도, 모두 계획에 따라 이루어진 일이었다. 할라스는 사라 브리악과 숙적 관계였다. 비로소 모든 것이 이해가 되었다.

소름이 돋았다. 마왕들은 거신병기를 잃었고, 그들의 정예 마족부대 또한 대부분 중상이었다. 마왕들은 궁지에 몰렸다.

'무언가를 노리고 계시다.'

단지 군세를 만들기 위함이 아니었다. 갈로드는 섬뜩했지만, 군주님의 마음에 드는 것이 우선이었다. 정 때문에 스스로 나섰으니 그만한 성과를 바치지 않으면 곤란했다.

"일단 몸을 회복하는 게 우선이지 않습니까? 그 정도 상처라면 최고급 포션을 아주 많이 섭취하셔야 할 것 같습니다. 마왕성에 최고급 포션 정도야 있겠지만, 지금 당장 눈앞에는 없지요."

갈로드는 이미 결단을 내린 상태였다. 그의 손에 소멸의 마력이 뿜어져 나왔다. 다이젠트는 깊은숨을 내쉬며 고개를 끄덕였다.

"내가 가진 영지민과 영토를 일정 부분 넘겨주도록 하지."

갈로드가 사라를 바라보았다. 사라는 군주님의 고위 간부였다. 아마도 그녀에게 무언가 언질을 주었겠지. 다이젠트가 넘겨줄 영지를 말했지만 사라는 그저 지켜볼 뿐이었다.

다이젠트의 표정이 일그러졌다.

"삼할……."

"으, 음?"

"크윽…… 사할 이 이상은……."

사라는 무슨 말을 해야 할지 몰라 일단 가만히 있었다.

"크윽, 반을 주겠네. 아직도 부족한가. 군주의 사악한 왼손, 사라 브리악이여."

"그, 그 정도면…… 뭐……."

사라 브리악은 얼떨결에 고개를 끄덕이며 그렇게 말했다.

'군주의 사악한 왼손.'

그녀는 그 말을 듣고 멋지다고 생각하고 있었다. 마왕들은 굉장히 비싼 값을 주고 포션을 샀다. 몸을 추스르기도 전에 계약서까지 써야 했다. 갈로드는 철저히 뜯어냈다. 알짜배기 영토를 골라 계약서에 썼다. 마계의 수도라 불리는 다론트 앞에서, 고위 마족과 정예 병사들이 지켜보고 있는 가운데, 굴욕적인 계약서를 작성했다.

마왕은 군주의 사악함에 치를 떨었다. 명예와 자존심, 영토와 영지민을 잃었다. 같은 마왕에게 협상을 진행하게 했다. 이는 철저한 굴복이었다. 마계의 사정을 훤히 알고 있는 갈로드가 군주의 수하였으니 속일 수도 없었다.

갈로드는 떨리는 손으로 계약서를 받아들었다.

"사라 브리악, 이 정도면 되었습니까? 권능을 빼앗지 않아도……."

"그, 그렇다! 구, 군주님께서는 하찮은 마왕의 권능 따위는 신경조차 쓰시지 않지."

"그렇군요. 역시……."

갈로드는 고개를 끄덕였다. 후속 조치를 하지 않고 놔주는 것이 조금 마음에 걸리기는 하지만 어차피 군주님의 손바닥 안이었다. 공포의 마왕은 마왕들을 바라보며 미소를 짓고 있었다. 마치 먹잇감을 노려보는 맹수처럼 보였다.

'과연 무슨 생각을 하는지 짐작하기 어렵군. 저 정도는 되어야 고위 간부가 될 수 있는 것인가?'

이미 한배를 탔다. 사라 브리악뿐만 아니라 아리나도 고위 간부일 것이다.

갈로드는 목표가 생겼다! 더욱 노력해야겠다고 생각했다.

얼마 후, 사라 브리악의 영지를 중심으로 거대한 영토가 생겼다. 마계 영토의 절반 이상을 보유한 마왕은 마황이라 불렸다.

[사라 브리악이 마황이 되었습니다.]

[중간계의 흑마법사들이 경악합니다.]

[깜짝 놀란 여신이 목욕하다 말고 중간계에 신탁을 내렸습니다.]

'어, 어떡하지?'

사라 브리악은 덜덜 떨었다. 그녀는 얼떨결에 군주의 충신, 군주의 사악한 왼손으로서 공식 마황이 되었다. 진우가 잠시 마계에 자리를 비웠을 때 일어난 일이었다.

아리나의 영지만이 마치 다른 세계처럼 평화로울 뿐이었다. 아리나는 그저 지구로부터 정산된 차원 금화에 정신이 팔려 있을 뿐이었다.

진우는 차원 상점을 둘러보다가 비싼 돈을 주고 빛의 속성이 가득 담긴 흰 붕대를 구매했다. VIP 명품란에 올라온 '여신의 축복'이라는 아이템이었다. 오랫동안 이런저런 봉인구를 찾아봤지만, 이 흰 붕대가 제일 심플했다. 착용감이 대단히 우수해 무언가 감은 것 같지가 않았지만, 미관상 보기가 조금 그랬다. 진우는 공들여 강화하고, 이것저것 발랐다. 덕분에 완벽하게 봉인할 수 있었다.

"음……."

암흑 마력이 섞이면 괜히 쓸데없이 위력과 연출만 올라갔다. 당분간 모두 제어할 수 있을 때까지 봉인해 놓는 편이 나을 것 같았다.

진우는 한숨을 내쉬었다. 마지막 퍼즐이 완성되며 완벽한 중2병이 되었다. 황금빛 마안, 악의 화신, 암흑 마력, 흰 붕대 그리고 흑염룡이 봉인된 오른팔.

'그나마 다행인 것은…….'

세계가 섞인 영향인지 중2병 개념이 뚜렷하게 존재하지 않았다. 안도의 한숨을 내쉴 수 있었다. 황금의 군주가 작동하고 있어 모르고 보면 그냥저냥 폼이 나기는 했다. 황금의 군주는 중2병 따위는 아득히 뛰어넘게 해주는 존재였다.

오랜만에 최희연과 만남이 있었다. 국제 대회의 일로 검문최가와 상의할 것이 있었기 때문이다.

"일본에서 수상한 움직임이 있다고 합니다."

"그렇군요."

"이번 국제 대회는 아무래도 심상치 않아요."

정보에 따르면 일본은 마왕 사태 때의 중국보다는 상황이 괜찮다고 한다. 그래도 여러모로 힘든 시기인 것은 맞았다.

"국제 대회는 늘 위험하지 않습니까?"

"그렇지요. 국제 대회는…… 늘 목숨을 걸어야 하니……."

진우의 말에 최희연이 고개를 끄덕였다. 최희연은 아무래도 첫 출전이니만큼 걱정을 하고 있었지만, 진우는 국제 대회는 신경 쓰지 않았다. 정상적으로 열린다면 그럭저럭 활약할 자신이 있었다.

"다치셨나요?"

최희연이 진우의 소매 밑으로 드러난 붕대를 바라보았다. 자세히 보니 팔 전체를 감고 있는 것으로 보였다.

"자신에게 너무 가혹하시군요."

"별것 아닙니다."

최희연이 진우에게 다가와 살짝 풀어진 붕대를 더욱 단단하게 매주었다. 분위기가 상당히 어색했다.

마침 유나가 들어왔다.

"도련님, 음? 다치셨습니까? 역시……."

유나가 무언가를 알고 있다는 듯 이야기하자 최희연이 유나를 바라보며 머리 위로 물음표를 띄웠다. 진우는 어떻게 말해야 할지 몰랐다.

'사실 오른손에는 흑염룡이…….'

흑염룡이 잠들어 있다고는 죽어도 말을 할 수 없었다.

유나는 심각했다. 포션이 있음에도 붕대를 감았다는 건, 그만큼 심각한 상처를 입었다는 말이었다.

'역시 진짜 마왕은······.'

다음부터는 무슨 일이 있더라도 따라가겠다고 다짐한 유나였다. 최희연과 유나의 시선이 굉장히 거북했다. 그녀들 사이에 알 수 없는 시선이 오갔다. 진우는 슬쩍 일어나 그 자리를 빠져나갔다.


아리나의 영지로 온 진우는 무언가를 또 만들기 시작한 드워프들을 겨우 말렸다. 아리나는 성소 확장 공사와 작업 때문에 영지에 있지 않았다. 그녀에게 영지는 작업실 겸 침실이었다. 갈로드의 영지로 가니 갈로드가 어떻게 알았는지 마중 나와 있었다. 영지는 북적북적했다. 왜인지 영지민이 엄청나게 많아진 것 같은 것 같았다.

"잘 해결되었습니까?"

"네, 안에서 보고 드리겠습니다. 마침 군주님의 사악한 왼손도 오고 있다고 합니다."

"음?"

성으로 들어가는 길은 꽃잎이 휘날렸다. 그야말로 성대한 퍼레이드였다. 진우는 고개를 갸웃했지만 어쨌든 성안으로 들어왔다.

갈로드의 말을 들으면 들을수록 이해가 되지 않았다. 마계의 영토 50%가 군주령이 되었다고 한다. 가장 사악한 왼손인 사라 브리악이 마황의 자리에 앉아 관리에 들어갔다.

진우는 눈을 깜빡이며 갈로드를 바라보았다. 어떻게 마계의 50%가……. 그리고 수많은 마족이…….

'뭐지? 왜 이런 결과가 나온 거지?'

어디서부터 이렇게 된 건지 짐작이 가지 않았다.

"사라 브리악 님이 도착하셨습니다."

하녀가 그렇게 말해주었다. 사라 브리악이 쭈뼛쭈뼛 걸어 들어왔다. 그녀는 휘황찬란한 옷을 입고 거대한 왕관을 쓰고 있었다. 약간 어려 보이는 외모와 마족치고는 작은 몸 때문인 지, 옷과 왕관이 유난히 커 보였다.

진우는 그녀를 바라보았다. 그녀도 진우를 바라보았다.

…….

사라 브리악의 얼굴에서 땀이 마구 흘러내렸다. 갈로드는 감탄했다. 사라 브리악의 저런 모습은 처음 보았기 때문이다.

'저 사라 브리악이…… 저토록 겁을 먹다니…….'

갈로드는 절대로 군주께 반항하지 않겠다고 다짐했다. 분위 기를 보아하니 군주와 고위 간부 둘이서 할 이야기가 있는 것 같았다. 무척이나 거대한 계획임이 분명했다.

"그럼 저는 이만 물러가겠습니다."

갈로드는 눈치껏 자리를 비웠다. 자신도 언젠가 저 자리까 지 올라가리라 다짐했다.

정적이 깔렸다. 사라 브리악은 눈알을 이리저리 굴렸다. 지금까지 행운과 행운이 겹치며 어떻게든 버텼는데, 군주에게는 통하지 않을 것 같았다. 군주는 자신을 아득히 뛰어넘는 거대한 무언가를 가지고 있었다!

"그러니까……."

긴 정적 끝에 진우가 입을 떼는 순간이었다. 사라 브리악이 진우의 앞에서 점프했다. 공중에서 몸이 빠르게 접히며 그대로 바닥에 꽂혔다.

"잘못했습니다! 죄송합니다! 죽을죄를 지었습니다! 어, 어쩌다 보니 그렇게 되었습니다! 살려주세요!"

사라 브리악은 눈물 콧물을 모조리 쏟아냈다. 진우는 그녀의 정보를 바라보았다.


Lv.66

[C]사라 브리악

칭호: 군주의 사악한 왼손, 공포의 마황, 철혈의 지배자, 여신대적자.

지위: 마황

나이: 142세

호감도: 5%

보유기술: [D]흑마법, [C]정치술

-특수 기술

*[A]행운

*[A+]허세의 권능

없는 것도 있는 것처럼 보이게 하는 권능. 브리악 가문에서 대대로 내려온다. 암흑의 자아마저 속일 정도여서 웬만해서는 들키지 않는다. 마황이 되어 한층 더 강력해졌다. 단, 그녀의 행운을 능가하는 존재가 나타나면 무너진다.

"음……."

진우는 대화의 중요성을 깨달았다. 수습할 생각을 하니 머리가 아파졌다. 아니, 이거 수습할 수 있을까?

## ✦ Chapter3 ✦
## 군주란?

일본 게이트는 중국 게이트 사태보다는 상황이 괜찮았다. 중국처럼 게이트 앞에서 실험한 게 아니라, 근처에서 실험했기 때문이다. 비록 많은 유물과 아티팩트가 있는 창고가 사라지기는 했지만, 그래도 게이트로 갈 수 있는 길은 확보해 놓은 상태였다. 그러나 수습하는 과정에서 많은 기사와 능력자들이 희생되었다. 중국보다 낫겠지만 그래도 국제 대회에서 좋은 성적을 기대하긴 어려웠다. 그들이 국가적인 재난 상황임에도 그것을 감춘 이유가 있었다. 일본에는 상황을 반전시킬 수 있는 유물이 있었다. 기괴한 언어로 쓰인 검은 책이었다. 오래전 일본 게이트가 생길 때 발굴한 유물이었다.

일본 최고의 보물이었고, 많은 능력자를 양산할 수 있었던 비밀이었다. 일본 능력자는 유난히 고위층 인사, 고위층 자녀가 많았다. 그리고 능력 자체도 흑사처럼 사이했다. 다른 나라는 정부와 능력자 협회가 분리되어 있지만, 일본은 아니었다. 정부에서 주도적으로 나서 입맛에 맞는 인물들로 능력자를 만들어 냈다.

비록 신체에 변형이 생기는 등의 부작용이 있지만 말이다.

유물이 가진 힘은 대단했다. 그 과정에서 제물이 필요하다는 점, 능력자를 양산할 수 있다는 점 때문에 국제사회에 공개하지 않았다. 일본이 저번 국제 대회에서 중국을 뛰어넘은 성과를 낸 것도 이 유물 덕분이었다.

'고위 흑마법 숙련자용(초보자 사용 금지!).'

유물의 이름이었다. 최근에 일본 최고의 능력자이자 음양술사인 무녀가 정신감응과 해독 능력을 통해 모두 해독해 냈다. 많은 희생이 있었지만, 해낼 수 있었다. 무녀의 모습은 기괴했다. 아름다운 미인이었던 옛 얼굴은 더는 찾아볼 수 없었다. 무리한 유물 해독의 부작용이었다.

완전히 해독한 지금은 어떤 위력을 낼 수 있을까? 무녀와 일본 고위 간부들은 게이트 앞에 있는 사원에 모였다. 사원은 일본 선조들의 넋을 기리고, 능력자를 양성하기 위해 지어졌다. 일본 정치인들은 주기적으로 참배를 오곤 했다.

"많은 목숨을 대가로, 마왕과 계약을 할 수 있습니다. 마안으로 살펴본 결과 분명히 존재하는 술식입니다. 게이트를 통해 차원을 뛰어넘어 위대한 존재를 부를 수 있습니다."

무녀는 천리안도 지니고 있었다. 차원의 흐름이 일본 게이트를 넘어 아주 거대한 무언가를 통해 마왕이 사는 지옥으로 이어져 있음을 감지할 수 있었다.

"희생은 각오한 바요."

"국익을 위해서라면 어쩔 수 없지."

"진행하도록 합시다. 이미 작업은 다 해놨습니다."

일본의 고위 간부는 마왕이라는 존재를 떠올렸다. 솔직히 중국 사태가 아니었다면 시도를 하지 않았을 것이다. 중국에서는 진짜 마왕이 강림했다.

"제물들은…… 영원토록 마왕에게 종속되어……."

"그건 중요하지 않습니다. 국제 대회가 코앞으로 다가왔고 일본 전력은 많이 약해져 있습니다. 마왕의 힘을 빌릴 수 있다면…… 국제 대회는 문제없겠지요. 모든 게이트를 차지할 수도 있지 않을까요?"

무녀의 말에 고위 간부가 말했다. 그동안 유물로 능력자를 만들었다.

만약 마왕 그 자체의 힘을 빌릴 수 있다면?

고위 간부는 고개를 끄덕였다. 막대한 목숨과 제물이 필요했지만, 마왕의 힘을 빌릴 수 있다면 감수할 만했다. 게다가 이 끔찍한 게이트 사태를 진정시킬 수 있을지도 몰랐다.

칠룡회가 마왕에게 영혼을 팔아 이런 현상이 발생했다고 알려져 있었다.

그건 진실이었다. 중국은 일본과 손을 잡는 척하다가 뒤통수를 친 것이다. 연맹이 직접 나서서 중국의 상황은 해결되었지만, 일본은 계속 사건을 묻으며 연맹의 도움을 거부했다.

'하지만 우리는 그들과 다르지.'

실제로 유물의 힘을 바탕으로 만들어진 능력자들은 검은 대지에서 오랜 시간을 버틸 수 있었다. 마왕과 동등한 입장에서 거래할 방법이 있었다. 무녀가 해독한 유물에 따르면 일본은 유물의 힘으로 마왕과 좋은 관계를 구축할 수 있었다. 게이트를 정상화하고 국제 대회에서 좋은 성적을 얻을 수만 있다면 무슨 희생이든 치를 각오가 되어 있었다.

고위 간부는 고개를 돌려 사원의 중앙을 바라보았다. 많은 사람이 묶여 있었다. 모두 젊고 건강한 학생들이었다. 검사를 통해 가장 깨끗한 상태의 제물을 골랐다. 학생들은 수학여행을 떠났는데, 눈을 떠보니 이런 사원에 묶여 있었다. 마비된 상태라 비명도 나오지 않았다. 모두 이미 사고사 처리된 이들이었다.

무녀가 제단 앞에서 유물을 펼쳤다. 손톱으로 팔목을 긋고는 흘러내린 피로 술식을 그렸다. 고위 간부들은 의식을 펼치는 무녀를 바라보았다. 오랫동안 어렵게 모은 마정석과 아티팩트들이 모두 녹았다. 이것들을 구하는데 천문학적인 금액이 들었지만, 곧 얻게 될 것에 비하면 전혀 아쉬울 것이 없었다.

"위대한 존재시여!"

무녀가 두 팔을 벌리며 외쳤다. 피가 사방으로 튀며 주변을 어지럽혔다. 고위 간부가 시선을 살짝 돌렸다. 굉장히 끔찍한 광경이었기 때문이다.

"지옥을 다스리는 왕이여! 위대한 당신께 제물을 바치노니 응답해 주소서!"

사원에서 뿜어져 나온 마력이 일본 게이트를 통과했다. 붉은 피가 검게 물들어가며 술식이 작동했다.

"오, 오오!"

"작동했다! 역시……."

마력과는 성질이 다른 마기가 뿜어져 나왔다. 고위 간부들은 숨을 쉬기가 조금 힘들어 뒤로 물러났다. 무녀만이 미친 듯이 피를 뿌리면서 술식을 작성했다. 대단한 존재를 소환하기에는 무리가 있어 보였다. 하지만 무녀는 포기하지 않았다.

그런 무녀의 정성이 통해서일까? 거대한 존재감과 함께 마왕이 모습을 드러냈다. 마력으로 형상화되어 흐릿했지만, 확실히 성공했다.

"오, 오오! 지옥의 왕이시여!"

마기에 휩싸여 있는 마왕은 생각보다 작은 체구의 여성이었다. 그러나 빛나는 왕관을 쓰고 있었고, 위엄이 넘쳤다. 바라보는 것만으로도 고개가 숙어졌다. 엄청난 카리스마였다.

[어? 뭐, 뭐지?]

"지옥의 왕이시여! 응답해 주셔서 감사하나이다!"

[어, 어? 아……. 그래! 내가 바로 사라 브리악! 군주의 사악한 왼손이자 마계의 황제이다!]

"제물을 바치노니! 우리에게 힘을 내려주시옵소서!"

[계약? 아……. 음…… 잠시만 기다리거라!]

모두 눈을 깜빡이며 마왕을 바라보았다. 마왕은 품에서 책을 꺼내더니 빠르게 훑어보았다. 그러고는 고개를 끄덕였다.

[그래! 내 위대한 힘을 내려주마! 음, 그러니까 계약에 따라⋯⋯. 으⋯⋯. 아! 대신 너희의 능력을 가져가마!]

"제물도 바치겠습니다!"

무녀가 제물을 가리켰다. 마왕은 묶여 있는 사람들을 바라보았다. 모두 공포에 질려 몸을 덜덜 떨고 있었다.

마왕은 시선을 돌렸다.

[후, 흠, 저런 하찮은 건 필요 없다. 그보다⋯⋯ 너 피 나는데⋯⋯.]

"피가 더 필요하십니까?"

팔목을 더 그어 피를 뿜어냈다. 마왕은 움찔하며 눈을 돌렸다. 잘 보이지 않았지만, 얼굴이 새파랗게 변한 것 같았다.

[아! 계약됐다! 그럼 나, 나는 이만 가보겠다!]

계약은 이루어졌다. 무녀와 고위 간부들의 능력이 사라졌다. 그리고 그 빈 자리가 위대한 마왕의 능력으로 채워졌다.

"이게⋯⋯!"

"이것이 바로 마왕의 능력?"

고위 간부들은 몸속에서 느껴지는 순수한 마기에 감동했다. 머릿속에 위대한 마왕의 능력이 떠올랐다. A랭크 능력자인 고위 간부가 자리에서 일어나며 마왕의 능력을 사용했다. 그는 이번 국제 대회에 참가하는 기사이기도 했다.

사악한 변신 마법이었다. 신화 속에 나올 법한 영물로 변할 것이 분명했다. 그러나 그의 기대와는 달리 그의 몸은 마기에 휩싸이며 점점 작아지기 시작했다.

꿈틀!

"어……?"

"뭐, 뭐가……."

지렁이가 되었다. 정적이 내려앉았다. 무녀도, 고위 간부도 눈을 깜빡이며 꿈틀거리는 지렁이를 바라보았다.

"……응?"

무녀도 당황했다.

할짝!

무녀도 암흑 마법을 사용했는데, 손바닥에 혀가 생겼다.

사라 브리악. 위대한 마계의 마황. 그녀의 암흑 마법은 D랭크였다. 그마저도 다 익히지 않고 쉬운 것만 골라 익혔다. 괴상한 마법만으로 결국 D랭크를 달성할 수 있었다.

꿈틀꿈틀!

고위 간부는 본래 모습으로 돌아가고 싶었지만 그럴 수 없었다. 지렁이 변신 마법은 무조건 이틀 동안 유지가 된다. 그래서 배우기 쉬웠다.

그때였다.

콰아앙!

폭발이 일어났다. 바다를 표류하다가 겨우 일본에 도착해, 악을 추격하던 21호와 2기생들이 등장했다. 제단에 묻어 있는 많은 피, 제물, 그리고 묶여 있는 학생들이 보였다.

"……역시 사악한 주술을 행하고 있었군."

21호는 그 끔찍한 광경을 지켜보며 그렇게 말했다. 말이 안 나올 정도로 기가 막힌 타이밍이었다. 고위 간부들은 깜짝 놀라며 능력을 사용했다.

머리가 거대해진 능력자, 성별이 변한 능력자, 머리카락이 전부 코털이 된 능력자, 입과 항문의 위치가 바뀐 능력자.

대환장 파티였다.

마계의 마왕은 일곱 명이었다. 그러나 지금은 아니었다.

다이젠트의 얼굴이 일그러졌다. 마력핵을 겨우 복구했으나, 그의 외견은 노인이 되어 있었다. 마력으로 유지했던 젊음이 깨져 버렸기 때문이다.

"할라스, 사라 브리악, 갈로드……"

셋이 사라졌다. 할라스는 고깃덩어리가 되었고, 갈로드는 군주의 충견이 되었다. 본래부터 사라 브리악은 군주의 사악한 왼손이었다. 그녀의 강함이 이해가 되었다.

"다이젠트 님, 그래도 남은 영토를 잘 수습하면 되지 않겠습니까?"

"오히려 이게 나은 것일 수도 있습니다."

"구, 군주도 만족하고 있는 게 아닐까요?"

"지금은 일단 현상 유지를……. 아니, 군주께 주기적으로 조공을 바친다면……."

위대한 선조가 천마대전 때 작전을 지휘했던 영광의 홀. 미궁의 군주가 잠들어 있다고 알려진 사막 근처에 있는 고대 유적지였다. 다이젠트가 대책을 세운다는 명목으로 회의를 주최했다. 다이젠트는 마왕들을 바라보았다. 많은 것을 빼앗기기는 했으나 반항할 생각을 하지 못했다. 저런 나약한 마왕들을 데리고 무엇을 할 수 있겠는가?

'이런 것들이 마왕이라고……'

어떻게 마왕이 됐는지 이해가 되지 않았다. 갈로드, 사라 브리악, 할라스만이 그가 인정했던 마왕이었다.

'저들은…… 그리고 나도 이제 마왕이 아니지.'

영토의 절반을 빼앗겼다. 남은 건 거의 불모지나 다름없는 곳이었다. 고위 귀족들도 독립을 외치면서 분열되었다. 지금은 마왕이라고 부를 수 없었다. 이미 마계의 끝은 정해져 있었다. 남은 영토는 천천히 흡수될 것이다. 결과는 정해져 있으니 그렇게 되기 전에 미리 바치는 게 어떨까?

다이젠트는 씨익 웃었다. 그가 건넨 술을 마신 마왕들이 술잔을 떨어뜨렸다. 몸이 갑작스럽게 마비되었기 때문이다.

"억…… 무슨……."

"으……."

마왕들은 몸이 정상이 아니라 마비 독이 잘 통했다. 다이젠트는 열쇠 모양의 아티팩트로 마왕들의 권능을 빼앗았다. 할라스의 보물 중 하나였다.

다이젠트가 직접 지하 깊숙한 곳에 떨어진 기간테르로 가서 가지고 온 물건이었다.

그는 아티팩트를 들여다보면서 회심의 미소를 지었다. 마계에 균형이 깨진 이상 다른 마왕들을 신경 쓸 필요가 없었다. 금기였지만, 지금 이 상황에서 그런 건 중요하지 않았다.

'이 정도면⋯⋯.'

힘이 치솟았다. 그는 자신이 사라 브리악조차 넘어섰다고 확신했다. 권능을 통해 암흑의 자아가 지닌 힘이 온몸으로 느껴졌다. 암흑의 자아와 연결해 직접 힘을 빌리는 것도 가능해졌다.

이 정도라면⋯⋯.

'군주께서도 나를 중요한 곳에 써주시겠지.'

사라 브리악과 같이 한 자리 차지할 수 있을지도 몰랐다. 다른 마왕들에게는 미안한 일이지만, 일이 이렇게 되어 연합한 것일 뿐 본래는 적이나 마찬가지였다. 목숨을 빼앗지 않은 것만으로도 관대한 처사였다.

만족스러운 미소를 지으며 영광의 홀을 빠져나왔다. 사막을 가로질러 걸어갔다. 로브를 벗고는 포탈석을 쓰려 했다. 암흑의 자아에게 힘을 빌리면 여러 번 포탈석을 쓰지 않아도 단번에 먼 거리를 이동할 수 있었다. 마왕의 권능을 사용하니 암흑의 자아가 그에게 응답했다.

그 순간이었다.

휘익!

무언가 그의 발을 잡았다. 밑을 내려다보니 바닥에서 치솟은 검은 촉수가 그의 발을 휘감고 있었다.

"무, 무슨……!"

떼어내려 했지만, 더 많은 촉수가 치솟아 그를 완전히 휘감았다.

"우윽!"

쿠웅!

그의 몸이 마치 늪에 빠진 것처럼 밑으로 빨려 들어갔다. 간신히 정신을 차린 다이젠트는 거대한 구조물을 볼 수 있었다. 그가 가진 권능과 마력이 그 구조물로 빨려 들어갔다.

'이, 이건……!'

미궁……! 마왕들의 권능으로 미궁의 군주를 깨울 수 있는 게 아니었다. 너무 오만한 생각이었다. 마왕의 권능은 미끼에 불과했다. 암흑의 자아를 끌고 올 수 있는 나약한 미끼.

그그그그극!

미궁이 암흑의 자아를 뜯어먹고 깨어나기 시작했다.

진우는 한숨을 내쉬었다.

사라 브리악이 얼떨결에 진우의 수하가 되었다. 눈물 콧물 다 흘리면서 질질 짜는데, 안 받아줄 수도 없었다. 마황이 되어버린 그녀를 내친다면 아마 마계는 더 혼란스러워질 것이다. 받아준다고 하니 그녀는 아예 통곡했다.

사라 브리악이 군주의 앞에서 눈물을 흘렸다는 소식이 들려오자, 많은 마족이 경악하며 군주의 사악함과 무서움을 칭송했다. 갈로드가 피를 토하는 노력으로 짧은 기간 안에 황제 체제를 완성했다.

갈로드는 마왕의 직위를 내려놓고 마황의 재상이 되었다. 그는 지금도 마계 각 지역에서 몰려드는 부족들 때문에 철야 작업을 하고 있었다. 갈로드가 있다고는 하지만 사라 브리악 같은 마족이 마계를 잘 다스릴 수 있을까?

'의외로 잘 굴러간다는 게 참……'

사라 브리악은 무능했지만 유능했다. 무력이라고는 D랭크의 암흑 마법밖에 없었다. 그마저도 쓸모없는 것들 투성이었다. 쉽고 기괴한 것들밖에 없었다.

그러나 고위 마족과 여러 부족에게 완벽한 마황으로 인정받고 있었다. 그녀는 진우의 진짜 부하가 되니 '군주의 사악한 왼손'이라고 입버릇처럼 말하고 다녔다.

절망과 공포의 마황, 짙은 어둠, 여신대적자, 빛의 종말.

모두 그녀를 지칭하는 말이었다. 아무튼, 많은 마족이 예전보다 훨씬 살기 좋다고 입을 모아 말하고 있으니 그냥 넘어가도 되지 않을까? 수습하기 힘들어서 그렇게 생각한 게 맞았다. 일단 좋은 게 좋은 거니까. 어쨌든 상황은 좋았다.

"음……."

진우에게도 이 사건은 영향이 컸다. 사라 브리악이 부하가 되니 영향력 랭크가 미친 듯이 상승했다.

[B+]영향력

엘론티, 차원의 중심, 오크 부족, 지구에서의 영향력, 그리고 실질적인 마계의 지배자가 되어 영향력이 크게 상승했다. 악의 화신으로서 지구를 제외한 전 차원을 긴장 상태에 빠뜨리고 있다.

탐욕의 군주보다 약간 낮은 수준이다. 탐욕의 시련은 명예와 영향력을 모두 A랭크까지 올리는 것이었다. 명예가 1단계였고 영향력이 2단계였지만 순서는 상관없어 보였다.

'단계마다 뭔가 주기는 할 것 같은데.'

정보의 마안으로 살펴보니, B+에서 A로 가기 위해서는 막대한 영향력 수치가 필요했다. 지구 전역에 영향력을 행사하거나, 차원을 진동시킬 만한 엄청난 사건을 일으켜야 가능할 것으로 보였다. 역시 시련은 쉽게 깰 수 있는 것이 아니었다. 이번 마계 사건과 같은 일이 수시로 발생할 것도 아니니, 아마도 꽤 오랜 시간이 걸릴 것 같았다.

'그런 일은 없어야지.'

그냥 사건사고 없이 천천히 올리는 게 최고였다.

진우는 현재 아리나의 영지에 와 있었다. 엄청난 기세로 변해가는 마계를 바라보다가, 또 다른 오해를 살까 봐 도피차 온 것이었다. 아리나가 소식을 듣더니 반쯤 넋이 나갔다.

"도대체 무슨 일이 일어난 걸까요?"

진우도 솔직히 완전히 파악하고 있지는 못했다. 아리나는 필사적으로 머리를 굴리다가 진우처럼 포기했다. 그냥 현실을 받아들이기로 했다. 그냥 충실하게 일을 한 것일 뿐인데, 정신을 차려보니 그녀의 주인이 마계의 50%를 꿀꺽했다. 어쨌든, 좋은 일이었다.

"추, 축하드립니다! 어, 어쨌든 지배자가 되셨네요!"

축하를 받을 만한 일일까? 진우는 고개를 설레 저었다.

"그나저나 할라스는 왜 안 보이는 걸까?"

"칼라리스에게 선물 받은 아티팩트가 있는데, 그걸로 살펴볼까요?"

진우는 고개를 끄덕였다. 칼라리스는 이제 더는 예언과 관측을 하지 않겠다고 선언했다. 식음을 전폐하고 끙끙 앓다가 기절했는데, 얼마 전에 정신을 차리더니 그렇게 선언한 것이다. 공포에 질려 마지막 예언을 했다고 한다.

'거대한 공포가 치솟는다.'

아리나의 말은 들은 진우는 아마도 그게 흑염룡이 아닐까 추측했다. 그 후, 칼라리스는 그녀의 보물인 수정구를 아리나에게 바쳤다. 아리나는 칼라리스처럼은 아니지만 어느 정도 사용은 할 수 있었다. 강력한 마력과 권능을 지닌 마왕을 찾는 것쯤은 굉장히 쉬운 일이었다.

"해볼게요."

아리나가 수정구를 가지고 와서 마력을 불어넣었다. 한참을 찾아봐도 나오지 않았다. 아리나는 고개를 갸웃하다가 거의 모든 마력을 불어 넣었다. 그러자 수정구에서 화면이 떠올랐다.

진우와 아리나는 수정구를 자세히 바라보았다. 아주 어두운 공간이었다. 구석에서 몸을 부르르 떨고 있는 마족이 보였다. 드워프가 지나가자 그는 움찔거리면서 구석으로 더욱 깊숙이 들어갔다.

진우와 아리나가 멍하니 그 장면을 바라보았다.

"저게……."

"할라스?"

그러고 보니 드워프가 마족을 데려오긴 했다. 노예 상인인 것 같아서 일꾼으로 배치했었다. 마력도 느껴지지 않아 하급 마족인 것 같았는데, 설마 그게 할라스일 것이라고는 전혀 예상하지 못했다.

둘은 한동안 말을 잇지 못했다.

"으, 음, 뭐 나, 나쁜 놈이긴 했습니다. 노예들을 마구 죽이고 마족들도 막 죽이고……."

"그렇지! 당해도 싸네."

진우와 아리나는 서로를 바라보았다. 진지한 표정이 되어 고개를 끄덕였다.

"비밀로 하자."

"네."

또 다른 오해가 생길까 봐 그냥 묻어두기로 했다. 아리나가 할라스의 얼굴을 완전히 바꿔놓았다.

이제 완전 범죄가 되었다. 하지만 거기에 더 큰 오해가 있다는 건 진우도, 아리나도 몰랐다.

이제 영원히 진실은 저 깊은 어둠으로 묻히게 되었다.

'할라스가 없으니 미궁의 군주가 깨어나는 일도 없겠네.'

진우는 그렇게 생각했다.

할라스가 마계편 최종 흑막이었다. 생각해 보면 할라스를 잡아넣은 시점에서 굳이 마계에 개입할 필요가 없었다. 괜히 일만 벌인 셈이었다.

"미궁의 군주는 해결되었군."

"그렇군요."

"앞으로 평안하게 지내면 되겠는걸?"

"역시 평화가 최고입니다! 모든 게 주인님의 계획대로!"

아리나도 고개를 끄덕이며 말했다.

계획대로는 아니지만, 아무튼 그렇게 되었다. 마계의 전설 중에는 마왕의 권능으로 미궁의 군주를 깨울 수 있다는 글귀가 있었다. 절대 마왕의 힘을 하나로 모으지 말라는 경고도 있었다. 금기와도 같은 전설이었는데, 마왕급 존재라면 모두 알고 있었다.

진우와 아리나는 고개를 끄덕이며 웃었다.

이런저런 일이 있기는 했으나 결국에는 해피엔딩이었다. 원작의 이야기는 여기서 끝을 맺게 되었다. 아주 많은 분량이 날아가 버린 건 정말 안타까운 일이었다.

그때 칼라리스의 수정구가 부르르 떨렸다. 무언가 무너지는 영상이 마구 흘러나왔다. 거대한 피라미드 같은 것이 바닥을 뚫고 치솟았다.

두드드드!

아리나의 영지에도 작은 지진이 생겼다.


[축하합니다. 전 차원에 심각한 영향을 주어 영향력이 A랭크가 되었습니다.]

['이런 미친……!' 여신이 경악합니다.]

[한 가지 시련을 통과하여 새로운 권능이 해방됩니다.]


굉장한 사건을 일으키지 않는 이상 단번에 A랭크가 될 수 없었다. 그런데 진우는 방금 A랭크가 되었다. 지진이 더 강해져 수정구가 바닥으로 떨어졌다.

'이건……'

진우는 군주의 기척을 느낄 수 있었다. 저 멀리서부터 거대한 무언가가 느껴졌다.


[암흑의 자아가 도움을 청합니다.]


미궁의 군주였다.

마계의 10%는 사막으로 이루어져 있었다. 마기도 존재하지 않아 마족들의 힘이 약해지는 곳이기도 했다. 영광의 홀이 있어 일종의 성역이었지만 그냥 말만 성역일 뿐, 마족들은 아예 접근조차 하지 않았다.

당연히 진우에게 건네준 영토에는 포함이 되지 않았다. 갈로드가 알짜배기 땅만 고른 덕분이었다.

'여기로군.'

진우는 포탈을 타고 사막 근처로 이동했다. 군주가 내뿜는 거대한 기운을 쫓아온 것이다. 사막은 지구의 사막과 비슷했다. 다른 점이 있다면 타고 남은 재와 같은 회색빛이었다.

[B]회색 사막

천마대전의 여파로 어떤 생물도 살 수 없게 되어버린 땅이라 알려져 있다. 사실 천마대전은 탐욕의 군주가 미궁의 군주를 뜯어먹을 때 생긴 차원의 균열로 마계와 천계가 통하는 바람에 생긴 전쟁이었다.

군주는 역시 스케일이 다른 민폐였다.

탐욕의 군주, 허영의 군주, 그리고 미궁의 군주까지 마계에 있었으니, 마계가 거덜 나는 건 당연했다. 전후 사정을 파악해 보니 마계는 피해자였다.

'군주 설정을 너무……'

군주란 본능적으로 파괴를 부르는 존재 같았다. 매번 펑펑 터져 나간 덕분에 묘사나 설명이 부족했다.

진우는 사막을 바라보았다. 모래폭풍이 일어나며 주변을 휩쓸고 있었다. 그 중심에서 솟아오르고 있는 거대한 피라미드를 볼 수 있었다.

'미궁의 군주를 실제로 보게 될 줄이야……'

탐욕의 군주보다 더 컸다. 크기에서 느껴지는 굉장한 위압감에 진우도 긴장을 할 수밖에 없었다.

진우는 거대한 군주의 정보를 살펴보았다.

[S+]미궁의 군주

미궁으로 이루어진 12 군주 중 하나. 마신의 발이라고 불린 거대한 구조물이다. 차원의 벽을 뚫어 연결해 주는 힘을 지녔다. 오래전, 다른 차원에 자주 출몰했기 때문에 가장 많은 전설을 가지고 있는 군주이다.

진우는 정보를 더욱 자세히 살펴보았다. 숨겨진 정보가 있었기 때문이다.

[숨겨진 정보]

'들어오지 마세요. 혼자 있고 싶어요.'

사실 미궁의 군주는 산과 나무를 사랑하는 평화주의자였다. 그리고 탐욕의 군주와 여러 존재에게 괴롭힘을 받아 마음의 상처를 입은 가여운 존재이다. 탐욕의 군주는 늘 미궁의 몸을 뜯어먹었다. 일종의 전용 빵셔틀이었다. 모든 차원을 뚫을 힘을 지니게 된 이유도 그를 피해 도망 다니기 위함이었다.

도망쳐서 다른 차원에 도달할 때마다 중간계의 존재들, 천족들이 허구한 날 몸속으로 침입해 그의 장기들을 뒤집어놓았다. 마계에 도착한 그는 파괴된 부위를 부여잡으며 울면서 긴 잠에 들었다.

미궁의 군주는 봉인 당하지 않은 유일한 군주이다. 그는 탐욕의 군주가 또 찾아올까 두려워, 유일한 친구인 암흑의 자아를 이용해 최대한 안전한 차원으로 도망치려 하고 있다.

새로운 차원을 발견한 상태이다.


굉장한 정보였다. 정보를 보니 사악한 군주는 아니었다.

'거대한 구조물이기는 하지만……'

따지고 보면 군주의 몸이었다. 소설 속 헌터나 능력자들은 늘 미궁이나 탑에 침입했다. 심지어 파괴까지 했다. 누구도 미궁의 기분을 이해해 주지 않았다. 그것이 미궁의 입장에서는 바이러스와 같을지도 몰랐다. 자아가 약하다고 표현된 것도, 오랜 괴롭힘에 움츠러들었기 때문이었다.

'음……'

어려웠지만 간신히 이해할 수 있었다. 진우가 고개를 끄덕이고 있을 때, 몸체 일부가 떨어져 나오더니 사막에 떨어졌다. 풍부한 기운을 뿌리며 사막의 모래와 합쳐지기 시작했다. 원작에서도 나온 미궁의 군세였다. 미궁의 군주는 차원의 틈새로 사라지기 전에 엄청난 숫자의 병사를 마계에 풀었다.

주인공이 막느라 개고생을 했지만, 마계는 회생 불가능할 정도로 막대한 피해를 보았다. 그 이후부터 마족들은 일본을 통해 지구를 침략했다. 주인공은 당소정의 희생을 바탕으로 미궁의 코어를 파괴하여 차원을 도약하는 힘을 얻었다. 그 덕분에 다른 차원을 마음껏 드나들 수 있었다. 모두 국제 대회 이후에 일어난 일이었다.

[B+]미궁의 미끼

탐욕의 시선을 돌리기 위한 미끼. 미궁의 일부를 떼어내서 만들었다. 시선을 끌기 위해 많은 수로 증식한다. 미궁의 군주는 도마뱀처럼 꼬리를 자르고 도망치려 하고 있다.

미궁의 미끼가 흩어지며 병사들이 형성되었다. 교과서에서나 본 진시황의 병마용을 보는 것 같기도 했다. 마족과 천족, 그리고 중간계의 존재들을 형상화한 모래 병사들이 순식간에 엄청난 숫자로 불어났다.

'뭔가 대화가 통할 것도 같은데.'

진우는 미궁의 군주 근처로 다가갔다. 미궁의 군주 꼭대기에는 푸른빛으로 빛나는 큰 눈동자 형상이 있었다. 미궁 최상층에 있는 미궁의 코어였다. 그 눈동자에 거대한 마력의 줄기가 잡혀 있는 것이 보였다.

[꺄아악!]

진우가 가까이 다가가자 거대한 미궁에서 기괴한 소리가 뿜어져 나왔다. 주변에 있던 모래 병사들이 미친 듯이 앞으로 달려가기 시작했다. 굉장히 빠른 속도였다. 그 숫자는 수만에 달했다. 군주의 시선을 유혹하는 기운이 존재했다. 매혹적인 기운과 대량의 경험치를 품고 있었다.

[암흑의 자아가 미궁의 군주를 진정시키고 있습니다.]
[암흑의 자아가 미궁의 하소연에 괴로워합니다.]
[도움을 청합니다.]

마력이 먹히고 있기는 하나 큰 문제는 없어 보였다. 발 아래를 보니 다이젠트와 다른 마왕들이 누워 있었다. 기절해 있기는 하나 생명에 지장은 없었다.

"음……. 진정해. 탐욕의 군주는 죽었어."

진우의 말에 미궁 전체가 흔들렸다. 거대한 미궁에서 투명한 물들이 흘러나왔다. 마치 눈물 같았다.

진우는 두 손을 들면서 미궁에게 접근했다. 엄청난 크기의 미궁이었지만 굉장히 섬세한 것 같았다. 가까이 다가가 벽면을 쓰다듬어 주었다.

옳지, 착하다, 착해.

그렇게 계속 말해주었다. 암흑의 자아가 미궁의 상태를 설명해 주었다.

[따뜻한 손길과 은혜에 감동합니다.]

[어둡고 아무도 없는 곳으로 가고 싶다고 합니다.]

미궁은 히키코모리였다.

'아무도 없는 곳······.'

진우는 잠시 고민하다가 황금의 성소가 떠올랐다. 황금의 성소라면 미궁의 군주를 수용할 수 있었다.

"내가 도와줄 테니까 저 병사들을 좀 없애줘."

미궁의 거대한 몸이 부르르 떨렸다. 떨어져 나간 도마뱀의 꼬리는, 본체의 의지에서 벗어나 마구 꿈틀거렸다. 다시 회수할 수도, 붙일 수도 없었다. 미끼 역할에 충실하기 위해 마구 날뛸 뿐이었다.

[미궁의 군주는 마족들을 해치고 싶지 않다고 합니다.]

[암흑의 자아는 마족들이 어떻게 되든 상관없다고 말합니다.]

[미궁의 군주와 암흑의 자아가 다투기 시작합니다. 사정을 들은 미궁의 군주가 미안해합니다.]

"······일단 기다리고 있어."

아무튼, 저 군세를 막고 다시 대화해야 했다.

현재 마족들은 원작과는 달리 사라 브리악의 영지를 중심으로 모여 있는 상태였다. 군세를 막아내는 것이 급선무였다. 영지로 돌아온 진우는 갈로드에게 이 사실을 알렸다.

갈로드는 당연히 패닉 상태에 빠졌다. 그러나 요즘 하도 놀랄 일이 많았기 때문인지 금방 회복되었다.

성장했구나, 갈로드!

"그렇게 많은 숫자가 진격하고 있다면…… 방어선을 형성하고 영지민을 피난시키는 것이 우선이겠군요."

"훗, 갈로드, 그런 하찮은 것들을 겁내는 건가?"

사라 브리악은 이런 상황에서도 여전했다.

"사라 브리악 님이 선두에 나선다면 군주께서도 든든해 하시겠지요."

"그, 그렇지."

진우는 사라 브리악이 영 미덥지 못했지만 일단 믿어보기로 했다. 갈로드가 군주의 이름으로 마계의 전 병력을 소집했다. 감히 불응하는 간 큰 마족은 없었다. 사막에서 마계 전역으로 통하는 길은 기간테스 협곡뿐이었다. 할라스의 영토가 있던 곳이었다. 용맹한 선조들이 천족들을 막아낸 곳에서 다시 고대의 역사가 재현되고 있었다.

미궁의 군주는 멀리 떨어진 기간테스 협곡에서도 보일 만큼 크기가 거대했다. 사라 브리악의 지휘 아래 모인 마족 병사들은 모두 긴장했다. 본래 각기 다른 마왕군 소속, 부족 소속이었지만 지금은 아니었다. 그들은 이제 군주의 비호를 받는 마황군이었다. 차원을 뒤흔들 군주와 군주의 대결이 시작되려

하고 있었다! 천마대전보다 더욱 위대한 전쟁이었다.

진우가 나타나자 마족들은 침을 꿀꺽 삼켰다. 그중에는 거신병기 사태를 직접 본 병사들도 상당히 많았다. 진우에 대한 악명은 모든 마족이 알고 있었다.

진우는 저 멀리 몰려오는 군세를 바라보았다. 저것들을 막아내기만 한다면 어떻게든 마계에서 벌어진 사태를 수습할 수 있을 것 같았다.

수많은 마족 병사들의 시선이 느껴졌다. 굉장히 미안했다.

'민폐가 맞군.'

따지고 보면 이 모든 일이 진우가 마계에 내려와서 생겼다. 진우는 어떻게든 큰 피해 없이 막아내고 싶어 방어 라인 앞에 섰다. 흑염룡이든 뭐든 이용해서 숫자를 최대한 줄이기 위함이었다.

'그러고 보니……'

영향력이 A랭크에 도달한 덕분에 시련을 깨고 권능을 얻었지만, 아직 확인해 보지 않았다. 얻은 권능을 확인해 보았다.


[S]군주의 소환령

황금의 군주와 악의 화신이 지닌 권능으로 불멸의 군세를 소환한다. 소환 시간 동안 군주의 보호를 받아 척박한 환경에서도 견딜 수 있고, 목숨을 잃기 전에 역소환 된다.

*주의! 넓은 공터에서 하는 편이 더 멋지다.

*군세가 얻은 경험치는 황금의 군주가 독차지한다.

진우는 협곡 사이에 있었다. 상당히 넓은 협곡이었다.

'군세?'

자신에게 군세라고 부를 만한 것이 있을까?

어쩌면 탐욕의 군주가 몰래 남겨놓은 유산인지도 몰랐다.

두드드드드!

수만에 이르는 모래 병사들이 육안으로 보였다. 급박한 상황이라 자세히 정보를 확인할 겨를이 없었다.

'도움이 된다면⋯⋯.'

진우는 왼손을 들었다. 진우가 왼손을 들자 방어선을 구축한 마족 병사들이 술렁였다.

"우, 운석을 소환하시는 건가?"

"기간테르를 박살 냈던 그 권능⋯⋯."

"파괴의 권능이다!"

진우는 살짝 움찔했다. 그런 말들이 진우의 귀에 들렸다. 사라 브리악이 씨익 웃었다.

"보아라! 군주께서 기적을 행하려 하신다! 군주께서 함께하시니 나는 무적이다! 우리는 무적이다! 마계는 무적이다!"

"우아아아아!"

"우리는 무적이다!"

군주는 현재 아군이었다. 군주에게 느끼는 공포와 절망이 무한한 사기로 바뀌었다. 사라 브리악은 입을 참 잘 털었다.

'음⋯⋯.'

모두의 기대가 느껴졌다. 굉장히 부담되었다. 그래도 무려 S 랭크이니 뭐라도 나올까 싶었다.

진우의 왼손을 따라 마력이 뿜어져 나왔다. 하늘을 가르며 길게 뻗어간 황금빛 기둥이 유성이 되어 주변에 쏟아져 내렸다. 환상적인 연출이었다. 바닥에 떨어진 유성은 아름답게 반짝이다가 거대한 포탈을 만들어냈다.

진우는 기대하며 포탈을 바라보았다. 조금 기다려 봤는데 아무런 변화도 없었다.

'아무 일도 없는데?'

진우는 황금빛 포탈에서 아무 일도 일어나지 않자 작게 한숨을 내쉬었다. 아리나의 말대로 남아 있는 건 아무것도 없는 모양이었다. 오른손에 있는 붕대를 풀 때였다. 그때 포탈이 일렁였다.

'너희가 거기서 왜 나와?'

그때 진우가 상상하지도 못한 군세가 포탈을 빠져나와 황량한 대지 위에 섰다.

[황금의 군주 이진우가 소집령을 선포하였습니다. 당신은 소환에 응할 자격을 갖추고 있습니다.]

[군주님께서 기다리고 계십니다. 서두르세요!]

[황금의 권능을 통해 업적에 따라 보상이 수여됩니다!]

[황금의 권능에 의해 무장이 자동으로 장착됩니다.]
[소환에 응하시겠습니까?]


총지배인은 고위 심사관과 메이드를 모아놓고 이야기를 나누고 있었다. 교육을 해야 하는 엘프들이 많아져, 주인님의 허락을 받고 고위 심사관과 메이드도 교육에 합류했다.

"허허, 주인님께서 우리를 필요로 하시는군. 이렇게 영광스러울 수가 있나!"

총지배인이 고개를 끄덕이자 눈앞에 찬란한 포탈이 만들어졌다. 총지배인과 고위 심사관 그리고 메이드들이 황금빛에 둘러싸여 사라졌다.


엘라와 갈록은 회의를 하고 있었다. 엘프와 오크에게 내려오는 이야기를 합쳐 긴 뮤직비디오를 만들자는 회의였다.

그때 갑작스럽게 군주의 소환령이 선포되자 엘라와 갈록은 자리에서 벌떡 일어났다.

"군주님께 무슨 일이 생긴 걸까요?"

"오오! 전쟁인가! 드디어……!"

엘프들과 오크들이 소환에 응했다.

닭들도 함께했다. 닭들은 언제나 전투에 굶주려 있었다.


유나 역시 G&P 부사장과 미래전략실 실장, 그리고 연구소의 박사들과 회의를 하고 있었다. 연구소의 박사들은 굉장히 위험한 것들을 만들어냈고, G&P 부사장과 미래전략실 실장은 이를 두고 의견 충돌이 있었다.

'무엇을 하고 계시는 건지……'

유나는 진우의 빈 자리를 바라보았다. 진우가 와서 한마디하면 다 정리가 되었지만, 진우는 오랫동안 자리를 비우고 있었다.

'진우 경은 어디에……?'

이번 회의에는 최희연도 함께했다. 그녀가 매번 회의에 참여한 이유는 진우 때문이었다. 그러나 저번에 만난 이후로 오랫동안 보이지 않았다.

그때 유나는 갑자기 들려오는 목소리에 흠칫했다.

"급한 일이 생겨 먼저 실례하겠습니다."

갑작스럽게 회의가 중단되었다. 회의실에서 나온 유나는 주변을 살펴보다가 여자 화장실 안으로 들어갔다. 변기 칸의 문을 열고 들어가 소환에 응했다. 그러자 앞에 포탈이 생겼다. 유나는 잠시 포탈을 바라보다가 그 안으로 들어갔다.

샤샤삭!

유나의 행동에 수상함을 느껴 최희연은 몰래 그녀를 따라왔다. 최희연도 유나와 진우가 공유하고 있는 비밀을 알고 싶었다. 화장실에 들어가니 아무런 기척도 느껴지지 않았다. 방금 유나가 들어갔는데, 화장실에는 아무도 없었다.

"유나 씨?"

문 사이로 황금빛이 흘러나오고 있었다. 문을 열어보니 게이트를 보는 것 같은 황금빛 균열이 보였다. 그녀는 잠시 망설이다가 닫히기 전에 안으로 뛰어 들어갔다.

"수고하셨습니다!"

허영은 방긋 웃으면서 드라마 감독에게 인사를 했다. 짜증으로 속은 뒤집히고 있었지만, 연기만큼은 신의 영역이었다. 감독은 물론 촬영 스태프들 모두가 그녀를 아주 착하고 순진한, 그러면서 때로는 털털한 매력이 있는 여배우로 생각했다. 사랑받을 수밖에 없는 위치 선정이었다.

"허영 씨, 오늘도 연기 좋았어. 시청률은 모두 허영 씨 덕분이야. 그래서 말인데……!"

"앗! 감독님 죄송해요. 갑자기 급한 일이……."

"으, 응? 그, 그래."

빠르게 뛰어가는 허영을 보며 감독은 고개를 갸웃했다.

"흐, 흐흐흐……!"

그동안 쌓였던 스트레스를 풀 좋은 기회였다. 아무도 없는 곳에 도착한 허영은 비열한 웃음을 터뜨렸다. 그녀의 이미지와는 완전히 다른 모습이었다. 그렇게 아리나와 블랙 스켈레톤, 드워프, 그리고 중국 던전의 모든 몬스터들 또한 소환되었다.

붕대를 반쯤 푼 진우는 눈을 깜빡이며 포탈을 빠져나온 황금의 군대를 바라보았다. 모두 황금빛과 검은빛이 절묘하게 조화를 이룬 장비를 착용하고 있었다. 진우의 마력을 잔뜩 잡아

먹으며 아주 화려하게 나타났다. 진우는 멍하니 그들을 바라보았다.

"부르셨습니까?"

총지배인과 고위 심사관, 메이드들이 가장 먼저 나타났다. 아주 검은 복장을, 그렇지만 무엇보다 화려한 날붙이를 들고 있었다. 뒤이어 닭을 타고 있는 수천의 엘프들, 그리고 오크들이 나타났다. 닭은 황금빛 갑옷을 입고 있었고 엘라와 오크도 마찬가지였다. 다크 엘프들은 검은 갑옷을 입고 있었다.

"내가 왔…… 왔습니다."

허영이 나타나자 블랙 스켈레톤과 던전에 있던 데스나이트들이 모습을 드러냈다. 호기롭게 외치려다가 진우의 눈치를 보고는 존댓말로 바꾸었다. 허영은 투구를 쓰지 않고 검은색의 두꺼운 갑옷만을 입고 있었다. 아리나 역시 모습을 드러냈다. 기괴한 등껍질을 매고 있는 드워프와 함께였다.

"도련님?"

휘이익!

가장 마지막으로 유나가 모습을 드러냈다. 포탈이 사라지려고 할 때 최희연이 튕겨 나왔다. 바닥을 화려하게 구른 최희연이 본능적으로 검에 손을 얹으며 주변을 바라보았다.

"아……"

그러다가 멍한 표정이 되었다. 총지배인, 아리나, 허영, 유나가 서로를 바라보았다. 총지배인이 먼저 엘라와 갈록을 발견했다. 엘라는 총지배인이 보이자 손을 흔들었다.

"앗! 안녕하세요? 총지배인님."

"엘라 님 아니십니까? 오, 여전히 멋진 닭이로군요. 음, 그쪽은……?"

"오크 대장 갈록이다!"

"엘라 님께 들은 적이 있습니다. 반갑군요."

이미 구면인 엘라와 총지배인이 먼저 인사를 나눴고, 갈록이 자기소개를 했다. 유나와 아리나는 서로에게 인사했다.

"아리나 씨입니까?"

"네, 유나 님이시지요? 처음 뵙겠습니다. 그동안 정말 감사했습니다. 이번 1집 앨범도 잘 부탁드립니다."

"알겠습니다."

그 모습은 꽤 평온해 보였다. 최희연만이 이해가 되지 않는 상황에 눈이 마구 돌아갈 뿐이었다. 현재 엄청난 인기를 자랑하고 있는 가수, 엘라와 아리나가 색다른 모습을 한 채 이야기를 나누고 있었고, 막장 드라마 신드롬을 넘어 인기 드라마의 주연을 맡은 안허영이 거대한 갑옷을 입은 채 해골 기사들에게 둘러싸여 있었다. 안허영은 청순가련한 이미지로 변신해 많은 남성의 마음을 앗아간 그런 여배우였다. 최희연도 닮고 싶다고 생각할 정도였는데, 지금은 비열한 미소를 지으면서 거대한 검을 들고 있었다.

흠칫!

정면에는 엄청난 숫자의 잿빛의 군대가 몰려오고 있었다. 최희연은 고개를 뒤로 돌렸다. 그곳에 진우가 있었다. 진우는 붕대를 반쯤 푼 상태라 검은 기류에 휩싸여 있었다. 그리고 그의 뒤에는 무수히 많은 마족의 병사가 있었다.

이건…….

"꿈?"

최희연은 그렇게 생각할 수밖에 없었다.

진우는 의외의 상황에 그대로 굳어 있었다.

뭐라고 설명을 해야 할까?

진우는 왼손으로 얼굴을 감싸 쥐었다. 머리가 아파졌기 때문이다. 진우가 한숨을 내쉬자 오른손의 붕대가 풀리며 거대한 드래곤이 모습을 드러냈다. 사라 브리악이 진우를 따라 얼굴에 손을 얹었다.

'성호……!'

약간 변형된 형태였다. 손가락 사이로 그녀의 날카로운 눈빛이 번뜩였다. 그러자 주변에 있던 마족들도 빠르게 따라 했다. 그들에게는 그것이 신성한 가호를 부르는 성호로만 보였다. 그도 그럴 것이, 눈앞에서 엄청난 군세가 모습을 드러냈기 때문이다. 군주가 소유한 무적의 군세였다.

그리고 흑염룡이 있었다.

총지배인, 유나, 허영, 엘라, 갈록 그리고 아리나. 모두 진우를 바라보았다. 최희연만이 흔들리는 동공으로 상황 파악을 하려 애쓸 뿐이었다. 제발 설명을 해달라는 표정이었지만, 안타깝게도 그럴 시간이 없었다. 모래 병사들이 바로 앞까지 밀려들어 오고 있었기 때문이다.

'내가 이런 걸 쓸 줄은 몰랐는데……'

설명은 나중이었고, 일단 막아야 했다. 진우가 손을 뻗자 흑염룡이 하늘 위로 치솟았다. 활짝 펼쳐진 두 날개에 의해 태양빛이 가려졌다. 진우는 흑염룡의 통제를 풀었다. 흑염룡이 마구 날뛰게 내버려 두었다. 흑염룡이 진우의 암흑 마력을 마구잡이로 먹어치우기 시작했다. 펼쳐진 거대한 날개에서 수많은 술식이 새겨졌다. 날개를 가득 채울 정도로 많았다.

"저, 저건……"

마족 병사들이 무기를 내리며 멍하니 올려다보았다.

콰가가가가!

술식에서 암흑 마력으로 이루어진 창이 마구 뿜어져 나오며 지면을 강타했다. 마치 소나기를 보는 듯했다. 암흑의 창이 몰려오던 모래 병사들을 터뜨려 버렸고, 더 나아가 바닥을 뒤집어놓았다. 암흑룡이 입을 벌리자 거대한 브레스가 뿜어져 나갔다. 모래 병사들을 관통하며 바닥을 쓸어버리고 사막에까지 도달해 화려하게 폭발했다. 스케일이 달랐다! 말이 나오지 않는 압도적인 광경이었다.

진우의 마력이 바닥을 보였다. 상당 부분이 연출에 쓰였지만, 그래도 위력이 대단했다. 역시 시선이 많은 것이 문제였다. 많은 이들이 진우를 보고 있으니, 황금의 군주와 악의 화신은 위엄 넘치는 모습을 보여주고 싶어 했다.

이 정도면 만족해하지 않을까?

모래 병사의 숫자는 많이 줄어들었지만, 그래도 많았다. 모래 병사들이 혹염에 의해 부글부글 끓고 있는 대지를 넘어 바로 앞까지 진격해 왔다.

"주인님께서 시범을 보이셨으니 우리도 움직여야겠군."

총지배인이 소매를 걷었다. 그의 눈빛이 살기로 번뜩였다. 그러자 고위 심사관과 메이드들은 허리에 달린 가면을 꺼냈다. 황금빛과 검은색이 소용돌이 치고 있는 가면이었다. 고위 심사관과 메이드들은 가면을 쓰면 인격이 완전히 달라졌다. 더군다나 소환령에 의해 봉인이 완전히 해제된 상황이었고 군주의 비호를 받고 있었다.

총지배인이 주먹을 휘두르자 마력이 터져나가며 모래 병사들이 쓸려 나갔다. 극한에 이른 체술이 낳은 괴물 같은 위력이었다. 고위 심사관과 메이드들이 황금빛 날붙이를 번쩍이며 모래 병사들을 찢어발겼다. 마치 굶주린 아귀를 보는 듯했다.

손맛이 아주 괜찮았다.

"크흐……. 뜯는 맛이 있구나."

모래 병사들은 몬스터에 속했지만, 마족 병사들의 눈에는 오히려 총지배인 쪽이 괴물로 보였다.

엘라와 오크 역시 무기를 들며 모래 병사들을 맞이했다. 엘프들은 예전의 그 나약했던 엘프들이 아니었다. 거대한 정령들을 소환했고, 창을 들고 있는 엘프들이 닭을 타고 진격했다.

오크들도 닭을 타고 있었다. 전투에 굶주린 닭은 모래를 마구 쪼아 먹었다. 모래 속에 담긴 코어를 씹어먹자 모래 병사들이 무너져 내렸다.

붉은 볏 위에 올라타서 전장을 누비던 엘라가 손을 뻗자, 지면을 뚫고 거대한 손바닥이 나타났다. 손바닥은 가차 없이 모래 병사들을 압살했다. 도끼를 마구 휘두르던 갈록이 고개를 돌려 엘라 쪽을 바라보았다. 정확히 말하면 붉은 볏을 보고 있었다.

"훗."

"퉤!"

갈록이 씨익 웃자 붉은 볏은 그윽한 눈빛으로 그를 바라보다가 물고 있던 갈대를 뱉었다. 그러고는 날카로운 발톱으로 모래 병사의 머리를 부수었다.

두드드드!

엘프와 오크, 닭의 군세가 모래 병사들을 헤집고 다녔다. 허영과 아리나도 빠르게 합류했다. 허영이 암흑 마력을 내뿜자 데스나이트들이 기괴한 비명을 지르며 마기를 뿜어냈다. 블랙 스켈레톤 역시 마찬가지였다.

"김 감독, 이 개새끼······!"

암흑 마기에 휩싸인 허영이 그렇게 외치며 모래 병사들을 마구 쓸어버렸다. 허영이 내뿜는 분노와 광기에 취한 데스나이트와 블랙 스켈레톤이 무시무시한 붉은 안광을 내뿜으며 모래 병사들을 쓸어 버렸다. 아리나가 손가락을 튕기자 마기로 이루어진 화살이 모래 병사들을 박살 냈다. 아리나 주위에는 카메라 기능을 하는 아티팩트가 떠 있었다.

사라 브리악과 마족 병사들은 미친 듯이 날뛰는 암흑의 기사가 허영의 군주임을 눈치챘다. 사라 브리악과 갈로드는 군주께 절대 반항하지 않겠다고 다시 다짐했다.

최희연은 간절한 눈으로 유나를 바라보고 있었다. 꿈에서도 이런 광경을 보기 힘들었다.

흑염룡이라니? 닭을 타고 다니는 엘프라니? 중국 게이트에서 나왔던 마왕과 몬스터, 그리고 기괴한 해골들? 허영과 엘라, 아리나, 지구에서 활동하는 연예인이 사실은 외계인? 저 모래 병사들은 뭘까? 게다가 저 멀리에 있는 미친 크기의 피라미드는? 암흑에 휩싸여 엄청난 존재감을 뿜어내고 있는 이진우까지.

최희연의 정신이 반쯤 나갔다가 간신히 돌아왔다. 유나는 최희연을 바라보다가 입을 뗐다.

"일단 저것들부터 처리하고 난 다음에 이야기하지요."

"아, 알겠어요."

유나는 검을 뽑으며 모래 병사들을 상대했다. 그녀의 검술은 진우의 검술과 많이 닮아 있었다. 최희연이 감탄할 정도로 완성도가 높았다. 유나가 크기가 조금 더 크고 색이 짙은 모래 병사 하나를 쓰러뜨리자 무언가 떨어졌다. 금빛으로 빛나는 반지였다. 그리고 보니 모래 병사는 죽을 때마다 기이하게도 아이템을 떨구었다. 유나가 반지를 주워 들었다. 딱 봐도 상당한 가치가 있어 보였다. 유나가 고개를 끄덕이며 반지를 착용하자, 최희연은 흠칫했다.

"반지……?"

"아무래도 보상 같군요."

"아……."

최희연이 반지를 바라보다가 시선을 돌렸다. 그러고는 유나가 잡은 모래 병사와 비슷한 것들을 찾아다니며 베기 시작했다. 검문최가의 정수가 담긴 검술이 전력으로 발휘되는 순간이었다. 마계를 휩쓸어 버릴 것만 같았던 모래 병사들의 군세가 오히려 처량해 보였다.

갈로드는 고개를 끄덕였다. 방어라인을 유지할 필요가 없어 보였다.

"우리도 합류하도록 하지요."

"으, 음!"

갈로드의 말에 사라 브리악은 잠시 망설이다가 마족 병사들과 함께 진격했다. 모두 진격하기 전에 성호 자세를 취하는 것을 잊지 않았다.

진우는 그것을 보고 잠시 멍해졌다. 저 자세는 도대체 어디서 배운 걸까? 마족들이 하니 어울리기는 했다.

'아무튼, 해결될 것 같기는 한데…….'

분명한 건 이건 진우가 생각한 형태는 아니었다. 진우만 덩그러니 남은 채 모두 모래 병사들과 치열한 싸움을 벌이고 있었다. 흑염룡이 최대한 멋있고 위엄이 넘치는 모습을 연출하며 모래 병사들을 녹여 버렸다.

뭐라고 표현해야 할까? 난장판. 딱 그 단어밖에 없었다.

'결국, 또 난장판이구만.'

하물며 주인공도 당소정의 역할이 컸지만, 어쨌든 계획대로 성공시킨 작전이 있었다. 진우는 한 차례 한숨을 내쉬고 전장에 합류했다.

진우의 손에는 폭풍검이 들려 있었다. 줄어든 모래 병사들의 숫자를 보니 무난하게 막을 수 있을 것 같았다.

현재까지 피해는 거의 없었다. 정신이 혼미할 정도의 난장판이기는 하지만, 죄 없는 마족들이 죽어 나가지는 않아 다행이었다.

진우는 유나의 뒤에서 달려드는 모래 병사를 베었다.

"도련님, 이런 데서 뵐 줄은 몰랐습니다."

"나도 그래."

"여전히 스케일이 크시군요. 저 구조물이…… 적입니까?"

"복잡한 사정이 있는데……."

지금은 설명할 상황이 아니었다.

'일단 가볍게…….'

진우가 폭풍검에 마력을 불어넣는 순간이었다. 하늘을 선회하고 있던 흑염룡이 진우를 바라보았다. 한 차례 포효를 내지르자 모두가 고개를 들어 흑염룡을 바라보았다. 모래 병사들조차 몸이 굳어 잠시 움직이지 못했다.

진우의 오른손을 타고 암흑 마력이 폭풍검에 깃들었다.

'음?'

폭풍검의 위력은 진우도 잘 알고 있었다. 암흑 마력을 사용하면 위력이 상승하는 것도 예상했다. 그러나 예상하지 못한 것이 있었다. 바로 미쳐 날뛰고 있는 황금의 군주, 악의 화신이 깃든 흑염룡이었다. 흑염룡이 날개를 접었다. 그리고 마치 매라도 된 것처럼 진우를 향해 수직으로 꽂혀 내려왔다. 흑염룡은 진우의 검을 바라보고 있었다.

휘이이이! 콰앙!

흑염룡이 진우와 부딪혔다. 충격파와 함께 흑염의 폭풍이 뿜어져 나가며 주변에 있던 모래 병사들을 불태웠다. 진우는 폭풍검을 바라보았다. 흑염룡이 폭풍검에 깃들어 있었다. 폭풍검이 부르르 떨리며 금방이라도 녹아버릴 것 같았다.

이미 일부가 녹아 버린 상황이었다. 진우는 검이 완전히 녹아버리기 전에 흑염룡을 빠르게 털어냈다. 흑염룡과 폭풍검에 깃든 마력이 함께 뿜어져 나갔다.

처음에는 아무런 소리도 들리지 않았다. 그저 검은 그림자가 스쳐 지나간 것 같았다. 모래 병사들이 비틀거렸다. 바닥을 뒤흔든 진동 때문이었다.

콰가가가가!

바닥이 갈라지며 검은 기류가 뿜어져 나왔다. 거대한 파도가 되어 정면을 덮쳤다. 모래 병사들만 덮친 것이 아니었다.

콰앙!

양옆에 솟아 있는 거대한 협곡이 형편없이 무너져 내렸다. 진우는 멍하니 정면을 바라보았다. 협곡의 일부가 완벽하게 사라졌다. 사막까지 길이 뻥하고 뚫렸다. 마족 병사들이 넋을 잃으며 진우를 바라보았다. 그건 열심히 모래 병사들을 없애고 있던 최희연도 마찬가지였다.

"크흠."

진우는 헛기침하며 오른손을 바라보았다. 암흑의 자아가 마력을 마구 충전해 주는 덕분에 다시금 흑염룡이 몸을 일으키려 했다. 진우는 빠르게 하얀 붕대를 감았다. 마치 흑염룡이 반발하듯 검은 기류가 꿈틀거렸는데, 누가 보더라도 힘겹게 봉인을 하는 모습이었다. 진우의 표정이 안 좋은 이유도 크게 작용했다.

최희연과 유나는 걱정스러운 눈으로 진우를 바라보았다.

"저 날뛰는 흑염룡을……."

"……오른손에 봉인하셨군요."

붕대를 감고 한숨을 내쉬던 진우는 그 말에 움찔했다. 엄청나게 오그라드는 표현이었다. 뒤에 물러나 있다가 은밀히 합류한 사라 브리악이 고개를 끄덕였다.

"그 거대한 존재를 오른손에 봉인하시다니……. 이 얼마나 숭고한 모습이란 말인가! 과연……!"

진우를 제외한 모두가 심각한 얼굴로 고개를 끄덕였다.

제발 그만해!

진우는 그렇게 말하고 싶었다. 진우가 사라 브리악을 바라보자 그녀는 움찔하며 시선을 피했다. 모래 병사들의 숫자는 아직도 많이 남아 있었다. 모두 다시 약속이라도 한 것처럼 모래 병사들을 상대하기 시작했다.

승리! 압도적인 승리였다.

원작과는 달리 마게는 무사했다. 모래 병사들을 물리쳤음에도, 모두 기뻐하지 않았다. 저 멀리 압도적인 존재감을 뿌리며 솟아 있는 피라미드가 보였기 때문이다. 진우가 협곡의 일부를 파괴한 덕분에 더욱 잘 보였다.

마족 병사들은 금방이라도 진격할 기세였다. 진우는 말릴 수밖에 없었다. 이런 대규모 병력이 몰려간다면 미궁의 군주가 겁을 먹을 게 뻔했기 때문이다. 도망이라도 친다면 훨씬 곤란한 상황이 발생할 수도 있었다. 총지배인을 포함한 모두가 진우의 주변으로 다가왔다. 총지배인이 눈물을 흘렸다.

"주인님께서는 늘 이런 싸움을 하고 계셨군요. 크흑, 도움이 되지 못한 저의 불충을 용서하지 마시옵소서!"

"그런 게 아니라……."

막상 설명하려 하니 말문이 막혔다.

'어떻게 설명을 해야 하지?'

솔직히 진우도 왜 이런 상황이 발생했는지 자세히 알지 못했다. 유나가 진지한 표정으로 고개를 끄덕였고, 최희연이 물기 어린 눈으로 진우를 바라보았다. 그때 거대한 구조물을 지켜보고 있던 엘라가 입을 뗐다. 그녀의 표정은 두려움으로 물들어 있었다.

"저 존재는…… 미궁의 군주로군요. 마신의 발, 경외 받는 두려움……. 전 차원을 떠돌며 많은 영웅의 목숨을 앗아간 포식자……."

엘라는 미궁의 군주에 대해 알고 있었다. 미궁의 군주가 만든 수많은 전설은 이미 전 차원에 퍼져 있었다. 그녀의 말을 들은 모두가 심각한 표정이 되었다. 무려 차원의 전설이었다. 보통 적이 아니었다.

'음…….'

자기들끼리 심각한 분위기에 빠지자 진우는 일단 빨리 상황을 해결하기로 마음먹었다.

"갔다 올 테니까 기다리고 있어."

진우가 그렇게 말하자 모두의 고개가 확 하고 돌아갔다. 유나가 놀란 표정으로 진우를 바라보았다.

"설마 혼자 가시겠다는 말씀입니까?"

"별로 위험하지는……."

"안 됩니다! 그렇게……."

엘라가 유나의 손을 잡았다. 고개를 저었다. 군주를 상대할 수 있는 자는 군주뿐이었다. 근원에서부터 차이가 났다. 군주는 독립된 존재였다. 차원의 규칙, 흐름에 영향을 받지 않았다. 자신과 같이 차원에 속한 존재는 군주에게 대적하기는커녕, 바라보는 것만으로도 미쳐 버릴 수도 있었다.

엘라가 차분하게 설명해 주었다. 맞는 말이긴 했다. 원작 설정이 그러했으니까. 주인공도 탐욕의 군주가 남긴 힘을 사용해서 군주를 상대했다.

분위기가 더욱 심각해졌다. 총지배인이 손수건으로 눈물을

닦았다. 고위 심사관과 메이드들도 눈물도 흘렸다. 통곡하는
이들도 있었다.

"주인님, 배웅해 드리겠습니다."

"아니…… 그럴 필요는……."

"부디 무사하시옵소서!"

굉장히 슬픈 분위기였다. 엘라가 최희연과 유나를 위로해
주었다. 더 설명하다가는 괜한 오해만 발생할 것 같았다.

미궁의 군주는 사실 은둔형 외톨이였다. 솔직히 진우가 떠
올려 봐도 말이 안 되는 내용이기는 했다. 그저 변명으로만 들
릴 뿐이었다.

'한숨이 느는군.'

진우는 그렇게 생각하며 사막으로 향했다. 미궁의 군주까
지는 꽤 거리가 있었는데, 포탈석을 사용하여 영광의 홀 근처
로 이동했다. 미궁의 군주에게 다가갔다. 암흑의 자아와 여전
히 투덕거리고 있었다. 마력이 폭발하고, 미궁의 군주에게서
나온 검은 촉수가 하늘에서 난리를 쳤다. 멀리서 보면 엄청난
재앙이 일어난 것으로 보일 정도였다.


"다 해결됐어."


[미궁의 군주가 민폐를 끼쳐 미안하다고 말합니다.]


"그건 나도 마찬가지라서……."

진우도 만만치 않은 민폐를 끼쳤으니 할 말이 없었다.

아무튼, 다시 대화를 시작했다.

"지하에 큰 공간이 있는데, 탐욕의 군주가 봉인되어 있던 곳이야. 그곳이라면 괜찮을 것 같은데."

미궁의 군주가 부르르 떨었다.

[대만족! 탐욕에게 복수하는 것 같아 좋다고 합니다.]

"잘됐네."

일이 술술 풀렸지만, 문제가 있었다. 진우가 가진 열쇠로는 포탈을 늘리는 데 한계가 있었다. 매우 크게 만들 수 있었지만, 미궁의 군주가 더욱 컸다. 미궁의 군주가 차원을 뚫고 간다면, JW 게이트가 망가질 우려가 있었다.

미궁의 군주는 잠시 생각에 빠졌다가 깨어났다.

[코어를 분리해서 먼저 이동하면 될 것 같다고 합니다.]

코어 부분을 먼저 이동시키면, 나중에 나머지 부분도 천천히 소환할 수 있다고 한다. 진우는 고개를 끄덕였다. 코어가 있는 부분도 대단히 컸다. 전체 크기에 2할을 차지했다. 그러나 그 정도라면 충분히 이동시킬 수 있었다.

"그럼 분리해 봐."

분리하려 했지만, 주변에 커다란 지진만 일어날 뿐이었다.

[스위치가 오래되어 눌리지 않습니다. 도움을 요청합니다.]

정말 가지가지 했다.

결국, 진우는 흑염룡을 다시 소환했다. 흑염룡을 타고 단번에 코어가 있는 최상층에 도달했다. 굉장한 높이였다. 아래를 내려다보니 사라 브리악의 영지까지 보였다. 코어가 있는 부분을 고정하고 있는 거대한 벽돌이 보였다. 꽉 달라붙어 있어 떼어내기가 힘들어 보였다.

'음......'

이럴 땐 보통 강하게 쳐주면 된다. 진우는 암흑 마력을 모아 후려쳤다.

쿠쿠쿵!

진우가 몇 번 강하게 치자, 거대한 돌들이 겨우 떨어졌다. 완전히 분리되는 순간이었다. 거대한 기운이 분출되며 코어가 있는 부분이 하늘로 치솟았다. 마치 로켓의 이륙을 보는 것 같기도 했다. 그러나 그 기운은 금방 바닥났다.

휘이이! 쾅!

하늘로 치솟다가 그대로 추락해 사막에 처박혔다. 마치 얼굴부터 처박히는 것 같은 모습이었다.

[아프다고 합니다.]

"음……."

[너무 아프다고 합니다.]

굉장히 아파 보이기는 했다. 진우는 바로 포탈을 열고 미궁의 군주를 성소에서 가장 큰 공간으로 이동시켰다.

유나와 최희연은 걱정이 가득한 눈으로 사막을 바라보았다. 최희연은 두 손을 모으고 있었다. 그녀는 유나에게 대략 설명을 들을 터라 상황을 어느 정도 이해하고 있었다.

"저는 도움이 될 수 없는 걸까요?"

최희연의 목소리에 유나는 씁쓸한 표정이 되었다. 엘라는 이해한다는 듯 둘을 바라보았다. 아리나도 이번 싸움은 힘들 것 같다고 생각했다. 아리나는 허영을 바라보았다. 허영은 군주였으니, 미궁의 군주가 가진 무서움을 알고 있을 것 같았다.

"허영, 어떻게 생각하지?"

허영이 곰곰이 생각하다가 입을 뗐다.

"미궁의 군주는 가장 오래된, 그리고 신비스러운 군주이지. 탐욕의 군주조차 그를 쫓아다녔으니 말이야. 그러나 나를 굴복시킨 주인님이라면 충분히 대적할 수 있다!"

허영의 말에 총지배인도 고개를 끄덕였다. 사라 브리악과 갈로드, 그리고 수많은 마족이 사막을 지켜보고 있었다. 미궁의 군주는 무시무시한 기운을 내뿜고 있었다. 마치 천지개벽이 일어나는 것 같았다.

그때였다.

거대한 구조물의 꼭대기 근처에서 검은 기류가 터져 나왔다. 부서지지 않을 것 같았던 구조물이 터져나가는 것이 보였다. 푸른빛으로 빛나는 꼭대기 부분이 하늘로 치솟다가 사막에 처참하게 꽂혔다. 먼지구름이 치솟았다. 모두 그 광경을 눈을 부릅뜨며 바라보았다.

사라 브리악이 떨리는 입술을 간신히 뗐다.

"구, 군주께서 미궁의 목을 땄다!"

전율이 일었다.

"우, 우아아아아아-!"

미궁의 머리가 떨어졌다! 군주께서 미궁의 머리를 날려 버렸다! 마족 병사들이 환호했다.

탐욕의 군주가 봉인되어 있던 장소는 아주 컸다. 여러 가지 시설들로 채웠음에도 휑했다. 그곳에 미궁의 군주가 들어서니 휑한 느낌이 많이 없어졌다. 코어가 있는 부분에서는 푸른빛이 일렁이니 그럭저럭 보기 좋았다. 어두운 공간이 마음에 드는 모양이었다. 왜인지 방구석 외톨이를 보는 것 같았지만 어쨌든, 잘 해결되었다. 미궁의 군주가 부르르 떨더니 완전히 자리를 잡았다.

[황금의 성소와 미궁의 군주가 융합되었습니다.]

[SS]찬란한 황금의 성소

황금의 성소와 미궁의 군주과 융합되어 탄생한 위대한 성소. 신화 속 위그드라실보다 위대하며, 비프로스트조차 찬란한 황금의 성소와 견줄 수 없다. 미궁의 군주는 차원을 이동할 때마다 그의 일부를 떨구고 갔다. 크기에 따라 탑, 미궁, 던전 등으로 분류되는데, 던전은 대부분 미궁의 군주가 흘린 것들이다. 미궁의 군주는 던전과 이어져 있으므로, 성소를 통해 미궁의 몸이 있는 모든 차원으로 이동할 수 있다.

미궁의 군주가 깨어나 닫혀 있던 차원이 서로 연결되었다. 다른 차원에서 미궁으로 넘어올 가능성도 있다. 황금의 성소는 굉장한 랭크가 되었다. S+랭크인 미궁과 합쳐졌기 때문이었다.

'미궁의 군주가 던전의 시초였군.'

탑, 미궁, 던전. 모두 미궁의 군주가 도망치면서 칠칠치 못하게 흘리고 간 것들이었다. 원작에서는 나오지 않는 내용이었다.

'결국, 원작대로 되었군.'

차원이 열린 건 막을 수 없었다. 미궁의 군주를 통해 중간계와 다른 차원이 연결되었기 때문이다. 그래도 원작처럼 미궁의 군주를 죽이지 않고 미궁의 군주를 제어할 수 있으니, 상황은 훨씬 좋았다.

[대량의 경험치를 획득하였습니다.]

그러고 보니 지금까지 아주 많은 경험치를 획득했다. 진우는 자신의 정보를 살펴보았다.

Lv.92
[S+]이진우
칭호: [S+]황금의 군주, [S]악의 화신, [S]차원정복자.

어느덧 레벨은 92였고 랭크는 S+에 이르렀다. 굉장한 능력치였다. 그간 벌인 일들 탓에 칭호도 랭크가 크게 상승했다. 육체 능력이 떨어지는 게 여전히 아쉽기는 했다.

흑염룡이 오른손에 있으니 진우의 정보에도 떠올랐다. 흑염룡도 성장할 수 있는 모양이다. 레벨91 그리고 S+랭크부터는 차원에 소속된 종족이 닿을 수 없는 영역이었다. 오로지 초월적인 존재, 군주 같은 존재들에게만 허락된 곳이었다.

'딱 선을 넘었네.'

군주로서 이제 시작이라는 느낌이었다. 탐욕의 군주는 무려 SSS+였다. 미궁의 군주는 S+이기는 하지만, 탐욕의 군주에게 먹히고 다른 차원에 여러 가지를 흘린 덕분이었다. 위험도

만으로 따지면 확실히 그 이상이었다.

코어 부분에 달린 눈이 진우를 물끄러미 바라보고 있었다. 그 커다란 눈을 통해 무슨 생각을 하는지 알 수 있었다. 암흑의 자아도 마계에 있으니 외로움을 타는 모양이었다.

'성소와 융합되었으니 이제 이동할 수도 없겠네.'

게다가 마음대로 잠이 들 수도 없었다. 성소를 이용하면 미궁의 군주도 깨어나게 된다. 예전처럼 잠이 들 수도 없으니, 굉장히 외롭고 심심할 것 같았다. 앞으로 오랫동안 있어야 하니 뭔가 시간을 보낼 수 있는 걸 주는 것도 괜찮을 것 같았다. 진우는 곰곰이 생각하다가 거대한 눈을 바라보았다.

"너 손 같은 건 있냐?"

그렇게 말하자 거대한 눈이 깜빡였다. 그러더니 진우의 밑에서 검은 촉수 두 개가 올라왔다. 그것은 흐물거리다가 손 모양이 되었다. 검은 손이 펴지며 손가락으로 진우를 만지려다가 움찔거렸다.

진우는 아공간에서 태블릿PC를 꺼냈다. G&P의 최신 기술이 들어가 있는 태블릿PC였다. 성소에서는 인터넷이 되지 않아 대부분 할 수 없었지만 싱글 게임도 있으니 시간 때우기는 될 것이다. 진우가 태블릿PC를 주자 코어가 푸른빛으로 맹렬하게 반짝였다. 굉장한 반응이었다.

진우는 간단하게 설명을 해주었다. 간단한 퍼즐을 보여주자 미궁이 손가락으로 터치를 하며 몰입했다. 재미있는지 거대한 눈이 곱게 휘어졌다.

"재밌냐? 그거 너 가져라."

진우는 피식 웃으면서 바라보았다.

[호감도가 대폭 상승하였습니다.]
[미궁이 감동합니다. 선물을 받은 건 처음이었습니다!]
[미궁이 당신을 절친한 친구로 생각합니다. 호감도: 100%.]

미궁은 참 쉬운 녀석이었다. 조금 잘해주니 홀라당 넘어왔다. 유일한 친구였던 암흑의 자아도 미궁에게 퉁명스러웠다. 다정하게 대하고 선물까지 준 것은 진우가 처음이었다. 다른 게임을 해보려다가 안 되는지 진우를 물끄러미 바라보았다.

"그건 인터넷이 되어야 하는 건데……."

진우는 설명을 해주었다. 의외로 미궁은 쉽게 알아들었다. 진우가 감탄할 정도로 이해력과 응용력이 굉장히 높았다.

[미궁이 권능과 성소를 사용하여 차원을 연결합니다. 황금의 군주가 소유한 것들을 검색하려 합니다. 허락하시겠습니까?]

진우가 고개를 끄덕이며 허락하자 미궁의 눈이 감겼다. 코어에서 푸른빛이 발산되었다. 굉장히 집중하고 있었다.

[G&P 연구소의 자원을 빌려옵니다.]
[미궁의 코어를 통해 와이파이가 생성되었습니다!]

종이 울리는 소리와 함께 그런 정보가 떠올랐다. 코어가 있는 부분을 보니 와이파이 모양이 떠올라 있었다. 전 차원에 전설을 만들어낸 권능을 이런 데 쓰고 있었다. 진우는 핸드폰을 꺼내서 와이파이를 연결해 보았다.

"쾌적하네."

코어가 거대한 무선 공유기가 되었다. 이제 성소에서도 인터넷이 가능해졌다. G&P 연구소는 세계에서 가장 빠른 인터넷 회선을 가지고 있었다. 마력 입자를 이용한 기술이라고 하는데, 자세한 건 진우도 몰랐다. 거대한 눈동자에서 푸른 빔이 뿜어져 나오며 태블릿PC를 비추었다. 검은 손이 빠르게 움직였다. 가끔 눈이 커지기도 하고 찡그려지기도 했다.

'당분간 심심해하지는 않겠지.'

진우가 예상한 결말은 아니었지만 어쨌든 평화가 최고였다. 미궁으로 들어간 주인공은 굉장한 위기를 겪었다.

'당소정도 그렇게 되었고…….  그러고 보니, 히로인들은…….'

히로인이 아주 많은 만큼, 대부분 사라졌다. 히로인뿐만 아니라 주연들도 죽어 나가는 걸 보면, 언급하기 귀찮아서 죽인 게 틀림없었다. 중간계 이야기가 나오기 전에 기존 히로인, 조연들이 대거 숙청당했다. 게임에 빠진 저 미궁을 통해서 말이다. 이제 그런 일들은 일어나지 않을 것이다.

진우는 미궁을 잠시 바라보다가 마계로 이동했다.

미궁의 몸체가 있는 사막에 바로 도착했다. 미궁의 몸체가 분해되며 하나둘씩 차원 너머로 이동하고 있었다. 정확히 성소로 돌아가는지, 아니면 어딘가로 새어 나가는지 미궁만 알 뿐이었다. 조금 불안하긴 했다.

"크, 크윽……."

그때 미궁 밑에 얌전히 누워 있던 다이젠트가 제일 먼저 정신을 차렸다. 다른 마왕들도 깨어났다. 진우는 그들을 내려다보았다. 다이젠트가 지끈거리는 머리를 부여잡다가 흠칫하며 고개를 들었다. 그리고 진우와 눈이 마주쳤다.

"허, 허억!"

진우의 뒤에는 거대한 미궁이 있었다. 차원 너머로 사라지는 중이었기 때문에 마치 파괴가 되는 것처럼 보였다. 다이젠트는 경악했다. 정신을 차린 다른 마왕들도 마찬가지였다. 미궁의 군주가 눈앞에 있는 황금의 군주에게 완전히 파괴당한 것이다! 그 끔찍한 눈동자가 있는 부분은 아주 깨끗하게 잘려 나가 사라진 상태였다.

다이젠트는 침을 꿀꺽 삼켰다. 목이 서늘했다.

"괜찮으십니까?"

진우가 그를 일으켜 세워주기 위해 손을 뻗었다. 다이젠트는 벌떡 일어나더니 그대로 무릎을 꿇었다.

"크흑, 죽을죄를 지었습니다. 제, 제가……."

시키지도 않았는데 다이젠트는 무슨 죄를 지었는지 고백했다. 그러고는 대성통곡을 했다. 살기 위한 필사적인 몸부림이었다. 그런 다이젠트를 바라보고 있던 마왕들도 눈치를 보다가 똑같이 고백했다. 사막에서 기괴한 고해성사가 이루어졌다. 다이젠트와 마왕들이 남은 영토를 진우에게 모두 바쳤다. 이미 모래 병사들을 막아내느라 사라 브리악 아래 모두 집결되었기 때문에, 다이젠트와 마왕들은 아무런 권력도 없었다.

[마계를 정복하였습니다!]
[마계가 JW 게이트 휘하로 들어갑니다.]
[대단합니다! 여신이 이 소식을 듣고 기절했습니다.]

진우가 한 일이라고는 벌어진 일을 수습한 것밖에 없었다. 그런데 얼떨결에 마계를 정복해 버렸다. 엘론티와 마찬가지로 JW 게이트 휘하에 들어왔다. 암흑의 자아가 기뻐하는 것으로 보였다. JW 게이트 휘하로 들어왔으니, 마계도 엘론티처럼 천천히 회복될 것이다.

'마족들이랑 싸울 필요가 없어서 좋기는 한데…….'

원작에서는 고위 마족이 일본과 손을 잡고 이런저런 음모를 펼쳤다. 국제 대회 이후, 일본과의 싸움은 굉장히 길었는데, 솔직히 질질 끄는 느낌이 났다. 주인공의 뒤통수를 갈기는 히로인도 등장했다. 일본 최고의 능력자인 무녀였고 마족의 수하가 되어 주인공을 위기에 빠뜨리는 역할이었다.

'독자들도 뒤통수를 맞았지.'

처음에는 당소정을 잃은 슬픔을 보듬어주는 착한 히로인이었다. 그러다가 갑자기 뒤통수를 쳤다. 어쨌든 악역이었다.

진우는 영광의 홀로 이동한 다음, 바로 협곡으로 향했다. 다른 마왕들이 다이젠트에게 용무가 있어 보였기 때문에 일단 놔두고 왔다. 협곡으로 오니 모두가 진우를 기다리고 있었다. 영광의 홀에서 협곡까지 빠르게 달려왔지만, 시간이 좀 걸렸다. 진우가 협곡에 도착했을 때 마침 석양이 지고 있었다. 아지랑이가 피어올라 진우의 모습을 흐릿하게 만들었다. 진우가 협곡에 발을 디딘 순간, 거대한 구조물이 분리되며 사막에 떨어졌다. 익숙한 얼굴들이 보였다. 모두 광장히 감동하고 있었다.

유나와 최희연의 눈시울이 붉어져 있었고, 엘라는 닭똥 같은 눈물을 흘리고 있었다. 엘라의 옆에서 붉은 볏이 날개로 그녀를 토닥토닥해 주었다.

진우는 무슨 말을 해야 할지 몰랐다. 입을 열려고 할 때, 사라 브리악이 성호 자세를 취했다. 그러자 마족 병사들이 환호를 내질렀다. 단신으로 미궁의 군주를 날려 버리고 마계를 통합한 위대한 군주가 되어 있었다.

"일단…… 영지로 돌아가자."

진우는 모두를 데리고 사라 브리악의 영지로 향했다.

거대한 방에 다양한 종족이 둘러앉아 있었다. 모두 모였지만 진우는 아직 들어오지 않았다. 가장 정상적인 갈로드, 그리고 아리나와 함께 향후 대책을 이야기하고 있었기 때문이다. 마왕들이 모든 영지를 바침으로써 마계 탄생 이래 처음으로 마계가 통일되었고 사라 브리악은 진정한 마황이 되었다. 한때 마계를 지배했던 마왕의 흔적은 모두 사라졌다.

진우는 그 위의 존재인 마계의 신으로서 군림하게 되었다. 제발 그러지 말아 달라고 설득하느라 시간을 보내고 있었다.

"군주님을 마계의 신으로 모시고 국교로 삼아야 합니다!"

"당연하지요!"

"천계에도 여신이 있는데, 우리도⋯⋯."

"델론트! 감히 그런 싹수없는 년과 우리의 위대한 군주님을 비교하고 있는 건가! 우리 군주께서는 탐욕의 군주와 허영의 군주를 휘하로 두고, 미궁의 군주를 없앤 위대한⋯⋯."

그러나 몰려온 고위 마족들, 각 부족의 부족장들, 심지어 마왕이었던 이들까지 그렇게 말하고 있으니 대화가 전혀 통하지 않았다. 진우가 아파지는 머리를 주무르고 있을 때, 거대한 방에는 인간과 엘프, 그리고 마족, 드워프가 이야기를 나누고 있었다. 모두 황금의 군세에 소속된 이들이었다.

그들은 이야기하며 진우를 기다리고 있었다. 분위기는 화기애애했다. 모두 진우 아래 모인 전우들이었다. 최희연은 아니었지만, 어쨌든 같이 싸웠으니 자연스럽게 끼어 있었다. 유나가 엘라를 바라보았다.

"미궁의 군주는 이제 사라진 것일까요?"

"군주께서 미궁의 군주를 봉인하신 것 같아요. 미궁의 군주는 전 차원에 영향을 미치고 있는 군주예요. 그가 사라지면 차원이 엉키게 되겠지요. 어쩌면 이번에도 자신의 몸에……."

엘라의 말에 분위기가 조금 내려앉았다. 눈치를 살피던 사라 브리악이 입을 뗐다. 그녀는 몰려온 고위 마족들이 무서워 갈로드에게 모든 걸 맡기고 도망쳐 왔다. 이곳에 있는 군세를 통솔한다는 그럴듯한 이유에서였다.

"어쨌든 해결되었다! 그게 중요하지."

"그러고 보니 사라 브리악 님께서는 어떻게 군주님을 만나게 된 것인가요?"

그녀는 군주의 왼손을 자처했다. 군주께 신뢰를 받고 있지 않다면 그렇게 할 수 없었다. 엘라가 호기심이 가득한 눈으로 묻자, 모두의 시선이 그녀에게 꽂혔다. 사라 브리악은 식은땀을 흘렸지만, 표정은 그대로였다. 그녀는 눈치가 빨랐다. 진우가 이들에게 어떤 존재인지 분위기를 보고 파악했다. 그것은 그녀의 특기였다. 권능이라면 권능이었다.

"나는 미궁의 군주에게 몸도 마음도 빼앗긴 상태였지. 미궁의 군주는 마계를 집어삼키고 모든 차원을 주무를 계략을 세웠다! 그러나 나는 고통 받는 마족들을 지켜볼 수 없었다. 그래서……."

사라 브리악이 필사적으로 이야기를 만들어냈다. 어느새 진우는 마계를 구원하기 위해 온 구세주가 되어 있었다. 그 과정에서 할라스는 미궁의 간부로서 마계를 집어삼킬 배신자로 표현되었다.

"그래서 군주께서 마계에 오시자마자 기간테르를 박살 내고 미궁에게 선전포고를 하셨지!"

굉장한 서사시였다. 마계에 내려오는 동화와 이런저런 이야기를 섞으니 그럴듯해졌다. 총지배인은 사라 브리악의 이야기를 들으며 메모를 하고 있었다.

"또 하나의 전설을 이루어내셨군요. 이 이야기를 널리 알려야겠습니다. 음, 엘론티와 협력하여 영화로……."

총지배인은 감동에 빠져 있었다. 사라 브리악과 총지배인은 무언가 궁합이 잘 맞아 보였다. 암흑 장인인 데구르론도 자리하고 있었다.

"그랬던 것이었군. 미궁의 계략에 타락한 할라스는 너무나 사악한 존재였소. 우리 드워프들은……."

"크흠, 오크를 대표해 사과한다!"

"아니. 상황이 나빠 서로 적이었을 뿐이오. 이해하오."

오크와 드워프도 앙금을 풀었다.

그런 이야기를 나누고 있을 때, 진우가 안으로 들어왔다. 모두 진우를 반짝이는 눈동자로 바라보았다. 감동에 젖은 눈동자였다.

'또 뭔가 이야기가 나왔나?'

진우는 그간 있었던 일을 이야기하기 위해 입을 뗐다. 모두 오해를 하고 있었으니, 빠르게 오해를 풀고 싶었다.

"사실은……."

[소환 시간이 만료되었습니다.]

"아······."

모두 황금빛에 휩싸이며 사라졌다. 데구르론과 사라 브리악만이 남아 있을 뿐이었다.

"별 이야기 안 했지?"

진우가 그렇게 말하며 사라 브리악을 바라보자, 그녀는 진우의 시선을 피했다. 어쨌든, 마계에 평화가 찾아왔다. 이런저런 일들이 발생한 것치고는 아주 잘 수습되었다.

지금은 그것이 중요한 게 아닐까?

미궁은 굉장히 집중했다. 거대한 눈은 오로지 아주 작은 태블릿PC만을 바라보고 있었다. 태블릿PC로 본 세상은 그야말로 신세계였다. 거대한 덩치 때문에 마음대로 움직일 수도 없었고 언제나 핍박받았다. 그러나 이곳에서는 자유였다.

마음대로 돌아다닐 수 있다! 의사소통도 할 수 있다!

여러 차원을 돌며 많은 문화를 봐서 그런지 이질감이 느껴지기는 했어도 금방 적응했다. 언어는 문제가 전혀 되지 않았다. 여기저기 돌아다니다가 진우에 관한 게시물이 보였다. 진우의 사진이 나오자 미궁은 댓글을 달았다. 회원가입 없이 익명으로 쓸 수 있는 곳이었다.

-나미궁: 내 친구에오.
└견자: 지랄하네.
└개념인: ㅋㅋ이건 또 뭔 컨셉임?

미궁은 열이 받아서 댓글을 달았지만, 한국의 키보드 워리어들을 이겨낼 수 없었다. 마음의 상처를 입은 미궁은 이리저리 헤매다가, 화면에 있는 G&P 연구소 앱을 눌러보았다.

진우가 준 태블릿PC는 시중에 출시 안 한 제품이었기 때문에, G&P 연구소 앱이 있었다. 연구소나 G&P 본사에서만 접속할 수 있었지만, 연구소의 자원을 끌고 온 터라 접속할 수 있었다. 익명 게시판이 보였다. 진우의 사진이 상당히 많이 올라와 있었다.

-익명(1): 우리 대표님.
[기사 복장 대표님.JPG]
└익명(103): 내 친구임, 진짜임.
└익명(1): 부럽네요.

여기는 분위기가 아주 좋았다. 정상적인 대화를 해본 건 처음이었다. 이야기를 하다 보니 게임 이야기가 나왔다. 익명 중 하나가 진우가 인수한 회사에서 만든 게임을 추천해 주었다.

바로 게임을 깔았다. 태블릿PC는 진우의 계정으로 되어 있어서 유료였지만 바로 깔렸다. 진우는 무조건 프리패스였다.

'다크 블러드 던전'

미궁의 눈동자가 커졌다. 많은 게이머를 절망과 고통에 빠뜨린 게임이었다. 극악이라는 표현이 어울릴 정도로 어려웠다. 그러나 중독성이 있어 선풍적인 인기를 끌고 있었다.

미궁은 늘 침입 받는 입장이었는데, 자신이 침입하니 묘한 배덕감이 들었다. 그리고 쾌감이 온몸을 잠식했다. 진우가 깔아놓은 간단한 게임만 하던 미궁은 금방 중독되어버리고 말았다!

차원에 변화가 생긴 건 그때였다. 미궁이 다크 블러드 던전에 집중하면 집중할수록 미궁과 이어진 던전에 변화가 있었다. 게다가 현재 마계에 있는 몸을 소환하고 있었는데, 집중력이 흐려져 미궁이 포함된 커다란 부분들이 다른 차원으로 마구 날아가 버렸다. 중간계에서 큰 변화가 있었지만 아무도 모르고 있었다. 익명 게시판에서 김세연은 고개를 갸웃했다.

'신입인가? 귀엽네.'

그녀는 살짝 웃고는 다시 연구에 매진하기 시작했다.

♦ **Chapter4** ♦
평화로운 국제 대회

에드는 용사 후보생이었다. 여신의 축복이 깃들었다는 성검 에스트란을 뽑은 후부터 그는 진정한 용사가 되기 위해 여행을 시작했다. 잘생긴 외모와 열정적인 성격은 용사에 걸맞았다. 용사가 되기 위해서는 미궁을 클리어했다는 위업이 필요했다. 그는 마법사, 궁수, 성직자 파티를 꾸려 아래에서부터 차근차근 위로 올라왔다.

'이제 슬슬 괜찮겠지.'

성검 에스트란이 있는 에드와는 다르게 그의 파티는 아직 초보 수준이었다. 모두 잠재력이 충만한 이들이었기에 미궁을 클리어하는 여정에 큰 도움이 되리라 생각했다. 자신이 도와주면 되었다.

"걱정하지 마. 별것 없는 던전이니까."

에드가 상쾌한 미소를 지었다. 하얀 건치가 드러나자 파티원들은 모두 고개를 끄덕이며 웃었다.

에드와 초보 모험자 파티는 드디어 한 단계 높은 던전에 입장했다. 마을 근처에서 가장 오래된 던전으로 이미 공략이 완료된 상태였지만 경험을 쌓기 좋았다.

숙련자인 용사지망생 에드는 파티원들과 함께 던전으로 입장했다. 포이즌 슬라임 던전이었다. 이 던전만 클리어하면 중급 던전으로 나아갈 수 있었다.

"귀엽게 생긴 슬라임이지만 꽤 강력해. 주의하도록!"

그렇게 말하며 앞서갔다. 슬라임은 귀엽게 생긴 편이었다. 하지만 에드는 얕보지 않았다. 그것이 바로 용사가 되기 위한 마음가짐이었다. 파티원들은 그런 그를 믿고 있었다. 지도를 펼치고 익숙하게 나아갔다.

"응? 뭐지?"

에드는 고개를 갸웃했다. 무언가 길이 이상했다. 직선으로 뚫려 있어서 알기 쉬웠는데, 기이하게도 구불구불했다. 불길하게 느껴질 정도였다.

"에드 님, 여기가 맞나요?"

"어? 저기 상자가……."

마법사가 상자로 다가갔다. 초보 던전에 함정이 있을 리 없어서 누구도 제지하지 않았다. 상자를 여는 순간이었다.

기기기긱!

상자가 열리더니 순식간에 마법사를 덮쳤다. 상자 속에서 촉수 다발이 뿜어져 나오며 거대한 이빨이 달린 기괴한 몬스터가 되었다. 에드는 허겁지겁 마법사를 빼냈다. 무언가 이상했다. 징그러운 눈을 달고 있는 슬라임이 날카로운 촉수를 흐느적거리며 다가왔다. 에드는 성검을 뽑으며 빠르게 달려들었다. 슬라임을 해치우기는 했으나 분위기가 이상했다. 도저히 초보 던전이라고는 생각할 수 없었다.

"괜찮아! 움직임이 느리니 침착하게……!"

에드가 그렇게 말하는 순간이었다. 궁수가 뒷걸음을 치다가 무언가를 밟았다.

기기기기긱!

기계 장치가 돌아가는 소리가 들렸다.

휘이잉!

옆에서부터 거대한 쇳덩어리가 굴러오기 시작했다. 던전을 울릴 정도로 거대했다.

"다, 달려!"

"꺄아아악!"

에드의 파티는 전력으로 도망치기 시작했다. 쇳덩어리를 피해 정신없이 달리다 보니 던전 깊숙한 곳까지 들어왔다. 정면에 다리가 있었다. 에드와 파티원들이 다리의 중심에 도달한 순간이었다. 주변에 모든 빛이 사라졌다. 마법사의 라이트 마법이 갑작스럽게 사라진 것이다. 아무것도 보이지 않았다.

"괘, 괜찮아! 치, 침착해!"

에드는 모두를 달래며 성검 에스트란을 치켜들었다. 성검 에스트란에서 하얀빛이 뿜어져 나왔다. 에드는 겨우 안심했다. 에드가 파티원들을 안심시키려고 뒤를 돌아보았다. 마법사, 궁수, 성직자의 입이 벌어져 있었다. 안색이 새파랗게 질려 있었다.

"아, 아, 아⋯⋯."

"어⋯⋯."

덜덜덜!

모두 덜덜 떨었다.

"왜, 왜? 무, 무슨 일이야."

궁수가 떨리는 손가락으로 에드의 뒤를 가리켰다. 에드는 천천히 고개를 돌렸다.

"아⋯⋯."

에드는 지금 다리 위에 있었다. 그러나 사방에 붉은 안광이 가득했다. 성검으로 천천히 그곳을 비춰보았다. 기괴하게 일그러진 해골들이 벽에 잔뜩 붙어 있었다. 해골들에게 마치 내장과도 같은 촉수들이 잔뜩 붙어 있었다.

"도망⋯⋯."

왔던 길을 되돌아갈 수도 없었다. 해골들이 다리의 출구와 입구에 서 있었다. 해골이 날카로운 낫을 다리와 이어진 로프에 가져다 대었다.

툭!

천천히, 하나씩 끊었다.

"꺄악!"

"하, 하지 마!"

"아, 안 돼!"

해골은 달그락거렸다. 마치 그들이 공포에 빠진 모습을 즐기는 듯했다.

"허억!"

"꺄악!"

툭!

로프가 모두 끊기자 그들은 밑으로 떨어졌다. 정신을 잃기 전 에드는 붉은 글씨로 써진 무언가가 보이는 듯했다. 저 지하 밑에서 기다리고 있던 것은 지옥, 그 자체였다.

마계는 평화로워졌고, 진우는 더 바빠졌다. 가장 급한 일은 마족들을 굶지 않게 하는 것이었다. 마족들은 예전의 아리나처럼 굉장히 배고픈 삶을 살고 있었다. 엘론티처럼 자생할 수 있도록 도움을 줘야 했다.

어쨌든, 마계의 주인은 진우였으니까.

일단 아리나로 하여금 마계 각 부족의 부족장이나 고위 마족에게 잘 할 수 있는 것들을 추려오라고 지시했다. 아리나는 진우의 명령대로 마계에서 대대적인 사업설명회를 개최했다. 진우가 다스리는 거대한 행성에서 차원 금화를 벌어들일 수 있다는 비전을 제시한 것이다!

총지배인의 교육을 거쳐 JW 게이트 관할 지역에 진출할 수도 있었고, 관할 지역과 연계하여 상품을 온라인으로도 판매할 수도 있었다. 성소에 인터넷이 되다 보니 아리나가 중간 역할을 하면 가능했다. 진우는 사라 브리악의 영지, 이제는 황금의 성도라 불리는 곳에 있었다. 거대하고 화려한 방에 있었는데, 그의 옆에는 아리나가 앉아 있었다.

'복잡하구만.'

진우는 마족의 사업계획을 듣고 있었다. 부족장이나 고위마족들이 방 밖에서 번호표를 달고 대기하고 있었고, 한 명씩들어와 사업계획을 발표했다. 아리나가 신호를 보내자 문을 열고 11번 번호표를 단 마족 여인이 들어왔다. 마족치고는 조신한 복장을 하고 있었다. 노출이 전혀 없는 옷이었는데, 청초한느낌이 풍겼다. 마족 중에서도 보기 드문 굉장한 미인이었다.

"릴리스 포루나입니다. 이렇게 군주님을 뵐 수 있어 무한한영광입니다."

진우에게 조신하게 인사를 하고는 의자에 앉았다. 진우는그녀의 인적사항이 적혀 있는 서류를 보았다.

'서큐버스 퀸?'

무려 서큐버스 퀸이었다. 진우가 생각하던 기존의 서큐버스와는 차이가 있었다. 그녀는 아리나의 영상 작업에 도움을 준적이 있었다. 그리고 그녀는 마계 최고의 포션을 만드는 장인이기도 했다. 원작에서는 나오지 않았다. 그러나 원작 작가가예전에 19금으로 무언가를 올렸다는 소문이 있기는 했다. 아쉽게도 진우는 보지 못했다.

진우는 다시 서류를 훑어보았다.

"성인용품과 정기 수집이라……. 설명이 필요한데."

"네, 알겠습니다."

릴리스는 자리에서 일어나더니 품에서 무언가를 꺼냈다. 진우는 그걸 보고 살짝 움찔했다. 그건 모자이크를 해야 할 것 같은 다양한 종류의 성인용품이었다.

달달달달!

"신체에 무리가 안 가면서 남녀 모두에게 이로운 효과를 부여해 주는 포루나 성인용품입니다."

"음……."

"종류에 따라 불임과 난임을 치료하는 효과도 있습니다. 그리고 부작용 없이 중년의 존재들에게 치명적인 발기 부전을 해결해 주지요. 과거 마왕이었던 다이젠트 님도 애용했습니다. 그리고 이건……."

드르르르르륵!

마계가 형성되었을 때부터 축적해 온 노하우가 모두 담겨 있다고 한다. 모든 취향에 맞출 수 있는 방대한 종류와 치명적인 성능이 강점이었다. 더 과격한 것들은 창고에 넣어놨는데, 미궁의 군주가 최후를 맞이할 때 창고가 통째로 사라졌다고 한다.

설명을 들어보니 진우는 사라진 게 정말 다행이라고 생각했다. 그건 외부에 공개하기 굉장히 위험한 아티팩트였다. 취향 그 자체를 바꿔버릴 수 있는…….

'관할 지역에서 파는 건 좀 그렇고……'

정식 허가를 받고 온라인 판매를 하는 게 좋을 것 같았다.

"음, 정기 수집은?"

"정기는 포션을 생산하는 데 있어 가장 중요한 재료입니다. 마계에는 순수한 정기가 부족하다 보니 포션 생산에 한계가 있습니다."

요즘 포션 생산량이 많이 떨어졌다고 한다. 다른 건 차원 금화로 해결할 수 있었지만 순수한 정기만큼은 구하기 힘들었다. 아무래도 마계였으니 말이다.

진우는 릴리스의 설명을 들었다. 인큐버스 부족과 연합하여 아리나처럼 지구로 진출을 하고 싶다고 한다. 인기와 열정, 환호를 보내며 발산하는 에너지를 흡수하여 정기로 만들 수 있으니 그들에게 딱 알맞은 직업이었다. 마계에서는 춤이나 노래를 부른다고 천대받고 있었는데, 지구에서는 그렇지 않았다. 아리나를 집중 트레이닝 시켜 준 것도 릴리스였다. 보컬, 춤 모든 걸 가르쳤다고 한다.

'엘론티 엔터테인먼트도 완전히 자리 잡았으니 괜찮겠지.'

엘론티 엔터테인먼트의 규모는 엄청났지만, 소속된 인물은 엘라와 허영, 아리나, 셋뿐이었다. 릴리스를 트레이너로 영입하는 것도 괜찮을 것 같았다.

"검토해 보도록 하지."

"감사합니다."

검토해 볼 만한 사업이었다.

릴리스는 설명한 용품들을 선물로 주고 갔다.

마족들을 만나다 보니 다양한 이야기들이 나왔다. 칼라리스의 부족들도 왔었는데, 예언 카페 계획서를 가지고 왔다. 나름대로 건질 만한 것들도 꽤 있었다.

'마족들이 생각보다 성실한데?'

문득, 그런 생각이 들었다.

유나를 통해 하나씩 천천히 진행하면 될 것 같았다. 마계의 일정을 마치고 지구로 돌아가기 전에 잠시 성소에 들렀다. 미궁은 여전히 게임에 푹 빠져 있었다.

"재미있냐?"

[잼씀. 친구. 고맙.]

"그래."

검은 촉수를 통해 의사 표현도 가능해졌다. 진우가 알지도 못하는 게임도 하고 있었는데, 굉장히 위험한 것들도 있었다. '여신 감금'이라는 제목이 보였다. 심의내용을 준수하는 19세 이용가 게임이었다.

'뭐…… 나이도 많고 게임이니 괜찮겠지.'

어린애도 아니었으니 말이다.

그때 코어가 요동쳤다. 마치 목 안에 무언가 걸린 것처럼 뱉어내려고 노력을 하고 있었다.

푸우우우!

코어에서 무언가 쏟아져 나왔다.

[에춰.]

공중에 그런 글자가 써졌다. 고철 덩어리들 사이에 하얀빛을 내는 검이 보였다. 굉장히 고급스러웠다.

[A+]성검 에스트란

여신의 축복을 받은 검. 천계의 보물로 용사를 만들어내는 검이라 알려져 있다. 깨끗한 영혼을 지닌 자들만 들 수 있다.

*[A]여신의 축복

*[A]부정 거부

성검이었다. 원작에서도 등장하는 검이었는데, 어째서 미궁이 이런 걸 뱉어냈는지 의문이었다. 미궁을 바라보니 다시 게임에 열중하고 있었다.

'이건 돌려줘야겠는데.'

좋은 검이기는 하지만 원작과 관련이 있으니 어쨌든 중간계에 돌려줘야 했다.

'부정한 자는 못 든다고 했지?'

용사에 걸맞은 자 이외에는 들 수 없었다. 일단 돌려줘야 했기에 진우는 검을 잡아보았다.

"응?"

그런데 너무 쉽게 들려졌다. 무게가 거의 느껴지지 않았다. 마치 솜털을 들고 있는 것 같았다. 그때 작은 비명이 들리더니 하얀 검이 검게 물들기 시작했다.

[S]타락한 마검 에스트란

악신의 화신과 황금의 군주가 여신의 축복을 마구 더럽혀 타락시켰다. 타락한 마검 에스트란은 본래 성검보다 더 뛰어난 파괴력을 지니게 되었다.

*[-S]타락의 힘

"아……."

원래대로 복구할 수 있을까?

강화나 연금술로는 힘들었다. JW 게이트에서 살게 된 데구르론이라면 무언가 알고 있을 것 같기도 했다. 진우는 일단 에스트란을 아공간에 넣었다.

'그리 큰 비중은 아니니…….'

복구할 수 없을 경우에는 다른 검으로 대체해 주면 될 것 같았다. 미궁에게 적당히 쉬엄쉬엄하라는 말을 하고 지구로 돌아왔다.

지구에서도 진우를 찾는 이들이 많았다. 국제 대회를 앞두고 기사들의 전지훈련이 계획되어 있었는데, 진우는 여러 사정을 들어 소집에 응하지 않았다. 그런 훈련 따위는 도움도 되지 않을뿐더러 귀찮은 이유가 컸다.

최희연 역시 마계에서 받은 충격이 컸는지, 참여하지 않았다. 진우는 인간을 벗어나 군주의 경지에 도달했기 때문에, 평범한 수련으로는 성장할 수 없었다. 이제 그에 걸맞은 위업을 달성해야 했다.

'적당히 활약하면 되겠지.'

국제 대회에 참가하는 기사들 사이에 섞여서 적당한 성적을 낼 생각이었다. 그리고 지구의 일이 어느 정도 해결되면 중간계나 다른 차원에 집중할 생각이었다. 특히 중간계는 거대한 곳이었다. 천계에 영향을 받는 곳이기도 했다.

'천족들과는 친하게 지내야겠지.'

천족은 엘프만큼이나 착한 이들이었다. 원작 주인공의 메인 히로인이라 부를 수 있는 존재도 천계에 있었다. 천족들과 친하게 지낸다면 중간계에 닥쳐올 재앙을 막고 평화를 유지할 수 있을 것 같았다. 그렇게 생각하고 있을 때 충격적인 소식이 들려왔다.


**[한국 기사단 전지훈련 중 부상!]**
**[전력 손실 심각! 국가적인 위기!]**


공해 게이트의 던전으로 전지훈련을 떠났던 선발 기사단이 모조리 부상을 입었다는 소식이었다. 부상이야 치료술사들이 달라붙어 회복하면 되지만 멘탈에 문제가 있는 모양이었다. 이건 원작에서 나오지 않는 내용이었다.

한국 기사단의 비중이 극히 작았을 뿐이지 모두 정상적으로 참여했다고 설명이 되어 있었으니까. 이번 전지훈련에는 고위 기사도 참여했다고 알려져 있었다. 파벌이 통합되어 한국 기사단 역사상 가장 큰 전성기를 맞이했었는데, 전지훈련 한 방에 다 날아가 버렸다고 한다.

"도대체 무슨 일이지?"

"장기적인 심리치료가 필요하다고 합니다. 병실 내부 자료를 빼 왔습니다. 보시겠습니까?"

진우가 고개를 끄덕이자 유나는 진우 앞에 있는 노트북을 통해 영상을 틀었다. 초췌한 모습으로 병실에 누워 있는 기사가 보였다. 협회 측 인물이 그에게 다가갔다.

[곽한성 경?]

[으, 으으…… 우웨엑!]

명망 높은 기사인 곽한성이 옆에 있는 통에 토를 했다. 그는 잠을 못 자는지 눈이 붉게 충혈되어 있었다. 발작을 대비해 옆에 치료술사와 의료진이 대기하고 있었다.

[무슨 일이 있었죠?]

[크, 크흑……. 어두운 미로에 무언가가, 하나둘씩…… 거대한 녹색이 저, 저에게, 커헉. 으악! 안 돼! 하지 마! 으아악! 나는 아니야! 아니라고!]

[마, 마력 쇼크 상태입니다!]

[지, 진정제를 투여해!]

상황이 매우 급하게 돌아갔다.

곽한성은 구조팀에 의해 가장 늦게 발견된 기사였다. 그를 발견했을 때 모든 장비와 옷들이 벗겨져 있었다고 한다. 전지 훈련 장소로 적합한 던전이었기 때문에 그렇게 위험한 곳은 아니었다. 사망자는 없었지만 곽한성처럼 후유증이 심각하다고 한다. 다행히 현재 치료에 차도가 보이고 있기는 하지만, 이번 대회 출전은 무리였다.

'곽한성은 국제 대회를 3번이나 출전한 에이스인데……'

지옥과도 같은 그곳을 헤쳐 나온 인물이었다. 그런데, 어떻게 그의 멘탈이 저렇게 무너질 수가 있을까?

영상을 끄고 기사를 살펴보았다. 협회의 공식 입장도 발표가 되었는데, 상황은 꽤 심각했다.

"다른 국가의 훈련도 취소가 되었다고 합니다. 전 세계 게이트에서 이상 현상이 발생했다고 하더군요."

"음……"

"혹시 짐작 가시는 바가 있으십니까?"

진우는 잠시 생각에 빠졌다. 마침 인터넷 창 옆에 광고 배너가 떠올랐다.


[다크 블러드 던전! 세상 절망의 모든 것! 지금 체험하세요!]


그 광고를 보는 순간, 어떤 광경이 머릿속을 스쳐 지나갔다. 밤낮없이 게임에 몰두한 미궁. 그가 하는 게임은 여러 가지였는데, 가장 대표적인 것이 다크 블러드 던전이었다. 그리고 19금 게임도 여러 가지 돌리고 있었다.

진우는 그가 안쓰러워서 태블릿PC와 노트북을 여러 대 선물해 주기까지 했다. 게이트에 있는 던전도 미궁과 이어져 있었다.

"아……."

"도련님?"

"아니, 나도 잘 모르겠군."

진우는 침을 꿀꺽 삼키며 그렇게 말했다.

짐작 가는 바가 있었지만 변명이었다.

유나는 무언가 숨기는 것 같은 도련님의 모습에 그저 고개를 끄덕였다. 묻기 어려웠다. 흑염룡과 같이 무언가를 짊어지고 계신 게 틀림없었기 때문이다. 도련님은 약한 모습을 절대 보이지 않았다.

'내 나약함을 배려하신 거겠지.'

유나는 그렇게 생각했다. 아마 다른 이들도 똑같은 마음일 것이다. 진우에게 양해를 구하고 걸려온 전화를 받았다.

"네, 협회장님. 네, 네. 그렇군요. 알겠습니다."

유나가 통화를 끊고 진우를 바라보았다.

"협회장이야?"

"네, 그렇습니다."

"뭐라는데?"

진우는 노트북을 접으면서 물었다.

"도련님께서 한국 기사단의 단장이 되셨다고 합니다."

"내가?"

국제 대회 참여 명단은 이미 제출해서 바꿀 수 없었다. 후보 선수를 선발로 올릴 수밖에 없었고, 1군 중 가장 인기 있고 능력이 있는 기사는 진우뿐이었다. 적당히 활약하며 묻어가려던 계획은 이미 실패했다. 역대 최연소 단장이 되었다. 세계 기록이었다.

단장으로서 이런저런 스케줄을 소화하다 보니 어느덧 국제 대회 개회식 날이 되었다. 국제 대회는 세계인들의 축제였지만 기사의 무덤이라는 상반된 이면을 지니고 있었다. 이번 국제 대회는 저번 대회와는 달리 변수가 많이 등장하고 있었다. 진우가 최연소 단장이 된 건 많은 관심을 끌었지만, 그보다 더 큰 일이 발생했다.

바로 일본 정부와 능력자 협회가 마왕을 소환하기 위해 산 제물을 바쳤다는 이야기였다. 누가 보낸 건지는 알 수 없었으나 증거와 사진들이 연맹으로 흘러들어왔고, 일본의 협회는 연맹에 의해 해체가 되었다.

당소정은 중국 마왕 사태도 일본이 벌인 짓이 틀림없다고 주장했는데, 설득력이 있었다. 지속적으로 마왕 쪽과 거래를 한 흔적이 나왔기 때문이다. 이는 전 인류를 배신한 일이었다.

게다가 이번 게이트 이번 사태도 일본이 행했다는 주장이 나왔다. 일본 정부는 억울함을 토로했지만, 오히려 역효과가 날 뿐이었다. 진우는 그 소식에 그저 고개를 갸웃했을 뿐이었다. 어째서인지 일본이 다 덤터기를 썼다.

아무튼, 국제 대회는 반드시 치러져야 했기에 일본과 가까운 한국이 주관하기로 했다. 이미 기반 시설도 충분해서 문제가 없었다.

'공해 게이트에서 치러진다는 건 똑같지만……'

공해상에 있는 게이트 주변은 커다란 섬으로 되어 있었다. 오로지 연맹이 정한 규칙이 적용되는 장소였다. 인권 같은 건 존재하지 않았다.


진우는 개회식에 참여하기 위해 아레나로 왔다. 국제 대회에 참여하는 나라의 기사들이 전부 개회식에 참여했고, 많은 관련자들, 관객들이 아레나를 가득 채우고 있었다. 월드컵이나 올림픽을 가볍게 뛰어넘는 열기였다. 개회식 현장이 전 세계로 생중계되고 있었다.

진우는 기사단을 바라보았다. 최희연을 포함해 모두 다 아는 이들이었다. 중국 사태 때 사망 플래그를 가득 세웠던 기사들이었다. 기사들은 뜨거운 눈으로 진우를 바라보았다. 굉장히 부담되었다.

"단장님, 이걸……."

최희연이 단장을 상징하는 기사복을 건네주었다. 이걸 입고 국제 대회에 참여하는 것이 모든 기사들의 꿈이라고 한다. 그러나 진우는 살짝 한숨을 내쉬었다. 이런 귀찮은 직위는 절대 맡고 싶지 않았다.

"단장님! 그 단장복에 어울리는 분은 단장님뿐입니다!"

"부담 갖지 마세요!"

기사들이 남의 속도 모르고 그렇게 말했다.

'별일은 없겠지.'

마계는 평화로웠고 일본은 국제 대회에서 영구 제명되었으니 걱정할 것은 없었다. 진우는 고개를 끄덕이고는 개회식에 참여했다. 국제 대회쯤은 지금까지 겪은 것들에 비하면 아무것도 아니었다.

서울 아레나 스타디움은 관중들로 가득 차 있었다. 아레나 스타디움 밖에는 축제가 벌어지고 있었고, 몰려온 외국인 관광객들로 북새통을 이루었다. JW 문화센터를 방문하고 스타디움에 오는 것이 하나의 관광 코스가 되었다.

공중파에서 당연히 개회식을 중계했다.

[네! 저희는 지금 고위 능력자 국제 대회 개회식이 열리는 아레나 스타디움에 나와 있습니다. 저는 캐스터 김성진이고, 도움 말씀에 허진한 경이 함께하시겠습니다.]

[허허! 안녕하십니까. 허진한입니다.]

[국제 능력자 연맹이 주관하고 한국 능력자 협회가 주최하는 별들의 전쟁이 드디어 시작되려 합니다! 벌써부터 분위기

가 후끈 달아오르고 있는데요. 사실 많은 국민들이 한국의 선전을 기원하면서도 걱정하고 있는 것이 사실입니다.]

허진한이 고개를 끄덕였다.

[네, 그렇지만 우리 대한민국의 자랑이자 세계의 영웅인 이진우 단장께서 슬기롭게 잘 하실 거라 믿고 있습니다. 구국을 한다는 필사적인 마음가짐으로 정신 무장한다면 오히려 전화위복이 될 수 있다고 봅니다.]

[그렇습니다. 대한민국 하면 투지! 아니겠습니까? 아! 네! 말씀드리는 순간, 개회식이 시작되었습니다.]

개회식은 일선 그룹이 대규모로 후원했고, 기술 지원은 G&P가 맡았다. 아레네 스타디움 중앙에 설치된 아티팩트에서 너무나 생생한 홀로그램이 재생되었다.

드디어 개회식이 시작되었다!

[아름다운 광경입니다. 현대 기술과 게이트 기술의 결합을 상징하는 장면입니다.]

[정말 자랑스럽습니다. 대한민국의 게이트 기술력은 세계 최고라고 알려졌지요. 세계인들이 모두 깜짝 놀랐을 겁니다.]

정확하게 말하면 G&P의 기술력이 최고 수준이었다. 아레나 스타디움을 빛무리들이 가득 채웠다. 마치 별빛을 보는 것 같았다. 관객들도 놀란 표정이었다.

당연했다. 일반적인 홀로그램이 아니었다. 어린아이 하나가 날아다니는 빛무리에 손을 뻗었다. 빛이 손에 잡히며 가루가 되어 휘날렸다. 따스한 촉감이 느껴졌다. 그리고 상쾌한 향기까지 맡아졌다. 촉감과 후각을 느낄 수 있었다. 빛무리가 뭉쳐서 세계 지도를 그리고, 공해에 있는 게이트가 나타났다. 게이트가 꽃으로 변하며 능력자를 상징하는 붉은 꽃으로 변했다.

기사꽃이라 불리는 꽃이었다. 붉은 잎은 기사의 피를, 은빛 줄기는 기사의 명예를 상징했다. 그리고 동그란 꽃의 수술은 세계의 평화와 화합을 상징했다. 공해 게이트가 형성된 섬에서만 자라서 일반인들은 실제로 볼 수 없었던 꽃이기도 했다. 아름다운 음악이 흘러나오며 환상적인 광경이 연출되었다.

[국제 대회가 열린 이후 전쟁 없는 세상, 평화로운 세계가 다가왔습니다. 평화와 번영을 상징하는 아름다운 영상이었습니다. 그 평화의 흐름에 대한민국이 앞서 나갔으면 좋겠습니다.]
[네, 당연히 그래야지요.]

영상이 끝나고, 한국 능력자 협회에서 준비한 공연이 있었다. 리그 길드의 능력자들이 준비한 공연이었는데, 한국의 전통문화와 협회를 상징하는 동물 모형이 나왔다. 저번 개회식보다 더욱 크고 화려해진 감이 없지 않아 있었다. 돈을 쏟아부은 티가 엄청 났는데 일선 그룹이 지원해 주었다.

[기사단이 입장합니다. 공해 게이트를 가장 많이 차지한 나라부터 입장합니다. 개최국인 대한민국은 그것과는 상관없이 가장 마지막에 입장하겠습니다.]

캐스터가 설명을 해주었다. 미국과 유럽 순으로 입장했다. 제3연합이라 불리는 나라들도 차례차례 입장했다. 그들은 각 나라의 특색이 담긴 기사복을 입고 있었는데, 디자인 경쟁도 은근히 치열했다. 기사 나이 55세에 이르면 의무적으로 은퇴를 해야 했기에 기사는 모두 55세 미만이었다. 전설적인 고위 기사들이 참여하지 않고 후배를 양성하는 이유였다.

[대한민국 기사단이 입장합니다!]

한국 기사단이 입장했다. 가장 체격이 큰 기사가 태극기와 한국 능력자 협회의 문양이 들어간 깃발을 들고 있었다. 그리고 그 뒤에 기사단장인 이진우가 있었다. 공중에 떠 있는 홀로그램 스크린에 진우의 모습이 나타나자 굉장한 환호성이 스타디움에 울려 퍼졌다.

[이진우 단장의 인기가 대단합니다. 우리 이진우 단장의 별명이 황태자 아니겠습니까?]

[참 어울리는 것 같습니다. 역대 최고 재능과 새로운 검술 체계를 확립할 정도로 대단한 지식, 그리고 최연소 기사단장. 게다가 세계에서 가장 잘생긴 기사가 아닙니까? 허허!]

[하하! 맞습니다.]

허진한이 살짝 웃음을 흘리며 그렇게 말했다. 날이 갈수록 물이 올라가는 이진우의 외모는 많은 화제였다. 최연소 기사단장이 된 것보다 오히려 외모에 관심이 쏠렸다. 외모는 굉장히 수려했지만 마치 황태자와 같은 기품이 존재해 전혀 경박해 보이지 않았다. 대단히 고귀해 보였다. 그저 걷는 것만으로도 품위가 있어 보였다. 다른 나라 기사들도 고개를 돌려 진우를 바라보고 있었다. 능력자가 된 이후 언론 노출이 많이 없었고, 사진만 돌아다녔다. 그런데 이렇게 가까이에서 장시간, 그것도 초고화질로 노출되는 건 처음이었다.

벌써 실시간 검색어 1위에 올라 있었다.

이진우의 오른팔에는 붕대가 감겨 있었다. 팔목까지 내려와 있어 티가 났다.

[이진우 단장의 부상에 대해 걱정하는 시선이 많습니다.]

[네, 정말 많은 걸 짊어지고 있습니다. 이진우 단장의 표정에서 드러나고 있지 않습니까? 참, 어린 나이에⋯⋯. 선배 기사

로서 정말 미안한 마음뿐입니다.]

다른 나라의 기사들은 모두 축제를 즐기며 웃는 표정이었지만 진우만 유독 진지한 표정이었다. 그가 얼마나 부담감을 느끼는지 알려주는 대목이었다. 자세히 밝혀지지는 않았으나 상당한 부상이라고 한다. 일각에서는 마왕과의 일전 때 다친 상처가 재발한 것이라고도 보도되었다. 저주가 내려졌다는 루머도 있었는데, 협회에서는 그런 루머에 대해서 강경 대처했다. 협회 측에서 일방적으로 희생을 강요한 게 아니냐는 기사도 나왔는데, 대부분 미래전략실에서 기획한 기사였다.

화면이 관중석을 잠깐 비추었다. 오른팔에 붕대를 감고 있는 관객들도 보였다. 붕대에는 파이팅이라는 글씨가 쓰여 있었다. 특히 어린아이들이 많았다. 진우를 응원하기 위한 퍼포먼스였다.

[허허, 이진우 단장을 응원하는 모양입니다.]
[그렇습니다. 참으로 아름다운 모습입니다. 국민들의 성원에 힘입어 좋은 성과를 내줄 것이라 믿고 있습니다. 대한민국은 현재 하나가 된 마음으로 국가대표 기사단을 응원하고 있습니다.]

모든 기사단의 입장이 완료되었다.
애국가 제창 후에, 이진우가 단상에 올라 선서를 했다. 기사로서 국가와 국민을 위해 기꺼이 목숨을 바치겠다는 선서였다. 별들의 전쟁, 대리전쟁이라 불리는 국제 대회가 시작을 알렸다. 진우가 살짝 한숨을 내쉬는 모습은 그 누구도 볼 수 없었다.

국제 대회는 세계 각지에서 나타난 17개의 공해 게이트의 운영권을 두고 펼쳐지는 작은 전쟁이었다. 각 게이트의 가치가 다르기는 했지만, 게이트를 운영하는 것만으로도 많은 이득을 취할 수 있었다. 게이트에서 채취할 수 있는 희귀 자원의 가치만 해도 천문학적이었다.

아티팩트는 말할 것도 없었다. 이제 지구의 현대 사회는 게이트가 없으면 돌아가지 않을 지경이 되었으니 굉장히 치열했다. 공해 게이트를 소유한 숫자만큼이나 국가 경쟁력이 올라가는 건 당연했다.

국제 대회는 크게 두 부분으로 이루어져 있었다. 일반인들에게 공개가 되는 토너먼트와 비공개로 진행되는 서바이벌이었다.

'도대체 어디서 참고한 거지?'

진우는 그게 의문이었다. 이런 규칙에 전 세계가 합의했다는 게 참 대단하게 느껴졌다. 국제 대회는 17개 공해 게이트를 차지하기 위한 싸움이었다. 대회가 끝난 후 성적에 따라 게이트 추첨권이 부여된다. 성적이 높을수록 추첨권을 많이 가지게 되는 방식이었다. 폐막식 때 각 나라의 기사단장이 직접 추첨을 했다.

'공정한 것 같기도 하고 아닌 것 같기도 하고……'

약간 유치하게 느껴졌다.

아무튼, 공개 토너먼트는 7개 추첨권이 걸려 있었고, 비공개는 10개의 추첨권이 걸려 있었다. 그러니 진정한 대회는 공해 게이트 전장에서 열리는 비공개 대전이었다. 국가마다 소유할 수 있는 게이트의 숫자가 정해져 있었는데, 그 이상을 가지게 되면 다른 나라에게 대여를 해주거나 판매할 수 있었다. 토너먼트에 참여한 기사들은 비공개 대전에 참여할 수 없었다.

진우는 공해 게이트로 가는 배 안에서 공개 토너먼트를 보고 있었다. 단장이 모든 지휘권을 가지고 있었는데, 진우는 공개 토너먼트에 최희연과 그나마 가장 실력이 좋은 기사들을 배치했다. 최희연의 실력이 대단하기는 하지만, 나머지 기사들은 별 볼 없었다. 큰 기대를 하지 않은 진우였다.

"으!"

"이런!"

"큰일이군."

기사들이 탄식했다. 개인전, 팀전 모두 예선부터 대거 탈락하는 초유의 사태가 발생했다. 최희연만 본선에 올랐을 뿐이었다. 원작에서도 비슷한 흐름이었다. 일본 쪽이 강세를 보였는데, 지금은 미국과 유럽 쪽이 강세였다. 멀린은 긴 황금 머릿결을 휘날리며 아예 날아다녔다.

'음……'

생각해 보면 멀린이 저렇게 강해진 건 진우의 탓이었다. 어쟀든, 준수한 성적만 내면 되니 신경 쓰지 않고 있었다. 10개 중 3개 정도만 차지해도 역대 최고의 성적이니, 딱 눈치껏 그 정도만 할 생각이었다.

공해 게이트에 도착했다. 17개 이외에 게이트로서 가치가 없는 곳이 존재했다. 연맹에서 관리하는 전장이었는데, 그저 아무런 특색 없는 넓은 숲일 뿐이었다. 토너먼트가 세계인들의 축제라면, 이곳이 바로 기사의 무덤이었다.

진우는 팔찌를 착용했다. 상대 기사에게 승복하거나, 목숨을 잃으면 자동적으로 점수가 올라갔다. 목숨을 거두지 않고, 항복을 받아냈을 때의 점수가 가장 높았다. 착용자의 의지를 읽어 반응했으니 조작할 수도 없었다. 일선 그룹과 세계 능력자 연맹이 협력하여 만든 아티팩트였다.

'만화 같구만.'

원작의 묘사를 보며 실소를 했었는데, 실제로 그게 구현되어 있었다. 진우의 뒤에 있는 다른 기사들은 긴장했는지 표정이 굳어 있었다. 진우와 기사들은 게이트 앞에 섰다. 신경전이 대단했다.

"마늘 냄새 나니까 꺼져."

그러고 보니 저런 엑스트라 기사도 있었다. 주인공을 대놓고 무시하다가 참교육을 당하는 역할이었다. 전형적인 전개라 오히려 더 신선했다.

한국 기사들이 발끈하면서 뭐라 말하려 했지만, 진우가 손을 들어 말렸다. 여기서 싸웠다가는 탈락이었다.

'원작에서는…….'

진우는 원작에 나왔던 국제 대회를 떠올려 보았다. 한국 기사단이 모조리 전멸했고 주인공 혼자 남은 상황에서 거대한 미궁의 군주가 전장을 부수며 솟아올랐다. 공교롭게도 이곳에 나타난 것이다.

다른 국가 기사단은 대부분 전투 불능이 되었고, 당소정과 안으로 들어가 코어를 박살 내면서 미궁을 분해했다. 주인공은 혼자 살아남아 한국의 영웅이 되었다. 게다가 미궁을 막은 공까지 인정받아 단번에 고위 기사가 되었다.

'그런 일은 없겠지?'

진우는 고개를 끄덕였다.

기사단들이 입장 순서에 따라 입장하기 시작했다.

한국 능력자 협회장이 진우를 바라보았다.

"이진우 경, 부탁하네."

"네."

"무사히 돌아오게나."

굉장히 심각한 분위기였다.


장벽 안은 울창한 숲이었다. 나무들이 상당히 큰 것을 제외하고는 특색이 없었다. 이곳에서는 서로 죽이든 동맹을 하든, 협상하든 모든 것이 자유였다. 정치적인 지능, 전략까지 필요한 작은 전쟁이었다.

'이 부분은 분위기가 엄청 어두웠지.'

원작 작가는 전쟁 영화라도 본 것일까?

모두 진우를 바라보았다. 다른 나라는 동맹국끼리 함께 움직이기도 했지만, 한국은 전력 이탈이 심해 협상 국가에서 제외가 되었다. 싸늘한 침묵이 자리 잡았다. 일단 계획대로 베이스 캠프를 차리고 버티기로 했다. 한국은 탐스러운 먹잇감이니 알아서 찾아올 것이다.

시간이 흐르니 역시 잔뜩 몰려왔다. 진우가 있다고는 하지만 다른 나라 기사들의 눈에는 한국은 먹잇감으로 보였다. 벌써 치열한 전투를 벌였는지, 그들의 기사 정복은 피투성이였다. 나름대로 협상을 통해 일단 한국부터 처리하자는 결론에 도달한 모양이었다.

숫자가 상당히 많았다. 한국 기사들은 긴장하며 최후를 예감했지만, 진우는 아니었다.

"우리 유럽 연합의 편이 된다면, 이진우, 당신의 신변은 보장하겠다."

"우리의 조건에 맞춰준다면 말이지."

몰려온 기사들은 유럽 연합인 모양이었다.

진우가 가진 영향력을 생각해 이득을 취할 계획이었다.

'죽이진 말자.'

진우는 그렇게 생각할 뿐이었다.

전투 중에 죽는 건 어쩔 수 없었지만 다 죽일 필요는 없을 것 같았다.

진우가 대답이 없자 한국 기사들은 감동했다. 혼자 살아남을 수 있었지만, 최후를 같이하겠다는 의지를 느꼈기 때문이다. 기사들이 진우와 한국 기사들에게 달려드는 순간이었다. 저들 모두 달려든다고 해도 진우의 상대가 될 수는 없었다.

진우는 적당히 연기할 생각이었다. 어쨌든, 한국 기사들도 곁에 있으니 말이다.

두드드드드!

이변이 생긴 건 그때였다.

"음?"

갑작스럽게 위에 그림자가 졌다. 고개를 들어 공중을 바라보았다.

'저게 왜?'

차원의 균열이 보였다. 미궁의 군주가 이동할 때 보였던 차원의 균열이었다. 커다란 부분이 아래로 떨어져 내렸다.

"어?"

"뭐……?"

콰앙!

정면에 있던 기사들이 마구 튕겨 나가며 바닥을 굴렀다.

'미궁?'

미궁이 전부 나타난 것이 아니었다. 코어는 성소에 있으니까. 위에서 떨어져 내린 것은 일부였다. 차원의 균열이 마계와 연결되어 있는지 마기가 잔뜩 흘러나왔다. 주변에 마기가 자욱하게 깔리기 시작했다.

"으윽!"

"허억!"

마기를 견디지 못한 기사들이 모두 픽픽 쓰러졌다.

진우는 뒤를 바라보았다. 한국 기사들도 눈이 풀리는가 싶더니 그대로 버티지 못하고 쓰러졌다.

"음⋯⋯."

이곳에 차원의 균열이 나 있다는 설정이 있기는 했다. 미궁의 군주가 이동해 온 것도 그 때문이었다. 일본 쪽에서 마계와 자주 이런저런 일을 벌인 탓에 차원의 흐름이 정착된 탓이었다.

'제대로 회수가 안 되는 것 같은데?'

진우는 냉정하게 상황을 파악해 보았다. 다행히 작은 부분만 넘어온 것 같았다.

진우는 쓰러져 있는 기사들을 바라보았다. 마기가 침입해 몸속에 있는 마력이 굳어버려 의식은 잃었지만, 목숨에는 지장이 없었다. 마력을 끌어올려 버티고 있는 기사도 있었다.

그러나 차원을 넘어온 것은 한둘이 아니었다.

콰앙! 쿵!

미궁의 일부가 모두 요란한 소리를 내며 떨어졌다.

저 멀리서 기사들의 비명이 들린 것 같았다.

"아, 안으로 들어가!"

"여긴 괜찮은⋯⋯."

마기를 피해 미궁 안으로 들어가는 기사들도 있었다. 차원의 균열이 열리며 사방에 임시 게이트가 만들어졌다. 정보의 마안으로 보니 마계와 연결된 상태였다. 원작의 사태보다는 스케일이 작았지만, 이것도 이것대로 문제였다.

"크, 크윽……. 뭐가 어떻게……."

간신히 정신을 차리고 있는 기사가 커다란 구조물을 바라보았다. 그가 정신을 잃기 전에 본 것은 마기에 휩싸여 있는 무언가였다.

진우는 균열에서 나온 이들을 바라보았다.

"군주님?"

사업계획을 설명할 때 만나본 적이 있는 여인이었다. 서큐버스 퀸 릴리스였다. 그녀는 병력들을 데리고 왔는데 진우를 보자 살짝 놀란 표정이 되었다.

"음……."

"마계에 포탈이 생겨서 들어와 봤습니다. 군주님께서 저희를 부르신 것이었군요! 불러주셔서 감사합니다!"

릴리스와 마족들이 감동했다.

진우는 그 부담스러운 눈빛에 고개를 끄덕였다.

'일단 수습해서 돌려보내야겠군.'

국제 대회가 새로운 국면을 맞이했다. 누구도 예상하지 못한 허무한 결과였다. 마족들이 기사들을 잘 수습해 일렬로 쭉 눕혔다. 마기를 피해 미궁의 안으로 들어간 기사들을 찾아냈을 때는 처참한 몰골이었지만, 어쨌든 숨은 붙어 있었다.

의식을 잃은 기사들은 마기에 침식당해 악몽을 꾸고 있었다. 미궁을 돌려보내고 마기가 사라진다면 정상으로 돌아올 것이지만 지금 당장은 의식을 차릴 수 없었다.

'숫자가 많이 줄긴 했네.'

치열한 전투의 흔적이 가득했다. 마족을 목격한 이들이 많으니, 조치해야 했다. 괜히 또 마왕이 강림했다느니 그런 소리가 나오면 곤란했다. 마침, 이런 분야에 통달한 마족이 곁에 있었다. 서큐버스 퀸 릴리스였다.

"가능합니다. 꿈으로 덮어씌우면 됩니다."

진우는 상황을 대충 설명하고 적당히 기억을 지워달라고 부탁했다. 릴리스는 고개를 끄덕였다. 누워 있는 이들은 마기에 침식당한 상태이기는 했지만, 상당히 뛰어난 이들이었다. 고위 마족 수준의 인간도 보였다.

'세뇌는 내 전문이지. 특기를 살리라는 말씀이시군.'

릴리스는 그렇게 생각했다. 기억의 빈자리에 각자 생각하는 가장 이상적인 군주님의 모습으로 채워놓았다. 각자가 꿈꾸던 판타지에 군주님이 섞이며 구현이 되었다.

반하고, 존경하고, 흠모할 수밖에 없을 것이다!

굉장히 긴 꿈의 시작이었다. 릴리스는 혈통 때문에 마왕에 오를 수는 없었지만 꿈을 지배하는 권능을 지니고 있었다.

마왕이 사라진 지금, 그녀는 고위 마족 중에서 가장 뛰어난 권능을 지니고 있었다. 황금의 군주와 악의 화신이 작동하고 있다는 걸, 릴리스는 몰랐다.

"오, 오……."

"아……."

"감사합니다. 감사⋯⋯."

악몽에 시달리던 기사들의 표정이 밝아졌다.

"이틀 동안 꿈을 꾸게 하였습니다. 체내 마기가 모두 소모되면 깨어날 겁니다."

갑자기 기사들의 몸에 생채기가 났다.

진우는 릴리스를 바라보았다.

"현실보다 더 현실 같은 꿈이니, 현실의 몸에도 영향을 미칩니다. 군주님께서 준비를 잘해주신 덕분에 정신 방어가 무너진 상태라 완벽하게 걸려들었습니다."

"부작용은 없지?"

"네, 모두 꿈을 꾸고 있을 뿐입니다. 아주 길고 좋은 꿈을⋯⋯."

릴리스는 확신의 찬 표정이었다.

그녀는 칭찬해 달라는 듯 진우를 바라보았다.

"수고했어."

진우의 말에 릴리스는 수줍게 웃었다. 다른 고위 마족들도 진우를 바라보았다. 덩치가 오우거 같은 고위 마족도 있었다. 진우가 수고했다고 말해주자 모두 만족스러운 표정을 지었다.

마족들이 돌아가자 진우는 미궁의 일부분을 성소로 옮겼다. 미궁을 바라보니, 미궁은 진우의 시선을 피했다. 국제 대회가 열리는 게이트로 돌아온 진우는 말없이 누워 있는 기사들을 바라보았다.

"흐읍!"

"하잇!"

"윽!"

기사들이 허공에 손을 휘둘렀다. 손짓이기는 하지만 각자의 비기를 펼치고 있었다. 매우 진지한 표정이 된 기사도 있었다. 도대체 무슨 꿈을 꾸고 있는 걸까?

약속된 시간이 끝날 때까지 굉장히 평화로웠다. 너무 평화로웠다. 국제 대회가 이래도 되나 싶었다.

나갈 시간이 상당히 지나고 나서야 기사들이 깨어났다. 처음에는 몽롱한 표정이었다가 눈물을 흘렸다.

"돌아왔어!"

"크흑! 회귀에 성공한 건가!"

"저, 정말 서, 성공이야? 흐윽"

"그 지긋지긋한 탑에서……."

그들은 마치 전우라도 된 듯 국가를 초월하여 서로를 끌어안았다. 그러다가 모두 진우를 바라보았다. 흠모와 존경이 가득 담긴 눈빛이 되어 있었다.

'어쨌든, 이렇게 되면 무승부인가?'

재경기가 치러지지 않을까?

그때 진우의 점수가 급격히 치솟기 시작했다.

"음?"

팔찌를 두드려 보았다. 점수가 더욱 가파르게 올라갔다.

한국 능력자 협회장과 협회와 관련된 이들은 초조한 기색으로 게이트를 바라보았다. 연맹 소속의 치료사들이 대기하고 있었고, 정확한 점수를 집계해 줄 심판들도 긴장하며 게이트를 바라보고 있었다. 여러 문제 때문에 게이트 상황을 방송하지 않았지만, 협회 홈페이지를 통해 전 세계에 점수판이 생중계되고 있었다. 모두를 긴장하게 만드는 국제 대회의 전통이었다. 여러 나라가 부흥하고, 나락으로 떨어지는, 그야말로 운명의 점수판이었다.

-진우바라기: 제발…….
-인웅: 와, 엄청 긴장되네.
-이진법: 한국 망하나요? 망했죠?
-asqo1: 망했어…… 이민 가자.
-틱솔: 한국 기사새끼들 배가 처불러서. 시발 혜택 다 없애야함.
-tistai: 일본에서는 한국 망했다고 기사냈던데.
-rosea2: 팩트는 일본이 먼저 망했는덱ㅋㅋ 동아시아 나란히 다 망한 듯.

채팅창은 터지기 일보 직전이었다. 모두 초조한 마음으로 점수판을 지켜보고 있었다.

[성적과 상관없이 우리 대한민국을 위해 희생한 대표 기사

단 분들 모두 수고 많으셨습니다. 그 희생과 숭고한 정신이 대한민국을 더욱 강하게 만들어줄 겁니다.]

[네, 시간이 되었습니다! 긴장되는 순간입니다.]

중계를 하는 김성진과 허진한도 잠시 침묵을 지켰다. 현장 상황을 모르니 더욱 긴장되었다. 그때 점수판에 변화가 생기기 시작했다.

[네, 말씀드리는 순간 점수가 집계되고 있습니다!]
[아…… 영국이 처음으로 집계되는군요.]

보통 제일 먼저 나온 국가가 점수가 가장 높았다. 점수판 옆에는 각 기사별로 획득한 점수가 집계되고 있었다. 뒤를 이어 많은 국가들의 점수가 집계되고 있었다. 점수 집계중이라는 글씨가 떠오른 국가들은 환호에 휩싸여 있었다. 한국은 아직 아무런 변화도 없었다.

[대한민국의 점수는 아직 움직이지 않습니다.]
[아직 희망을 놓기에는 이릅니다. 마지막 반전이라는 게 있지 않겠습니까?]
[네, 허진한 경 말씀대로 이탈리아 대회 때 반전이 있었지요. 점수도 점수지만 우리 기사들 무사했으면 합니다.]

모두가 초조하게 점수판을 바라보았다.

[아! 말씀드리는 순간 드디어 대한민국의 점수가 집계되고 있습니다.]
[이진우, 이진우 단장의 이름이 떴습니다!]
[믿고 있었습니다! 정말 장합니다! 대한민국의 이진우입니다!]

집계가 완료되었다. 가장 처음 집계를 시작한 영국부터 천천히 점수가 떠올랐다. 점수 옆에 알아보기 쉽게 백분율로 계산되어 나왔다.

[영국, 4점입니다! 첫 국가가 4점인 경우는 처음입니다.]
[오! 굉장히 낮은 수치입니다. 희망이 있습니다! 대한민국! 아직 살아 있습니다!]

다음은 유럽, 미국, 아시아 순으로 점수가 나타났다.

[또, 0점? 0점입니다! 0점의 릴레이입니다!]
[아니! 이게 무슨 일이지요?]

연이어 계속 0점이 떠올랐다.
이렇게 많은 0점을 기록한 경우는 없었다. 한국 기사도 마찬가지였다. 마지막으로 드디어 이진우의 점수가 떠올랐다.

[91점! 이진우! 91점입니다!]

[어억!]

[압도적인 점수입니다! 잘못 나온 점수가 아닙니다! 연맹의 인증 마크가 새겨졌습니다! 10개의 게이트 중 9개를 차지할 수 있는 점수입니다.]

[우아아아! 이게 마, 말이 됩니까?]

기적이었다. 대한민국의 모든 아파트가 마구 흔들렸다.

진우는 또 머리가 아팠다. 점수를 대량 획득한 건 어쩔 수 없는 일이었다. 저 자존심 높은 기사들이 모조리 항복할 줄 누가 알았겠는가?

원작은 대한민국 만세가 심한 소설이었다. 한국 사람인 진우도 약간 오그라들 정도로 굉장하기는 했다. 그런 원작 소설의 주인공보다는 아니지만 9개의 게이트를 획득할 수 있는 점수가 되어버렸다. 생각해 보면 원작보다 지금의 한국이 더 잘나갔다.

'뭐⋯⋯ 한국이 잘 나가는 건 좋은 거지.'

어쨌든, 지금은 이곳이 현실이었으니까.

다만, 그 중심에 자신이 있다고 생각하니 어색하게 느껴졌다. 인기 수치도 지속해서 오르고 있으니, 얼마나 폭발적인 반응이 있었는지 알 수 있었다. 아공간에서 핸드폰을 꺼내 확인해 보니 난리가 나 있었다. 태극기와 진우의 사진을 합성한 사진이 돌아다녔다. 그것도 가장 인기 있는 포털 사이트에 말이다. 무려 언론사 공식 기사였다.

[대한민국의 경고, 모두 듣지 않았다.]
[다시는 한국 기사를 무시하지 마라.]
[공해 게이트에 태극기가 펄럭이다.]

그러했다. SNS도 미쳐 날뛰고 있었다. 많은 이들이 진우처럼 오른손에 붕대를 감고 인증샷을 찍어 올렸다. 진우에게 감사를 표하는 릴레이가 펼쳐졌다. 진우는 그걸 보는 순간, 오글거림을 참지 못해 핸드폰을 떨어뜨리고 말았다.

굉장히 좋은 일이기는 했다. 자신이 관련되지 않았더라면.

왜인지 취해 버릴 것만 같았다. 더 심한 것들이 나왔지만 차마 볼 용기가 없었다.

'그건 그렇고……'

진우는 한국으로 향하는 거대한 배 안에 있었다. 본래 끝나고 나서 모두 같이 이동하기는 하지만, 분위기는 굉장히 싸늘하다고 한다. 그런데 지금은 아니었다.

진우의 앞에 있는 테이블에 다른 나라의 유명 기사들이 모두 앉아 있었다. 다들 이름을 말하면 알 정도로 유명한 이들이었다. 제발 좀 다른 곳으로 가줬으면 좋겠는데, 그들은 진우의 곁에 계속 앉아 있었다.

"할라스, 정말 힘든 상대였지."

"맞습니다. 대장님이 아니셨다면 우리는 거기서 모두 죽었을 겁니다. 대장님께서 크흑……."

그렇게 말하며 한 기사가 진우를 바라보았다. 진우가 전혀 모르겠다는 표정을 짓자 그들은 비통한 표정이 되었다. 다른 기사가 고개를 저으며 다독여 주었다.

"우리를 위해서……."

"크흑……."

"이건 너무 슬프잖아요!"

여성 기사가 벌떡 일어나며 화를 냈다.

"어떻게, 어떻게…… 그런……!"

"안나! 그만해. 대장님 앞에서 이 무슨 실례인가."

"하지만! 으읏!"

그녀는 분을 참지 못하겠는지 부들부들 떨다가 문밖으로 달려 나갔다. 그녀가 나간 자리에는 눈물방울이 떨어져 내렸다. 모두 원통하다는 분위기였다.

"제가 가보겠습니다."

기사 한 명이 일어나 진우에게 그렇게 보고하고 명령을 기다렸다.

"아, 네. 굳이 저에게 말할 필요는……."

"……크흑."

진우가 그렇게 말하자 그는 눈물을 참으며 달려 나갔다.

무슨 막장 드라마를 보는 것 같았다. 진우만 이해 못 하고 있었다. 왕따라도 당하는 기분이었다.

'도대체 무슨 꿈을 꾼 걸까?'

그저 기억만 지우고 살짝 덮어씌우는 줄 알았는데, 뭔가 엄청난 체험을 한 것 같았다. 릴리스가 권능을 발휘할 때 황금의 군주와 악의 화신이 개입했다. 진우가 읽었던 수많은 소설을 바탕으로 아주 기가 막힌 스토리가 완성된 것이다. 아주 액기스만 쪽쪽 뽑아서 말이다.

아무튼, 기사들은 자국의 능력자 협회와의 연락도 모두 거절하고 여기에 있었다. 항복한 것에 대해 많은 비난이 있었지만, 저들은 신경조차 쓰지 않았다. 자기들끼리만 아는 이상한 이야기를 할 뿐이었다.

"아무튼, 수고 많으셨습니다. 그럼, 이만……."

진우는 눈치를 보다가 빠르게 빠져나왔다. 배에 마련된 방에 들어가니 다른 기사가 다가와 진우의 방 앞에서 보초를 섰다. 이건 정말 많이 부담스러웠다. 무슨 꿈을 꾸었는지 궁금하기는 했지만, 알아보지 않는 게 나을 것 같았다.

'차라리 모르는 게…….'

모르는 게 약일 수도 있었다.


배에서 내리니 성대한 환영식이 있었다. 환영을 나온 시민들, 정치인, 수많은 카메라, 기자들로 가득 찼다. 예상했던 규모를 훨씬 넘어서는 인파였다. 이런저런 요청을 모두 거절하면서 집으로 돌아왔다.

　협회장마저 편의를 봐주고 있으니 진우를 방해하는 이들은 존재하지 않았다. 귀환 파티가 예정되어 있었지만, 진우는 그런 데 참여할 성격은 아니었다. 폐막식만 참여해도 충분했다.

　진우는 고개를 설레 저으며 TV를 켜보았다.

[이진우 단장의 용기에 감복하여…….]
[조국에 미안하지만, 절대 후회하지 않습니다.]
[죄송합니다. 자세히 말할 수 없습니다. 은퇴하겠습니다.]
[저를 찾지 말아주시길 바랍니다.]

　다른 나라 기사들의 인터뷰가 나왔다. 비공개 대전에서 살아남은 기사들 대부분이 인터뷰를 거절했는데, 몇몇 이들만이 저런 말을 했을 뿐이었다. 떨떠름한 표정으로 TV를 껐다.

　"뭐…… 아무튼 잘 끝났네."

　이제 추첨만 남았다. 빨리 끝내고 싶은 마음뿐이었다.

　폐막식은 개회식만큼이나 대단했다. 공연도 훌륭했지만 역시 하이라이트는 게이트 추첨이었다. 게이트는 모두 귀하다고는 하지만, 다 그렇듯 등급이 나뉘어 있었다.

　17개의 게이트가 전부 같을 수는 없었으니까. 1등급부터 5

등급까지 나뉘어 있었다. 아무래도 공해상에 있다 보니 나라마다 거리가 멀 경우가 있었는데, 그럴 때는 협상을 통해 교환하거나 임대로 주었다.

엄청 긴장되는 현장이었지만 한국은 긴장감이 덜했다. 토너먼트에서 1개를 땄고, 진우가 9개를 땄기 때문이다. 17개 중에서 10개가 한국의 소유였다. 한 국가당 공해 게이트 보유량은 최대 4개로 제한이 되어 있으므로 나머지 6개가 매물로 나오게 될 예정이었다.

추첨은 공중파는 물론, 인터넷을 통해서도 생중계되고 있었다. 전 세계가 집중하고 있다고 해도 과언이 아니었다. 가장 많은 추첨권을 가지고 있는 진우가 단상 위로 올라오자 채팅방이 터져나갔다.


-에인: 가즈아!!
-비비딕: 제발 싹쓸이 제발…….
-이승훈: ㅋㅋ 5등급만 존나게 뜨는 거 아님? 저번 대회때 5등급 떴잖음.ㅋ
-1픽: 그저 빛, 믿습니다.


기사단장이라도 떨게 마련이었다. 여기에 나라의 국운이 걸려 있다고 해도 과언이 아니었기 때문이다. 그렇게 목숨을 걸어 싸웠지만, 이 한방으로 욕을 먹을 수도 있었다. 기사들의 비애였다.

버튼을 누르면 공이 나오는 형식이었다. 조작을 방지하기 위한 아티팩트들이 잔뜩 깔려 있어 조작할 수 없었다. 미세한 마력조차 감지하는 최신 기술이었다. 보통 기도를 하거나, 간절함을 담아 눌렀지만, 진우는 아니었다. 아무런 망설임 없이 그냥 바로 열 번 다 눌렀다.

-홀리쉑: 패기 보소.

-은상: 강심장이넼ㅋㅋ

-경도니: 와, 개멋지네. 상남자 ㄷㄷ

진우는 추첨 결과를 확인하지 않고 바로 퇴장했다. 추첨 결과를 보고 환호하거나 하는 퍼포먼스를 보여주는 경우가 대다수였지만 진우는 그러지 않았다. 이를 두고 국제 대회에서 죽은 희생자들을 위한 행동이라는 추측이 있었다.

바로 연맹 측 사람들이 추첨 결과를 발표했다. 현장에서 실시간으로 보여주었다.

-엘린: 미친ㅋ

-rane7766: 헐ㅋㅋㅋ

-빛진우: 저게 뭐얔ㅋㅋ

-abc2211: 다른 기사들 벙찐거 봐랔ㅋ

-비둘기야먹자: 와, 주작 아님?

-은상: 로또각 떴다!

커다란 스크린에 추첨 결과가 떠오르니 난리가 났다. 싹쓸이였다. 1등급부터 3등급까지 싹쓸이해 버렸다. 4등급이나 5등급은 하나도 없었다. 한국의 아파트 단지가 흔들렸고, 거리는 난리가 났다. 그야말로 축제의 현장이었다. 한국의 기사는 처음으로 사상자가 없어 자중하자는 분위기도 없었다. 다음 날, 직워들에게 자체 휴가를 준 회사도 대거 등장했다.

[역대 최고의 성적!]
[이진우 대한민국을 부흥시키다!]

진우가 차마 눈 뜨고 못 볼 기사가 마구 나왔다. 획득한 점수에 따라, 막대한 포상금과 함께 게이트 운영 이익금이 분배되었다. 10개 중 9개를 싹쓸이했으니 진우가 가져가는 수입은 어마어마했지만, 진우는 모조리 기부했다. 이런저런 절차가 귀찮았기 때문이다. 그러나 덕분에 이미지는 더 오를 수 없을 만큼 좋아졌다. 그야말로 이진우 열풍이 한국을 덮치고 있었다.

[세계 평화를 위해 희생한 분들에게 작게나마 위로가 되었으면 좋겠습니다.]

진우가 한 발언이라고 알려져 있었다. 여기저기서 살이 붙더니 진우의 사진과 함께 약간 쪽팔리는 명언 같은 글귀가 박히기 시작했다. 반응은 폭발적이었지만 진우가 보기에는 오그라들 뿐이었다.

'내가 이런 말을 했다고?'

진우는 인터뷰조차 한 적이 없었다. 폐막식이 끝나자마자 단장 직위를 반납하고, 바로 집으로 와서 소파에 누웠을 뿐이었다. 그렇게 시끌벅적하고 복잡한 곳은 취향에 맞지 않았다. 조용하고 사건사고 없는 곳이 제일 좋았다. 자신의 이미지가 미쳐 날뛰고 있었지만, 이제는 반쯤 포기한 진우였다.

그렇게 국제 대회가 모두 막을 내리게 되었다. 진우에게만 평화로운 국제 대회였다.

국제 대회가 있기 전에는 가끔 밖으로 돌아다녔는데, 이제는 그럴 수도 없었다. 알아보는 사람이 너무 많았기 때문이다. 예능 섭외나 여러 초청이 파도처럼 밀려왔지만, 진우는 모두 거부했다.

"한국 기사들이 예능 프로에 나갔더군요. 최희연 가주도 나갔습니다. 고위 기사 여럿이 부탁한 것 같습니다."

"그래? 어디 나갔는데?"

"네. NBS의 '힐링을 부탁해'입니다. 도련님 이야기가 반이 넘는다더군요."

유나의 말에 고개를 끄덕였다. 예능은 자주 보는 편이었으니, 나중에 기회가 된다면 나가보는 것도 괜찮을 것 같았다.

아무튼, 지구의 일이 어느 정도 해결되었고, JW 게이트나 G&P, 엘론티 엔터테인먼트, 문화센터도 아주 잘 돌아갔다. 진우는 대충 방향성만 제시해 주고 성소로 돌아왔다. 중간계 때문이었다.

일단 미궁에게 가보았다. 게이트 이상 현상을 줄이기 위해 미궁에게 건전한 게임을 시키고 있었다. 그러나 미궁은 인터넷 문화에 빠져 있었다. 대형 커뮤니티의 네임드가 되고 있었지만, 진우는 몰랐다. 게다가 여러 게임에서 미친 피지컬로 유명해지기 시작했다. 최근에 미튜브도 시작했다.

"음……."

미궁은 아예 권능을 이용하여, 몸을 작게 만들었다. 굉장히 정교한 인형을 만들었는데, 그곳에 자신의 의지를 깃들게 했다. 매일 방구석 폐인처럼 컴퓨터만 하다가 가끔 바닥에 굴러다녔다. 어째서인지 아리나의 어린 시절을 형상화한 듯한 외모였다. 뿔이나 귀를 보면 마족보다는 인간에 가까웠다.

아리나는 그 모습을 보면서 고개를 끄덕였다.

"제가 자주 먹이를 주니 그런 것 같습니다."

감자칩이나 피자를 특히 좋아한다고 했다.

진우는 미궁의 거대한 몸을 바라보았다. 마계에서부터 모두 소환되었는데, 중간중간 비어 있었다. 진우가 인형에 들어간 미궁을 바라보자, 미궁은 흠칫하면서 식은땀을 흘렸다. 회수하기 위해 눈을 감고 집중했지만 그대로 털썩 앞으로 쓰러졌다.

"미안. 꼭 끼어 있음."

"그렇군."

아예 차원에 들러붙어 있었고, 대부분이 차원과 차원 사이에 머물고 있어서 회수가 안 된다는 이야기였다.

"사과함."

미궁이 머리를 박고 그대로 물구나무를 섰다.

"매우 사과함."

"알았으니까, 그런 건 하지 마라."

미궁은 미안함을 온몸으로 표현하고 있었다.

어쨌든, 중간계에 있는 건 직접 방문하면서 회수를 하는 게 좋을 것 같았다.

'준비해 볼까?'

진우는 이것저것 잔뜩 챙겼다. 아공간에는 캠핑용품을 포함해, 식량, 약품, 포션, 현대물품, 아티팩트, 유물까지 다양한 것들이 가득했다.

성소의 중심에 섰다. 미궁과의 결합으로 많이 변형되어 있었다. 사방에서 몰려온 차원의 흐름이 무지개처럼 일렁였다. 중간계로 가는 흐름은 무언가 막혀 있는 것처럼 아주 작았다. 뭔가 잔뜩 막혀 있는 수챗구멍 같아 보이기도 했다.

"중간계는 다른 차원과 가장 동떨어진 차원이라고 합니다. 차원 간섭이 가장 적은 곳이기도 하구요. 천계, 마계의 영향만

받은 순수한 차원입니다."

"그렇군."

"소문으로는 마력이 굉장히 풍부한 곳이라고 합니다. 마기와는 상극이지요."

그 때문에 마족이 중간계로 가면 힘이 크게 줄어든다고 한다. 천마 대전, 그리고 미궁 때문에 마계와 중간계의 연결은 끊겼었다. 지금은 다시 연결된 상태였다. 차원의 흐름을 보니 거리가 가장 멀었다.

'이번에는 조용히 갔다 와야겠어.'

진우는 그렇게 다짐하며 고개를 끄덕였다.

중간계로 가는 차원의 흐름을 작동시키자 거대한 파동이 생기며 중간계와 완벽히 연결되었다. 성소의 중심으로부터 저 멀리 있는 포털까지 아름다운 다리가 생겼다. 마치 우주를 담고 있는 듯한 모습이었다.

진우는 다리를 건너기 시작했다. 다리 위에 있을 뿐인데도 마력이 진하게 느껴졌다.

'암흑 마력이……'

암흑 마력이 빠르게 약해지는 것이 느껴졌다. 포털 앞에 이르니 완전히 잠잠해졌다. 골칫거리가 사라져서 기분이 굉장히 좋아졌다. 미소가 절로 나왔다. 뒤를 돌아보니 아리나가 보였다. 아리나 옆에 미궁이 무척이나 힘겨운 표정으로 서서 손을 흔들었다. 진우는 피식 웃고는 포털을 넘었다.

포털을 넘어오니 아무도 없는 숲이었다. 다른 차원과는 비교할 수 없는 순도 높은 마력이 느껴졌다. 마치 젤리 안에 들어온 것 같았다. 그런데, 불편하지 않고 오히려 굉장히 상쾌했다.

'중간계…… 좋구만.'

일본 무녀에게 뒤통수를 맞은 주인공은 힘을 회복하기 위해 중간계로 왔다. 또다시 힘을 잃어버린 것이다. 여기서 고생 끝에 환골탈태하던가 그랬다. 직접 느껴보니 그럴 만했다.

진우는 오른손을 바라보았다. 흑염룡이 잠잠했다. 순도 높은 마력이 그 자리를 채워가며 암흑 마력이 확연히 줄어든 탓이다.

진우는 붕대를 풀어보았다.


[중간계에 침입하였습니다!]

[흑염룡의 에너지원이 순도 높은 마력을 받아들입니다.]

[황금의 군주가 더욱 강력해졌습니다. 황금의 권능이 눈을 떴습니다.]


주인공은 중간계에 와서 더욱 강력해졌다. 신체 능력이 올라갔고, 마력도 더욱 많아졌다.

진우도 변화가 있었다. 신체 능력이 향상되거나 한 것은 아니었지만 오른손이 이상했다. 굉장히 묵직하게 느껴졌다.

'아직 정보가 안 나오네.'

업데이트 중이었다.

진우는 손을 바라보다가 이리저리 움직여보았다. 나무를 강하게 쳐보니 나무가 부서지기는 했지만, 암흑 마력을 둘렀을 때와 같은 사태는 벌어지지 않았다.

피부에 살짝 황금빛이 감돌기는 하지만 붕대를 감았을 때보다 정상으로 보였다.

연출이 더 화려해진 정도가 아닐까?

그 정도라면 감수할 만했다.

'아무튼 평온하구만.'

진우는 이런 분위기가 좋았다. 아무 일도 일어나지 않았고, 일어날 기미도 보이지 않았다. 오랜만에 마음의 평화가 찾아온 것 같았다.

조금 걷다 보니 호수가 나왔다. 넓은 호수를 바라보니 답답했던 마음이 탁 트였다.

"물이 맑네."

진우는 두 손으로 물을 떠보았다. 굉장히 맑았다. 물속에 마력의 입자가 보일 정도였다.

휘이이!

진우의 오른손이 물을 황금빛으로 물들였다. 마력의 입자가 황금빛으로 변하더니 마구 분열되기 시작했다.

'이건?'

손에 고여 있던 황금빛 물이 물속으로 떨어졌다. 진우는 고개를 갸웃했다. 그때 오른손의 정보가 떠올랐다.

[S]황금의 손

황금의 군주가 더욱 강력해진 탓에 흑염룡이 잠들고 황금의 권능이 깨어났다. 황금의 손은 번영과 번식, 축복을 상징한다.

*[S]황금의 권능


수면 위로 물고기가 튀어 올랐다. 하나둘씩 튀어 오르더니 물고기 떼가 되었다. 호수 중앙에서 고래만큼이나 커진 물고기가 물결을 가르며 치솟았다.

콰아!

물보라가 쳤다.

진우는 조용히 붕대를 감았다. 그래도 첫 도착치고는 굉장히 평화로웠다.

회귀자. 국제 비공식 대회에 참가했던 이들은 모두 자신들을 회귀자라 생각했다. 일본의 농간으로 거대한 탑이 지구에 소환된 이후 지구는 멸망을 맞이했다. 유일한 생존자인 그들은 진우의 지휘 아래, 탑의 주인인 다이젠트를 없애기 위해 탑을 올랐다.

복수기사대. 탑을 오르는 기사들이 모여 만든 기사대였다. 서로 비방하며 다툼까지 갔던 기사들을 하나로 모은 자는 바로 진우였다. 그는 압도적인 카리스마와 지도력으로 기사들을 이끌고 탑을 정복하기 시작했다. 수년의 세월이었다. 기사들이 목숨을 잃을 때마다, 지휘관인 진우는 자신의 수명을 바쳐 그들을 살려냈다. 탑을 오르며 얻은 권능이었다.

진우의 탁월한 지휘로 마지막 층에 오를 수 있었다.

"대장님께서 희생하신 덕분에 우리는 이 자리에 돌아왔고, 멸망을 막을 수 있었다. 그러나……."

미국의 기사 서열 2위 기사인 제임스가 그렇게 말했다. 그는 부단장이었다. 그는 그동안 진우가 얼마나 노력을 하는지 보았다. 다들 잠을 청할 때도 전략을 고심했고, 남몰래 피를 토했다. 제임스가 생각하는 가장 완벽한 리더였다. 결국, 다이젠트를 물리치고 진우는 막대한 권능을 얻었다. 그건 우주를 지배할 수도 있는 힘이었다. 그러나 진우는 모든 권능과 그동안 쌓인 기억을 대가로 다이젠트의 존재를 지워버리고 모두를 회귀시켰다.

탑에서 얻은 지식의 가치를 생각해 보면 너무나 큰 희생이었다. 그러나 문제는, 다이젠트는 죽을 때 또 다른 멸망을 이야기했다.

"대비해야겠지요."

"희망의 땅은 오로지 JW 관할 지역뿐입니다."

모두 고개를 끄덕였다.

그곳에서 탑을 오를 기반을 마련할 수 있었다. 기사들은 모두 은퇴를 하고 잠적했다. 은퇴 허가가 나오지 않아도 상관없었다. 다른 나라들은 비상이 걸렸지만, 전력이 약화한 게 노출

될까 봐 쉬쉬했다. 그들은 인맥을 통해 신분을 새롭게 만들고 관할 지역에 머물기 시작했다. 그리고 탑에서 얻은 지식으로 수련을 시작했다. 탑에서는 쉽게 능력치가 올랐지만, 현실에서는 그러지 않았다. 하지만, 계속해서 노력하고 있었다. 그리고 진우에게 은혜를 갚고 관할 지역에 녹아들기 위해 일자리를 구했다.

레이첼은 눈을 깜빡이며 면접자를 바라보았다. JW 관할 지역 문화센터 경비원을 구하고 있었다. 레이첼은 드디어 오랜 소원이었던 JW 관할 소속이 되어 문화센터의 보안을 관리하게 되었다.

"제임스 딘님?"

"네!"

"신체 강화 계열의 -D급 능력자 맞나요?"

"맞습니다."

레이첼은 고개를 갸웃했다. 아무리 생각해도 어디선가 본 듯한 얼굴이었기 때문이다. 그러다가 생각이 났다. 갑자기 은퇴를 선언한 미국 기사 서열 2위 제임스 쿠퍼였다. 머리카락과 눈동자 색이 다르긴 한데, 얼굴은 비슷했다.

"미국 기사인 제임스 쿠퍼 경과 굉장히 닮으셨네요. 제가 어렸을 때 굉장히 팬이었는데……."

"그런 소리 자주 듣습니다."

"그 현장에 훨씬 어린 분들도 있는데 괜찮으시겠어요?"

"네, 문제없습니다."

레이첼은 고개를 끄덕였다. 경력도 있었고, 능력도 괜찮았다. 단지 나이가 조금 많았다. 외관상으로는 30대 초반으로 보였지만 43세였다.

"자기소개서가 굉장히 특이한데……. 가장 존경하는 인물로 우리 대표님을 뽑으셨더라고요."

"마음속 깊이 존경하고 있습니다. 그분께는 많은 은혜를 입었지요. 갚을 수 없는……."

"아! 대표님을 만나신 적이 있나요?"

"……뵌 적은 없지만, 워낙 하시는 일이 많지 않습니까?"

"그렇죠."

제임스 딘의 눈빛에 강한 슬픔이 어렸다. 레이첼은 그 눈빛을 보니 그를 뽑을 수밖에 없었다. 같은 감정을 공유하고 있는 것 같았기 때문이다.

"좋아요. 언제부터 출근 가능하신가요?"

"지금 당장 할 수 있습니다."

"그렇군요. 오늘은 현장만 소개해 드릴게요! 아! 연봉은……."

제임스 딘은 레이첼을 따라 경비 지역을 돌아보았다. 중간에 화물을 나르고 있던 여성 직원이 보였다. 모자를 꾹 눌러쓰고 있었는데, 제임스 딘과 눈이 마주치자 고개를 살짝 끄덕였다. 제임스 딘도 고개를 끄덕이고는 시선을 돌렸다. 페인트칠을 하는 자, 아이스크림을 팔고 있는 자, 청소를 하는 자, 모두 복수기사대였다.

자국에서는 그들의 잠적에 난리가 났지만, 이곳에서 모두 맡은 바 임무를 열심히 수행하고 있을 뿐이었다.

제임스 딘은 벽에 걸려 있는 진우의 사진을 바라보았다. 사진을 바라보다가 경례 대신 고개를 숙였다.

평화로웠다. 아직은.

"뭐 하세요?"

"아닙니다. 평화로워서 좋군요."

그는 A+랭크의 기사였다. 그리고 지옥 훈련을 통해 더욱 발전하고 있었다. 진우가 자리를 비웠을 때의 이야기다.

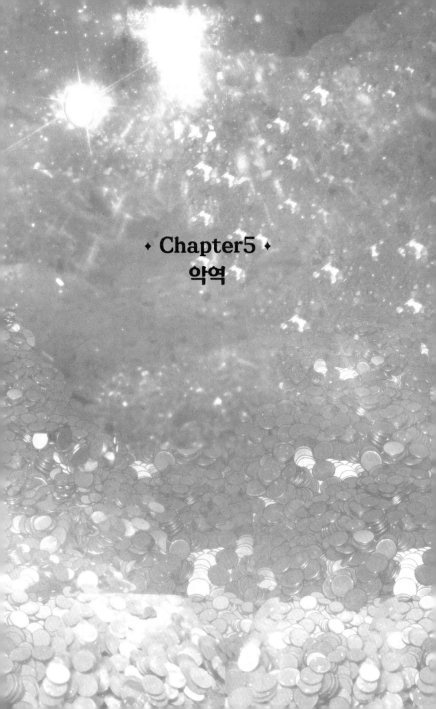

✦ **Chapter5** ✦
악역

　중간계는 굉장히 넓었다. 그리고 그만큼 방대한 이야기가 펼쳐졌다. 방대하기는 하지만 질적인 면은 여전했다. 그냥 분량만 많다고 보는 게 편했다.

　미궁의 힘을 흡수함으로써 먼치킨의 정점을 찍었던 주인공이 다시 처음부터 레벨 업 했다. 지구에서 했던 고생과 수련이 아무런 의미가 없게 되었다. 아마도 유치한 기술명 때문에 욕을 먹자 아예 익힌 기술을 바꾸려고 했던 것 같았다. 게다가 갑자기 무슨 바람이 불었는지, 잘 쓰려고 노력을 했다. 그런데 노력하는 바람에 더 이상해졌다. 원작 작가가 중간계 편을 쓸 때 뭔가 잘못 먹은 것이 틀림없었다.

　'아무튼, 좋구만.'

　마계나 엘론티와는 달리 진짜 여행을 온 것 같았다. 정말 평온한 여행이었다.

진우는 주변에서 여유롭게 캠핑을 했다. 도심을 벗어나 즐기는 꿀맛 같은 휴식이었다. 모든 걸 잊고 그렇게 하루 정도 머물렀다. 엘프주를 마시며 고기를 구워 먹으니 정말 좋았다.

파닥파닥! 파파파다다다닥!

멀리 있는 호수를 잠시 바라보았다. 하루가 지났을 뿐인데, 호수의 표면은 비명을 지르고 있었다. 과장이 아니라 물보다 물고기가 더 많았다. 호수에 있는 모든 동물 자체가 전부 불어난 것 같았다. 크기도 굉장히 커졌다. 비린내가 진동했다. 물이 점액질로 뒤덮여 있었다.

"음……."

진우는 일단 빠른 걸음으로 그곳에서 벗어났다. 주변에 마차가 다닐 만한 길이 있기는 하지만 사람은 없었다. 그래도 마차가 다니는 길이니 곧 사람을 만날 수 있을 것 같았다. 중간계는 딱 판타지 소설에 나오는 그런 설정이었다.

인간들이 제국과 왕국을 세워 사는 세상. 지구인과 생김새가 거의 같았기 때문에 외형적인 부분은 걱정이 없었다. 진우가 조금 이국적이긴 해도, 중간계 설정에서 아예 없는 외모는 아니었다.

'여기는 어디쯤이지?'

굵직한 지명은 기억하고 있었지만, 자잘한 것은 원작에도 나오지 않았다. 아마 원작이 시작되기 전의 시간대일 것 같았다. 주인공이 중간계로 넘어온 시점은 일본, 마족과 싸움이 있고 난 후였다. 고위 마족들과의 악연은 지구를 넘어 중간계까지 이어졌다. 길을 따라가니 호수의 끝이 보였다. 그런데 호수인 줄 알았는데, 알고 보니 대단히 큰 저수지였다.

"오……."

사람들이 보였다. 평범한 사람들이었다. 무기와 복장을 보니 마을을 경비하는 경비원 같았다. 경비원 뒤로 마을이 보였다. 진우가 다가오자 움찔했다.

"어디서 오시는 겁니까?"

"길을 잃었는데, 여기가 어디쯤인지 아십니까?"

"알로스 숲에 있는 게른 마을입니다."

들어본 적이 있는 지명이었지만 잘 생각이 나지 않았다.

"그렇군요. 마을에 출입해도 됩니까?"

"모험가입니까? 오늘 손님들이 방문하기로 되어 있어서…… 신분을 증명할 만한 게 필요합니다."

중간계에서 모험가는 세계를 돌며 던전을 클리어하거나, 의뢰를 받아 문제를 해결하는 용병 같은 이들을 통칭하는 말이었다. 이럴 때는 역시 뇌물이었다. 아공간에서 뇌물이 될 만한 걸 꺼내려는 순간이었다.

"마법사시군요. 그냥 들어가셔도 됩니다."

마법사는 신분이 보장된 것과 다름이 없었다. 중간계에서 마법사는 상당히 귀했다. 원작 내용이 떠오른 진우는 그냥 고개를 끄덕이고 그들을 지나쳤다.

진우는 마을 안으로 들어왔다. 규모가 작은 마을이었는데, 옷차림이나 마을 환경은 그다지 좋지 못했다. 외부에서 온 사람도 별로 없었고, 마을 자체가 활력을 잃은 듯했다. 원작과 관련이 없더라도 일단 중간계에 도착한 게 중요했다.

농사를 짓고 있는 마을 사람들이 보였고, 커다란 풍차가 만들어지고 있었다. 작은 마을이었지만 나름대로 시설은 갖춰져 있었다. 오늘은 그냥 적당히 둘러보다가 성소로 돌아가는 게 좋을 것 같았다. 마을 사람들이 심각하게 회의를 하고 있었다.

"큰일이군."

"저수지의 물이 오염되어서……."

"영주님께서 비싼 돈을 들여 펌프를 설치했건만……."

"으, 비러!"

마을 옆에는 아티팩트가 있었는데, 저수지에서 물을 끌어와 생활용수로 사용하고 있는 것 같았다. 아티팩트에는 정화 마법도 걸려 있었지만, 오히려 아티팩트가 고장이 났다고 한다. 진우는 그 말을 듣고 흠칫했다. 군주는 차원에서 벗어난 독립적인 존재로서, 차원에 침입하게 되면 큰 영향을 미친다는 설정이 있었다. 민폐도 이런 민폐가 없었다. 아마도 자신은 민폐의 권능이라도 붙어 있는 게 아닐까?

'음……. 그래도 이 정도면 마계보다는 양호하지.'

마계를 정복하고 나서 안 사실이지만, 첫 등장 때 할라스의 거대한 도시가 아예 박살이 났다고 한다. 중간계는 그저 저수지를 오염시킨 정도일 뿐이었다. 아니, 오염이라는 건 인간들의 관점일 뿐이었다. 동물들은 굉장히 행복한 한때를 맞이하지 않았을까? 진우는 이런 변명이라도 하고 싶었다.

그때 저 멀리서 붉은 머리칼을 지닌 여인이 달려왔다. 마을 사람들보다는 나은 복장을 하고 있었지만, 고급스럽지는 않았다. 장미를 보는 것 같은 미인이었는데, 날카로운 눈매와 눈 밑의 점이 인상적이었다.

"영주님."

경비 대장으로 보이는 인물이 여인을 향해 인사했다. 그녀를 영주라 불렀다. 영주가 왜 이런 작은 마을에 있는 걸까?

진우는 여인의 정보를 살펴보았다.


Lv.30

[-D]셀레나 블라디 알타미아

나이: 24세

호감도: 0%

-보유기술: [D]정치술, [E]흑마법, [C]영지관리

-특수기술

[C]불행

타고난 불행. 영혼의 근원에 새겨진 불행이다. 그녀에게 행운이란 존재하지 않는다.

[D]악바리

잡초와 같은 근성을 가지고 있다.


셀레나 블라디 알타미아. 진우도 잘 알고 있는 인물이었다. 사악한 악역이었다. 정략혼을 통해 결혼한 다음, 영지민들에

게 신뢰를 얻자 남편을 독살하고 영주 대리인으로 군림하며 많은 악행을 저질렀다.

결국, 주인공 일행이 막았고, 참수당해 몬스터에게 뜯어 먹히는 결말을 맞이했다. 주인공의 동료, 여신의 가호를 받은 용자 에드와는 소꿉친구 관계여서 꽤 고구마가 가득한 장면이 연출되기도 했다.

그녀는 중간계편 1부의 흑막이었다.

'저 악역이 왜 여기에?'

그녀는 야망이 많은 인물이었다. 지금쯤이면 큰 영지를 가지고 있던 에호스 백작과 결혼을 하여 사치스러운 생활을 누리고 있어야 했다. 그런데, 이런 작은 마을에서 영주 노릇을 하고 있었다. 누군가 개입하지 않고서는 이렇게 많이 바뀔 수 없었다.

'누가······.'

그녀가 악역으로서 자리 잡은 건, 고위 마족과 계약을 한 이후였다. 굉장한 수준의 흑마법을 얻고, 뒤에서 암약했다. 원작에서는 외모가 기괴하고 징그럽다고 나와 있었는데, 아마도 마기의 영향일 것이다. 지구의 기사조차도 기절시키는 게 바로 마기였다. 그런 마기를 다루니 몸이 무너질 수밖에 없었다.

진우는 마을을 돌아다니며 자세히 알아보았다. 알타미아는 본래 그럭저럭 규모가 있는 곳이었다. 초보 모험가들이 많이 찾는 곳이었는데, 던전이 영지 안에 있었기 때문이다. 덕분에 많은 이익을 보고 있었는데, 던전 안에서 용사지망생 에드와 성검이 사라지면서, 영지 상황이 급격히 기울었다. 게다가 갑자기 던전이 영지 안에 출몰해서 저주받은 땅이라고 불리게 되었다. 에호스 백작과의 정략혼도 자연스럽게 사라졌고, 여러 문제가 겹치는 바람에 여기까지 밀려났다고 했다.

"음……."

원작의 역사를 바꾼 건 아무리 생각해 봐도 자신밖에 없었다. 미궁의 탓이 크기는 하지만, 어쨌든 거슬러 올라가면 진우 때문이었다. 미안하다고 해야 할지, 아니면 다행이라고 해야 할지 감이 잡히지 않았다.

진우는 여러 인물과 야외에서 회의 중인 셀레나를 바라보았다. 원작의 악명이 무색하게 지금의 그녀는 꽤 괜찮아 보였다. 무표정을 하면 악역의 포스가 나왔는데, 미소를 지으면 그런 인상이 많이 사라졌다. 대화 내용을 들어보니 영지민을 위해 굉장히 고심하고 있었다.

'타고난 불행 때문인가?'

불행 랭크가 그녀를 그렇게 만든 것일까?

진우는 잠시 생각하다가 황금의 권능을 떠올려보았다. 축복이라는 게 있었는데, 불행을 지울 수 있을 것 같았다.

'이걸로 악역이 사라지면 좋은 거지.'

평화가 제일이었다. 군주만으로도 벅찼다. 살짝 붕대를 풀자 황금빛 기류가 일렁였다. 그녀에게 살짝 손을 뻗어 축복을 내렸다.

[황금의 군주가 셀레나 블라디 알타미아에게 축복을 내렸습니다.]

[영혼 깊숙이 박혀 있던 불행 튕겨 나갑니다.]

[악의 화신이 착한 일에 흥미를 느낍니다.]

정보의 마안으로 확인해 보니 그녀의 불행 랭크가 사라졌다. 그와 동시에 그녀의 몸에서 검은 기류가 뿜어져 나오더니 저 멀리 날아갔다. 불행이 저 멀리 날아가는 게 눈으로 보이니 진우는 흐뭇해졌다. 술식에 둘러싸여 있는 게 보였는데, 마안으로 보니 안전한 장소에 폐기 되는 것 같았다.

'기분이 좋군.'

다른 차원에서 오랜만에 착한 일을 한 것 같았다.

이제 계획을 세워 차근차근 풀어가도록 하자.

진우는 그렇게 생각했다. 진심이었다. 정말로.

여신교는 중간계에서 가장 강대한 신앙을 구축한 종교였다. 과거에 다른 종교도 있었지만, 지금은 유일신으로 군림하며 막대한 권세를 자랑하고 있었다.

여신 루나. 그녀는 사랑과 자비를 상징했다. 신성제국 룬드릭의 국교였고, 막대한 영향력을 행사하고 있었다. 신성제국과 여신교는 광신도에 가까웠다. 그것 때문에 골머리를 앓고 있지만, 지금은 그것보다 군주의 일로 잠을 이루지 못했다. 여러 차원을 집어삼킨 군주가 드디어 중간계에 손을 뻗쳤기 때문이다.

여신은 경악했다. 사악한 던전과 탑이 여러 차원과 중간계에 떨어져 내리며 큰 혼란이 밀어닥쳤다. 희망을 담아 성검을 내렸지만 성검은 용사지망생과 함께 실종된 상태였다. 성검과 연결이 끊기기 전에 본 것은 거대한 암흑이었다.

그 이후로 계속 악몽을 꾸었다. 어둡고 음습한 촉수 같은 것들이 자신을 옭아매는 악몽이 계속 나타나, 불면증에 시달렸다. 게다가 왜인지 어느 미궁 같은 곳에 감금당해 능욕을 당하는 장면까지 떠올랐다.

여신은 결단을 내릴 수밖에 없었다. 막대한 권능을 소비해서 직접 중간계로 내려갔다. 여신의 몸으로 내려갈 수는 없었기에 중간계에 아바타를 만들어 깃들었다. 그녀는 평화를 사랑했다. 그 덕분에 아바타의 신체능력은 인간보다 조금 더 나은 수준이었다. 그렇게 시간이 꽤 흘렀다.

"빨리 옮기지 못해?"

"아, 네!"

"하급 신관이 이렇게 굼떠서 쓰나! 선배들 움직이는 거 안 보여? 빠져가지고 말이야."

"죄송합니다!"

처음 내려가 본 중간계는 생각보다 엄청 불합리했다. 교황이나 성녀들은 늘 그녀에게 달콤한 말을 들려주었다. 그러나 현실은 냉혹했다.

길거리에서 설교를 하고 있을 때 하마터면 불법 설교로 감방에 들어갈 뻔했다. 신성제국과 다른 나라의 힘을 하나로 모아 군주에 맞서겠다는 그런 계획은 시작조차 하지 못했다. 그건 일단 신성제국의 공식 인정을 받은 성녀라도 되어야 가능한 일이었다. 강제로 하급 신관이 되어 감방행을 겨우 모면할 수 있었다.

아바타이기는 하지만 그래도 여신인 만큼 강대한 신성력을 가지고 있었기 때문이다.

루나는 땀을 뻘뻘 흘리며 여신 조각상을 마차로 옮겼다. 조각상은 아무리 봐도 자신을 닮지 않았다. 지나치게 화려한 얼굴은 그렇다 치더라도 저렇게 폭발적인 몸매를 가지고 있지는 않았다.

조각상을 째려보다가 결국 상급 신관에게 또 한 소리 듣고 말았다. 그녀는 마차 옆에 쭈그려 앉아 주먹밥을 먹었다. 직속 선배 신관이 그녀에게 다가왔다.

"힘들지?"

"네. 저는 아무런 잘못도 안 했는데……."

"세상은 원래 다 그런 거야."

선배 신관이 토닥여주었다. 루나는 눈물이 찔끔하고 나왔다. 다 때려치우고 천계로 돌아가고 싶었지만 일단 군주에 대해 파악할 때까지 참기로 했다. 다행히 군주의 기운이 느껴지는 쪽으로 가는 행렬에 합류할 수 있었다. 본래 초보 던전이 있던 곳이었는데, 이제는 저주받은 곳이라 부르고 있었다. 성검이 사라진 것도 그곳에서였다. 루나는 군주가 넘어온 것인지 확인하고 바로 천계로 갈 생각이었다.

'군주가 왔다면 신탁을 내릴 수밖에……'

신탁은 계시를 넘어선 거대한 메시지였다. 함부로 내려선 안 되었다. 중간계에 큰 혼란이 벌어지기 때문이었다. 하지만 군주가 중간계에 왔다면 다른 문제가 되었다.

그녀가 맛없는 주먹밥을 먹으면서 한숨을 푹 내쉴 때였다. 하늘을 가르며 날아가고 있던 무언가가 고개를 숙인 그녀에게 포물선을 그리며 떨어져 내렸다.

스으윽!

그러곤 목덜미에 가볍게 착지하더니 그대로 스며들었다.

[S]불행

악의 화신에게 장기간 붙들려 있어 지나치게 강화되었다. 강화된 불행은 중간계에 심각한 영향을 줄 수 있으므로, 폐기처분을 할 적당한 곳을 찾고 있었다. 마침, 아주 적절한 곳을 발견해서 아주 깊이 잘 묻어놓았다. 불행은 사라졌다. 악의 화신은 가끔 이렇게 좋은 일도 한다.

그녀는 그런 정보를 볼 수 없었다. 왜인지 몸이 부르르 떨렸다. 감기라도 걸린 것일까? 아바타는 인간의 몸보다 내성이 강한 편이라 병에 잘 걸리지 않았다.

"에춰!"

루나가 재채기했다. 아무래도 감기에 걸린 것 같았다.

"자! 이동한다! 오늘 안에 도착해야 해."

마차에 타는 건 상급 신관만 가능했다.

그녀와 선배는 걸어서 마차를 따라갔다.

"에, 에, 에……."

코가 간지러웠다. 나올 듯 말 듯 기침이 들락날락했다. 한참을 그렇게 하고 있으니 마차에서 상급 신관이 혀를 차며 그녀를 바라보았다.

"쯧쯧, 저렇게 조신하지 못해서야 어찌 루나 님을 모시는 신관이라 할 수 있겠나."

"그러게 말입니다. 요즘 애들은 빠져가지고……."

"어휴……."

상급 신관들의 말이 비수가 되어 그녀의 가슴에 꽂혔다.

그녀가 억지로 기침을 참으려는 순간이었다.

"에춰!"

성대한 기침이 뿜어져 나갔다. 숲을 울릴 정도로 우렁찼다. 상급 신관은 혀를 차며 마차의 창문을 닫아버렸다. 기침 때문에 구박을 당하니 너무 서러웠다. 천계에 돌아가면 다 파문시키고 싶었다. 그녀는 나쁜 생각이 드는 걸 고개를 세차게 저어 간신히 막았다. 선배가 그 모습을 보고 웃었다.

"재채기에 저수지가 무너지겠는걸?"

그때였다. 그녀의 재채기 때문에 떨어진 나뭇잎이 나뭇가지

위에 올라갔다. 나뭇가지가 흔들리더니 떨어져 나가며 마른 흙 위에 꽂혔다. 마른 흙이 갈라지며 흙 안에 있던 돌들이 떨어졌다. 돌들이 떨어진 곳은 거대한 바위였다. 거대한 바위가 흔들리더니 경사면을 따라 굴러떨어졌다.

드르르르륵!

거대한 바위가 루나의 앞에서 겨우 멈추었다. 선배가 기겁하며 그녀를 바라보았다.

"괘, 괜찮아?"

"네, 괘, 괜찮아요. 저, 저는 운이 좋은 편이거든요."

행운은 늘 그녀와 함께했다. 그녀는 여신이었으니까.

갑자기 행렬이 멈추자 마차에 있던 상급 신관이 창문을 열고는 인상을 찡그렸다. 그러다가 무언가를 보며 경악하다니 마차에서 뛰쳐나왔다.

"으, 으아아!"

"으악!"

상급 신관은 여신의 조각상이 있는 마차를 버리며 달려 나갔다. 앞에 있던 이들도 똑같이 비명을 질렀다.

루나는 고개를 갸웃하다가 옆을 바라보았다.

푸수수!

물이 뿜어져 나와 그녀와 선배의 몸을 적셨다. 저 앞에서 흙탕물이 밀어닥쳤다.

"괜찮아요! 선배! 제가 막을게요!"

그녀는 막대한 신성력이 있었다. 방어막을 쳤다. 웬만해서는 뚫리지 않을 것이다. 하물며 이런 흙탕물 따위는 장난도 아니었다.

신성력으로 이루어진 방어막에 물이 닿는 순간이었다.

지치칙!

방어막이 깜빡이더니 조금씩 깨져 나갔다. 기껏해야 흙탕물인데 어떻게 신성력으로 이루어진 방어막에 손상이 갈 수 있을까?

황금빛이 일렁이는 듯했다. 생각은 오래가지 않았다.

"으, 으아악!"

"꺄악!"

"미, 미친!"

거대한 물고기 떼가 흙탕물을 타고 파도처럼 몰려오고 있었다. 그녀와 선배는 도망칠 생각도 하지 못한 채 멍하니 그 광경을 바라보았다. 루나의 앞에 거대한 물고기가 다가왔다. 방어막이 허무하게 깨져 버렸다.

"아……."

물고기의 꼬리가 그녀를 후려쳤다.

"로라!"

희미해진 정신 속에서 선배가 멀어져 갔다. 그녀가 정신을 차렸을 때는 시간이 많이 지난 후였다. 온몸에 비늘이 붙어 있었고, 미끌미끌했다.

"정신이 들어?"

"선배……."

선배는 안도의 한숨을 내쉬며 그녀를 바라보았다.

"저수지가 무너졌어. 물고기 때문에 지금 난리도 아니야."

"물고기요? 아……."

그녀의 뺨은 붉었다. 물고기에게 귀싸대기를 맞았기 때문이다. 서러워서 눈물이 나왔다. 천막 안에 누워 있었는데, 천막에서는 물고기 비린내가 진동했다. 도저히 참을 수 없었다.

루나는 벌떡 일어났다.

"아직 움직이면 안 돼. 너 목뼈가 부러졌었어."

신성 마법으로 이어붙였지만, 목이 잘 돌아가지 않았다.

"선배, 아니, 엘리제여."

"응?"

"사실 난 로라가 아니라 여신 루나이다."

선배가 눈을 깜빡이며 루나를 바라보았다. 그 못 믿는 눈빛에 루나는 천막 밖으로 나왔다. 선배는 그녀가 걱정되어 따라나왔다.

"잘 보아라!"

루나가 거룩한 몸짓으로 두 손을 펼쳤다. 이제 빛기둥이 내려오며 천계로 귀환이 될 것이다. 그렇게 가만히 있었다.

빛기둥이…… 곧…….

그녀는 하늘을 바라보았다. 새똥이 떨어지며 그녀의 이마에 부딪혔다. 재수가 더럽게 없었다.

선배는 한숨을 내쉬며 그녀를 바라보았다.

"제정신이 아닌 걸 보니 더 쉬어야 해."

선배는 멍한 표정이 된 루나를 강제로 침대에 눕혔다.

"왜, 왜 안 되지?"

그는 침대에서 두 손을 뻗는 루나를 보며 고개를 저었다.

'참 딱한 아이야. 나라도 잘 챙겨줘야겠어.'

정말 착한 아이인데 머리가 이상해졌다. 선배는 생각했다.

일본은 일본 능력자 협회가 해산된 직후, 급격한 몰락을 맞이했다. 게이트는 연맹에서 관리하게 되었고, 국제 사회에 도움을 청할 수도 없었다.

검은 복장을 한 정체를 알 수 없는 단체가 활개를 치며 전국으로 흩어진 능력자 단체를 말살했다. 게다가 여러 정치적인 악재까지 겹쳐 혼란 그 자체였다. 연맹에 의해 고위 능력자들이 모두 연행되었고, 일본의 무녀 역시 잡혀갔다.

일본 능력자는 명맥이 끊겼다. 고위 능력자는 모두 기괴한 기술만 지니고 있을 뿐이었다. 살아남은 일본의 능력자들이 칠룡회 잔당들과 우연히 합류했다. 그들 역시 똑같은 처지였다. 서로 말을 해보니 깊은 오해가 있었음을 깨달았다. 알고 보니 모두 이진우가 파놓은 계략이었다.

이대로 당할 수는 없었다. 한국은 10개의 게이트를 얻었다고 한다. 다른 나라의 정부와 치열한 협상 중이었다. 현재 한국의 위치는 갑 중의 갑이었다. 적어도 G&P, 그리고 한국에 심대한 타격을 주고 싶었다. 게이트 사태를 일으켰던 아티팩트 데이터를 통해, 아티팩트를 만들었다. 그걸 위해 능력자 협회에 남아 있는 모든 자원이 들어갔다고 해도 과언이 아니었다. 그러나 불안정하고 작았다.

칠룡회와 일본의 능력자는 한국에 은밀히 밀입국했다. 거의 모든 지부가 사라진 터라 굉장히 고생을 해야 했다. 그들이 도움 없이 벌벌 떨어가며 JW 게이트 근처에 도착했을 때는 이미 노숙자 꼴이었다. 최후의 힘을 쥐어짠 복수였다. 그 끔찍한 광경이 JW 게이트에 펼쳐진다면 그보다 더 기쁜 일은 없을 것이다. 그래! 다 같이 망하는 것이다!

일본 능력자 칸지는 결연한 표정으로 고개를 끄덕였다. 그는 한때, 일본에서 많은 인기를 끌었던 기사였다. 하지만 지금은 냄새나는 누더기를 둘러쓰고 있는 거지에 불과했다. 그리고 예비 테러리스트였다.

그의 품에는 마력 폭탄과 데이터를 추출해 만든 아티팩트가 있었다. 다른 능력자들도 마력 폭탄을 가지고 있었다. 마침 가장 사람이 많은 주말의 오후였다.

칸지는 가장 사람이 많은 곳에 마력 폭탄을 떨어뜨렸다. 칸지가 JW 게이트 근처까지 갈 수 있도록 시선을 분산시켜 줄 것이다. 그가 마력 폭탄을 떨어뜨리고 달려 나갈 때였다. 그때 누군가 자신의 어깨를 잡았다.

"손님."

"어……?"

칸지는 깜짝 놀랄 수밖에 없었다. 어깨를 잡을 때까지 기척조차 느낄 수 없었기 때문이다. 그는 고개를 돌려 뒤를 바라보았다. 경비원 복장을 한 남성이 폭탄이 든 주머니를 들고 있었다. 이름표에는 제임스 딘이라고 적혀 있었다. 그는 부드럽게 웃으며 그를 바라보고 있었다.

"쓰레기 투기는 곤란합니다."

힘으로 떨쳐내려 했지만 움직이지 않았다. 기사였던 자신의 힘이 통하지 않았다.

"억!"

"윽!"

그건 주변에 있던 다른 능력자들도 마찬가지였다. 풍선을 들고 있던 여성 직원이 그의 동료를 기절시키더니 어디론가로 끌고 갔다. 노점에서 요리하던 남자가 들고 있던 주걱을 던지자 칠룡회의 기사 출신이었던 능력자가 그대로 쓰러졌다.

그 능력자는 바닥에 쓰러지지 않았다. 빠르게 다가온 청소부가 아주 자연스럽게 커다란 쓰레기통을 들이대자 그 속으로 빨려 들어갔다. 주변에 수많은 관광객이 있었지만 아무도 눈치채지 못했다. 그들은 아무런 소리도 없이 조용히 사라졌다. 너무나 허무한 결과였다.

'도, 도대체 무슨 일이⋯⋯.'

칸지는 이해할 수 없었다. 몸부림치려 했지만, 몸이 굳은 것처럼 움직이지 않았다. 무슨 일개 경비원의 힘이 이렇게 강하단 말인가?

칸지는 경비원이 들고 있는 마력 폭탄을 바라보았다. 저게 터지게 되면 부상을 입겠지만 그래도 어떻게든 벗어날 수 있을 것 같았다.

"흠."

경비원은 주머니를 바라보다가 그대로 주먹을 쥐었다.

피잉! 푸쉬쉭!

손에서 번쩍하는 빛과 함께 작은 소음이 새어 나왔다. 경비원이 손을 열자 연기가 흘러나왔다.

퍼억!

엄청난 속도로 다가온 손날이 칸지의 목을 후려쳤다. 칸지가 쓰러지기 전에 본 것은 자신을 향해 다가오는 커다란 쓰레기통이었다.

"역시 움직이기 시작한 건가."

제임스 딘은 심각한 표정이 되었다. 그는 노점으로 다가가서 날카로운 눈으로 노점 상인을 바라보았다.

"와플, 딸기 맛."

"카페라떼는?"

"얼음 빼고."

"그렇군요. 알겠습니다."

노점 상인은 고개를 끄덕인 후 자리를 비웠다. 그 순간 JW 관할 지역 보안이 세계 최고 수준을 능가하게 되었다.

"제임스 형, 문화센터 쪽에서 미아가 발견되었데요."

"아, 네! 제가 가겠습니다."

"네, 아, 형 말 놓으시라니까요."

"그래도 선배이신데 제가 어떻게 그렇습니까?"

제임스 딘에게 다가온 경비원이 고개를 설레 저었다. 그는 미아 발견 구역으로 달려갔다. 레이첼이 우는 아이를 달래고 있었다. 이 평화를 끝까지 지키고 싶었다.

마을은 손님맞이로 분주해 보였다. 던전 정화를 위해 여신 교단 사람들과 에호스 백작가의 사람들이 온다고 한다. 에호스 백작가에 소속된 상단도 온다고 하는데, 셀레나와 관련된 일 같았다.

진우는 교역소에 가보았다. 외지에서 온 상인들이 물건을 팔 수 있게끔 만들어져 있었다. 그러나 농작물과 조각상을 제외하고는 아무것도 없었다. 조각상은 나무를 깎아 만든 여신상이었다. 아름답기는 했다.

'음⋯⋯.'

여신은 중간계의 메인 히로인이었다. 딱히 매력이 있다고 보기는 힘들었다. 여신 교단이 굉장히 타락해 있는데, 아무런 책임감도 느끼지 않고 주인공과 웃고 떠들었다. 머리에 꽃밭만 들어 있다는 인상이 강했다. 좋게 말하면 천진난만.

'뭐, 깊게 생각하고 읽으면 안 되는 소설이긴 했지.'

진우는 그렇게 생각하며 고개를 끄덕였다. 그래도 여신은 착하긴 하니까 말은 통할 것 같았다. 아무튼, 물이 부족해 깊은 숲속까지 가서 물을 떠와야 한다고 하는데, 그마저도 마을 전체가 쓰기에는 부족했다. 당장 손님맞이도 힘들 지경이었다.

'내 탓이니……'

상황이 나빴다. 이번 상단과의 교역이 꽤 큰 기회인 것 같았다. 불행까지 없애줬는데 셀레나가 악역으로 빠지게 되면 안 되니, 가능한 한 도와주도록 하자.

셀레나와 경비대원들이 손님맞이를 하러 가고 있었다. 그러다가 헐레벌떡 뛰어오는 경비원이 뭐라 말하자 깜짝 놀라며 빠르게 뛰어갔다. 무언가 급한 일이 있는 것 같았다. 진우는 성소로 돌아갈까 하다가 마을 사람들에 섞여 뒤따라갔다. 길을 따라가니 비린내가 진동했다.

진우는 멈춰 설 수밖에 없었다.

"길이……."

"저, 저수지가……. 물고기?"

저수지가 처참하게 터져 버렸다. 마치 폭포를 보는 것처럼 산비탈을 따라, 흙탕물과 물고기가 뿜어져 나가고 있었다. 마차가 나무 위에 걸려 있는 게 보였다. 그리고 그 아래 귀족으로 보이는 남자가 힘없이 붙어 있었다.

"저, 저주야……. 이, 이 땅은 저주받았어."

남자는 물고기의 비늘과 점액질 범벅이었다. 굉장히 끈끈한지 나무에 붙어서 떨어지지 않았다. 셀레나뿐만 아니라 경비대원들, 그리고 마을 사람들은 침을 꿀꺽 삼켰다.

"정말…… 저주가 존재한 건가?"

"신이 우리를 버렸어."

"아, 아…… 루나시여."

그럴 만한 광경이었다. 흙탕물이 쏟아져 나오고 기괴하게 커진 물고기들이 흘러나오며 모든 것을 휩쓸어 버렸다.

초보자 던전의 갑작스러운 변화. 영지 내부에 던전 출연. 그리고 기괴한 물고기 떼까지. 저주가 아니고서는 설명할 방법이 없었다.

'이건…….'

시간이 지나서 기운이 희석되면 잠잠해지겠지 했는데, 저수지가 터져 버렸다. 오히려 황금의 군주가 악의 화신보다 더 미친놈 같았다. 중간계에서 고삐가 풀리니 이런 일이 생겨버렸다. 차라리 흑염룡이 나을 뻔했다. 마을 사람들이 충격에 비틀거렸고, 흐느끼는 이들도 있었다. 양심에 찔렸다.

"그저 재해일 뿐이다! 일단 사람들을 구하도록!"

셀레나가 마을 사람들을 진정시켰다. 마을 사람들이 나무에 걸린 사람과 물고기 떼에 묻혀 있는 사람들을 꺼냈다. 다행히 점액질이 섞인 물에 풍부한 기운이 섞여 있어 질식해 죽은 사람은 없었다.

"우, 우웨엑!"

"커헉!"

덕분에 정신을 차리고 있는 사람들도 많았는데, 그게 오히려 더 고문이었다. 힘겹게 마차를 내리자, 늙은 신관이 물고기와 개구리, 그리고 도마뱀들에게 파묻혀 있었다.

"무, 물을……."

그는 큰 루비가 박힌 반지와 화려한 장신구를 끼고 있었다. 점액질에 엉망이 되었긴 했지만, 복장도 화려했다. 셀레나가 유리병에 든 포션과 가죽 주머니에 든 물을 건넸다.

신관이 벌컥벌컥 마시다가 부들부들 떨더니 다 토해냈다. 물은 따듯했고, 정수했다고는 하지만 비린내가 남아 있었다. 입안에 가득한 비린 맛이 오히려 더 증폭되는 느낌이었다.

"쿠에엑! 크억!"

신관의 숨이 넘어갈 것 같았다. 몸이 부들부들 떨렸다.

진우의 눈에 셀레나가 당황하는 게 보였다. 늙은 신관은 꽤 신분이 높아 보였다. 얼굴에 있던 점액질이 그의 입안으로 빨려 들어왔다. 진우의 표정이 절로 찡그려졌다. 엄청 비려 보였다.

'음…….'

자신 때문에 죽으면 곤란했다. 마을 사람들 틈에서 지켜보고 있던 진우는 아공간에서 물과 음료수를 꺼냈다. 아공간에 손을 넣을 때 붕대가 살짝 풀리며 아공간 안으로 스며들어 갔다. 플라스틱병이기는 하지만 유리병과 비슷한 형태를 하고 있으니 괜찮을 것 같았다.

진우는 그에게 다가갔다. 셀레나가 진우를 올려다보았다. 진우는 다른 사람들과는 다르게 굉장히 깔끔했다. 풍기는 분위기가 절대 평범한 사람으로는 보이지 않았다. 특이해 보이는 검은 로브를 두르고 있었는데, 검었지만 깨끗해 보였다. 후광이 비치는 것 같았다. 천천히 다가오는 모습은 거룩해 보이기까지 했다. 실제로 황금의 군주에 의해 술식이 작동하고 있었다. 마을 사람들은 지금까지 진우가 곁에 있었다는 걸 알고는 깜짝 놀랐다.

일단 물을 얼굴에 뿌렸다. 신선한 물이 닿자, 신관의 호흡이 정상으로 돌아왔다. 왜인지 몸을 부르르 떨었다.

"아, 아……."

신관이 눈물을 주르륵 흘렸다. 깨끗한 물이 흘러가더니 주변에 있는 점액질들이 사라졌다. 비린내도 빠르게 줄어들었다. 얼굴을 닦은 그것만으로도 눈물을 흘리는 걸 보면 역시 굉장히 고통받은 모양이었다.

진우는 음료수를 건넸다.

'비린 맛을 잡는 데는 역시…….'

레몬이 떠올랐다. 약간 탄산이 있는 레모네이드였다. 중간계에서도 그렇게 특이한 것은 아니었다. 신관이 조심스럽게 음료수를 마셨다.

"아!"

신관의 눈빛이 흐려졌다. 멍한 표정이 되었다. 정신이 없어 보이기는 해도 괜찮아 보였다. 진우는 페트병을 회수하고는 주변을 바라보았다. 물이 필요한 많은 사람이 있었다. 식료품을 가득 담은 아공간에 물도 아주 많았다.

아낌없이 주도록 하자.

"물을 담을 곳이 있습니까?"

"네? 네! 잠시만요!"

멍하게 있던 셀레나가 진우의 말에 화들짝 놀라며 빠르게 경비대원들에게 지시했다. 곧 커다란 항아리를 가져왔다.

'어차피 마법사라고 했으니……'

앞으로 마법사 컨셉으로 가는 것도 괜찮을 것 같았다. 마법사는 신분이 보장되어 있으니 말이다.

"제가 물이 좀 있는데, 드리겠습니다."

진우는 항아리에 손을 넣었다. 아공간에서 페트병을 꺼내 물을 따랐다. 빈 페트병은 바로 회수했다. 시선도 신경 쓰였고, 중간계의 좋은 환경을 오염시키기는 싫었기 때문이다. 항아리에 물을 채우고 나자 모두 자신을 바라보고 있었다.

"감사합니다."

"아닙니다. 물은 충분히 있으니 드리겠습니다."

셀레나의 말에 진우는 그렇게 말할 수밖에 없었다. 비린내와 점액질에 고통받는 사람들이 보였다. 입에서 손바닥만 한 물고기가 튀어나오기도 했다.

클린 마법이나 그런 걸 해주고 싶기는 했으나, 그가 할 수 있는 일은 그저 물이나 음료수를 지원해 주는 일뿐이었다. 마을에서 가지고 온 모든 항아리에 물을 따랐다. 근처에 비어 있는 저장 탱크가 있어 그곳에도 물을 퍼부었다. 물이 살짝 빛나는 것 같아 고개를 갸웃했다.

[D]축복받은 생수

황금의 권능에게 축복받은 생수. 황금의 마력이 깃들어, 생수가 생명수로 변모했다. 생명수를 마시게 되면 축복으로 인해 전반적인 능력이 향상되고, 정력이 좋아진다. 또한, 사랑에 빠질 확률이 높아진다.

진우는 식료품과 캠핑 도구가 들어간 아공간을 확인해 보았다. 황금빛이 감돌고 있었다.

"······괜찮겠지."

마을 사람들이 항아리를 나르며 열심히 사람들을 구출하고 있었다. 어쨌든, 좋은 일이었다.

진우는 바닥에서 펄떡이는 물고기를 바라보았다.

'갑자기 회가 당기네.'

정보의 마안으로 보니 민물고기이지만 기생충은 없었다.

진우는 물고기를 챙기고 마을 밖에서 성소를 통해 집으로 돌아왔다. 물고기를 주방에 올려놓고 회를 뜨고 있을 때였다. 진우가 나타난 것을 감지한 유나가 주방 쪽으로 다가왔다.

"참치······ 는 아니고, 처음 보는 물고기군요."

"맛있겠지?"

"다리가 달린 물고기는 처음입니다."

"음?"

진우는 도마 위에 있는 물고기를 바라보았다. 조그마한 다리가 달려 있었다.

에호스 백작의 영지는 여신상을 생산하며 여신 교단과 좋은 관계를 맺고 있었다. 교단에게 검증을 받는 것이 저주 걸린 영지, 그리고 저주받은 영주라는 오명을 벗을 유일한 방법이었다.

셀레나는 에호스 백작의 과한 요구를 받아들이면서까지 부탁을 할 수밖에 없었다. 그녀가 익힌 흑마법 때문에 벌어진 사태라고 주장하는 이들이 많았다. 영지 운영권을 다른 귀족에게 빼앗긴 것도, 그 주장 때문이었다. 자신이 익힌 흑마법이 영지에 나타난 이상 현상과 무관하다는 것이 밝혀지면, 다시 회복할 수 있는 희망이 생겼다.

'그렇게 될까?'

교단은 부패했다. 귀족과 붙어먹으면서 백성들의 고혈을 빨았다. 약혼이 취소되고 그녀가 코너에 몰린 것도 교단과 다른 귀족의 유착관계 때문이었다. 그녀의 부모님이 죽은 것도 교단의 부패 때문이었다. 그때 흑마법을 익힌 것이 화근이었다.

'차라리 계약을……'

여신이 백성을 버렸다면, 자신도 여신을 버릴 것이다. 금기라고 일컬어지는 마족과 계약을 해서라도 말이다.

그녀는 그렇게 다짐했다.

"아……."

셀레나는 망연자실했다. 눈앞에 광경은 저주라고 표현할 수밖에 없었다. 이런 불행은 늘 꼬리처럼 따라다녔다. 허겁지겁 신관들과 귀족들을 구했지만, 검증은 이미 물 건너갔다.

'고위 신관이…….'

고위 신관이 점액질에 쌓여 괴로워하고 있었다. 점액질은 닦아내도 잘 닦이지 않았고, 물도 소용이 없었다. 숨이 넘어갈 것 같았다.

그때, 나타난 것은 로브를 두른 사내였다. 진흙과 흙탕물로 범벅이 된 대지를 밟고 있음에도, 어떤 더러움도 묻어 있지 않았다.

셀레나는 볼 수 있었다. 더러움이 그를 비껴가고 있었다. 모든 더러움이 바다가 갈라지듯 밀려났다. 역겨운 비린내도 사라진 것 같았다. 햇빛을 받아 은은하게 빛이 감도는 물을 고위 신관에게 부었고, 황금빛 액체가 감도는 물을 그에게 건네주었다. 그리고 항아리를 물로 채웠다.

손을 넣으면 성스럽게 느껴지는 물이 가득 찼다.

마법일까? 아니, 그 광경은 기적에 가까웠다.

'도대체 누구…….'

고위 신관의 정신이 돌아왔다. 셀레나는 고위 신관에게 시선을 돌렸다가 그가 있는 곳을 바라보았다. 어느새 그는 사라지고 없었다.

"오, 오오……."

"정신이 드십니까?"

고위 신관이 벌떡 일어났다. 그는 성격이 고약하기로 소문이 났다. 부정부패한 전형적인 고위 신관이었다. 그가 자신을 악마 취급해도 어쩔 수 없는 상황이었다.

"이런 기적이……. 이런 기적이 있을 수가!"

고위 신관은 무릎을 꿇고 하늘을 바라보았다. 많은 재물을 가지면서도, 권력을 쥐면서도 만족할 수 없었다. 그러나 깨끗한 물로 세례를 받고, 황금빛 액체가 몸 안에 들어온 순간, 무언가 톡톡 쏘는 감각이 그를 청량하게 채워주었다. 청량한 기운이 사라지자 죄책감이 그 빈 공간을 채웠다.

후회되었다. 어째서 그런 하찮은 것들에 매달렸을까?

돌이켜보면 허무한 인생이었다. 아무것도 남지 않은 그런 인생이었다. 쓰레기 같은 인생이었다.

이제 다시 그런 길을 걷지 않으리라.

고위 신관의 신성력은 더욱 강해져 있었다. 감동으로 벅차올랐다. 그는 자신을 구해준 사내의 모습이 떠올랐다. 후광이 비치는 그의 모습은 너무나 거룩하고 성스러웠다. 그는 드디어 자신이 걸어야 할 진정한 길을 찾을 수 있었다.

"성자……. 성자다!"

"네?"

고위 신관이 셀레나의 손을 붙잡았다.

"성역일세! 이곳은 성역이야! 흐하하하! 고맙네, 고마워!"

셀레나는 얼떨떨한 표정으로 고개를 끄덕일 뿐이었다.

고위 신관인 알론소가 게른 마을을 성역으로 선포했지만, 성역이 그렇게 쉽게 되는 것은 아니었다. 적어도 고위 신관 셋이 있어야 임시 성역이 되었고, 교단에 승인을 받아야 했다. 성자 같은 경우에는 여신 교단의 최상위기구가 만장일치로 동의해야 임명이 되었다. 알론소가 성역과 성자를 주장했지만, 다른 신관들의 반응은 시큰둥했다. 오히려 자신들이 이곳에 와서 축복이 내려졌다고 주장을 했다.

하지만 알론소는 알고 있었다. 그는 깨우친 자였으니까.

알론소는 셀레나와 저주가 무관하다는 것을 증명을 해주기로 했다. 단지 가문에 대대로 내려오는 비전을 익힌 것에 불과하다고 말이다. 설령, 관련이 있다고 하더라도, 묻어둘 생각이었다. 그렇지 않으면 저주를 정화하기 위해 모든 걸 불태울 것이다. 성스러운 경험을 한 이곳을 불태울 수는 없었다.

'모든 게 신의 뜻이겠지.'

영지민이 건강해지고, 작물이 하루아침에 무럭무럭 자랐고, 치료를 위해 마을로 이송된 귀족들은 영지민들과 매우 가까워졌다. 이것이 여신의 뜻이 아닐 수가 없었다. 이 넘쳐나는 신성력이 그 증거였다.

"영주님께서 흑마법을 포기하신다면 제가 공식적으로 영주님은 저주와 무관하다고 보고하겠습니다. 곧 영지를 되찾으실 수 있으실 겁니다."

"알겠습니다. 배려 감사합니다."

"허허, 아닙니다. 모든 게 신의 뜻이겠지요."

알론소는 예전의 그 알론소가 아니었다. 남작 작위를 가진 영주를 마치 하인 다루듯이 했지만, 지금의 그는 평민에게도 고개를 숙였다. 셀레나의 흑마법 실력은 그리 높지 않았다. 대대로 내려오는 책을 매개체로 하여 흑마법을 쓰고 있었다. 흑마법을 포기하는 건 책을 파기하면 되었다. 셀레나는 영주관 깊은 곳에 보관해 놓았던 흑마법서를 가지고 왔다.

"굉장히 사악한 기운이 느껴지는군요."

알론소는 흑마법서를 바라보며 고개를 끄덕였다. 신성력을 집중하자 흑마법서가 파르르 떨렸다. 반발하듯 사악한 마기가 뿜어져 나왔다.

"음……!"

쉽게 파기가 되지 않았다. 알론소는 축성한 성수를 뿌렸다. 성자가 남기고 간 물을 축성한 성스러운 성수였다. 성수를 뿌리자 검은 연기가 치솟았다. 알론소는 간신히 몸에 지니고 있던 성스러운 쇠사슬로 책을 봉인했다.

[크, 흐흐, 이 땅을 위대한 군주님께 바치리라. 나와 계약하여라. 인간이 탐낼 수 없는 힘을 주겠다.]

흑마법서에서 섬뜩한 말이 들려왔다. 셀레나가 가슴을 부여잡으며 무릎을 꿇었다. 그녀의 마력은 책과 연결되어 있었다.

"하악……."

"괘, 괜찮습니까?"

알론소가 신성력을 불어 넣으며 그녀를 데리고 나갔다. 흑마법서와 거리가 멀어지니 그녀의 안색이 제대로 돌아왔다. 건물 밖으로 나오자 신관들이 몰려왔는데, 알론소가 모두 물러나라고 지시했다.

"흐윽……. 모두 저 때문이군요."

그 사악한 목소리를 들은 순간 셀레나는 깨달았다. 무관하다고 생각했던 일이 모두 저 자신 때문이었다. 자신이 소유하고 있는 흑마법서 때문이었다. 영지에 있었던 변고도, 저수지에 있었던 저주도.

알론소는 눈물을 흘리고 있는 그녀를 위로했다.

"이유가 있는 시련일 겁니다. 여신께서 그분을 셀레나 님께 보내지 않으셨으니……."

"그 성자…… 말씀이신가요? 으윽!"

"지금은 견뎌내셔야 합니다. 제가 도와드리겠습니다."

알론소의 얼굴이 어두워졌다. 저 흑마법서가 매개체가 되고 있었다. 이런 사악한 짓을 벌인 존재는…….

'군주…….'

분명 군주라고 했다. 신을 초월한 존재. 고대의 기록 중에 군주가 중간계를 지배하리라는 예언이 있었다. 교단에서는 이단이라 하며 인정하고 있지 않지만, 여신조차 감당하기 힘든 사악한 존재라고 기록되어 있었다. 알론소는 고위 신관이기 때문에 그러한 극비를 알고 있었다.

알론소는 조용히 기도를 올렸다.

그때부터 셀레나는 잠을 자지 못했다. 사악한 말들이 그녀를 계속 유혹했다. 군주에게 복종하라고, 그렇게 속삭였다. 군주에게 복종만 하면 복수할 힘을 주겠다고 말했다. 마을은 활기를 띠고 있었지만, 셀레나는 그렇지 않았다.

그렇게 시간이 지났을 때였다. 누군가 마을에 도착했다.

진우는 결국 민물고기를 먹지 못했다. 맛은 있어 보였지만, 조금 그랬기 때문이다. 물고기에게 생긴 이상 현상은 아무래도 황금의 군주 때문인 것 같았다.

마계와 같은 사태는 일어나지 않을 것이다. 황금의 군주가 탐욕의 군주처럼 민폐이기는 하지만, 그래도 그렇게까지 사악하지는 않았다. 중간계에서는 악의 화신이 잠잠한 게 다행이었다. 진우는 시간을 내어 일을 처리하고 보고를 받았다. 연맹에서 만남을 청하는 바람에 시간을 빼앗기기도 했다.

"요즘 엘라랑 형 쪽은 어때?"

"활발하게 편지가 오가고 있습니다. 어쩌면 만남이 이루어질지도 모르겠군요."

"만남?"

진우가 유나를 바라보았다.

"네, 이번에 단독 콘서트가 있을 예정입니다. 이민우 측에서 아주 많은 지원을 했습니다."

"그렇군. 거 참⋯⋯."

진도가 천천히, 그리고 확실하게 나아가고 있었다. 얌전한 애들이 더 한다고, 만나게 되면 완전 끝장을 보지 않을까?

아무튼, 사랑이란 좋은 것이다.

진우는 마을을 위해 이것저것 챙기고는 성소를 통해 중간계로 돌아왔다. 마을 주변까지 풍기던 비린내가 말끔하게 사라진 상태였다. 마을을 가기 전에 저수지 쪽으로 가보니 흙탕물에서 파닥거리던 물고기도 모두 사라지고 없었다. 저수지 사태가 있은 지 얼마 지나지 않은 시점이었다.

'음, 그래도 물고기니까⋯⋯.'

식용으로 쓰지 않았을까?

에호스 영지와도 가까운 편이니 그럴지도 몰랐다. 물고기가 발이 달려서 도망치지는⋯⋯.

'음⋯⋯.'

진우는 고개를 저었다. 천천히 걸어 마을로 돌아왔다. 마을 근처에는 약초나 과일을 키우는 밭이 있었다. 풍경이 많이 달라졌다.

'이건 예상했어.'

하지만 황금의 권능이 물에 섞여 들어갔을 때 예상했던 결과였다. 거대한 과일이 열렸고, 약초가 무슨 갈대처럼 치솟아 있었다. 황금의 군주다운 권능이었다. 마을의 사정을 생각해 보면 잘된 일이었다.

휘잉! 쿠웅!

커다란 나무가 쓰러졌다. 진우가 고개를 돌려 보니, 노인이 도끼로 나무를 베고 있었다. 체구가 작고 허리가 굽혀진 노인이었다. 도끼를 지팡이 삼아 이동하다가 도끼를 들었는데, 팔에 힘줄이 생기더니 근육이 팽창했다.

파앙!

나무가 터져 나가며 쓰러졌다. 노인은 능숙하게 밧줄을 나무에 묶더니, 무거운 나무를 질질 끌고 갔다.

"흘흘……. 삭신이 쑤시는구먼."


[-T]축복받은 마을 노인
생명수를 먹고 기력을 되찾았다. 너무 많이 되찾았다.


진우는 고개를 끄덕였다. 능력이 향상한다고 하니, 육체 능력도 상승한 것 같았다. 근력 향상 수준이 저 정도일 줄은 몰랐지만, 어쨌든 예상 범위 안이었다. 예상외의 광경은 마을 근처에 가니 펼쳐졌다. 귀족으로 보이는 이들이 있었다.

저수지 사태 당시 구출된 이들이었다. 마을 사람들과 애틋한 시선을 교환하거나 손을 잡고 산책을 하는 등, 기이한 광경이 펼쳐져 있었다. 이런 조그마한 마을에서 행복해 죽겠다는 표정이었다.

귀족이 저럴 수 있을까?

중간계는 귀족들의 권위가 지랄 맞기로 유명했다. 판타지에 흔히 나오는 그런 망나니 귀족들이었다. 원작 소설에도 그렇게 나와 있었다. 그런데 그런 귀족들이 평민의 신분인 마을 사람들과 아주 즐겁고 애틋한 시간을 보내고 있었다.

'뭐, 서로 좋으면 그걸로 된 거지.'

사랑은 좋은 것이니까 말이다.

진우가 마을 입구로 다가가니 경비원이 보였다. 그는 진우를 보자마자 흠칫 놀랐다. 경비원들끼리 눈치를 주다가 진우를 바라보았다.

"들어가도 됩니까?"

"네! 무, 물론입니다. 안으로 드시지요."

바로 마을 안으로 들어올 수 있었다. 마을 분위기는 확 바뀌어 있었다. 안 좋은 상황임에도 불구하고 활기가 넘치고 있었다. 거대한 짐을 짊어지고 가는 여인들과 나무 위로 단번에 점프를 하는 아이들이 보였다. 정말 여러 의미로 활력이 넘쳤다.

신관들과 마을 사람들이 모여 있는 것이 보였다. 셀레나도 있었는데, 그들에게 설교하는 신관이 있었다. 진우가 구해준 늙은 신관이었다.

"여신님께서 기적을 베푸셔서……."

여신을 찬양하는 말을 하고 있었다. 이번 일도 여신이 내린 자비라고 설명하고 있었는데, 그런 걸로 넘어가면 좋을 것 같았다. 말도 안 되는 일이 벌어지기는 했지만, 그래도 수습이 되었으니 여신도 나름대로 이해해 줄 것이다.

셀레나가 보였다. 왜인지 표정이 어두워 보였다.

신관들과 친하지 않아서일까?

원작에서는 자세히 나오지는 않았지만, 셀레나가 교단의 파벌을 타락시킨 걸 보면 사이가 좋지 않은 것 같기는 했다.

진우가 다가오자 모두 진우를 바라보았다. 셀레나가 먼저 다가왔다.

"이, 인사가 늦었군요. 셀레나 블라디 알타미아입니다."

"반갑습니다."

고위 신관은 설교를 바로 마치고 진우에게 다가왔다.

"허허, 안녕하십니까? 여신 교단의 고위……. 아니, 그저 여신을 모시는 늙은이 알론소라고 합니다."

알론소는 도움을 주어서인지 진우에게 호의적이었다.

진우는 일단 이곳을 거점으로 삼기로 했다. 감시해야 할 악역인 셀레나도 있었고, 영지에 있는 던전을 수습하기에도 딱이었다. 진우는 머물 수 있을 만한 여관을 찾고 싶었다. 보석도 있으니 돈이 부족하지는 않을 것이다. 아니면 셀레나를 통해서 마을에 물건을 팔아도 괜찮을 것 같았다.

진우는 셀레나를 바라보았다. 고민이 많아 보였다.

"혹시 이곳에……."

진우가 입을 떼자 알론소와 셀레나의 고개가 동시에 획 하고 돌아갔다. 매우 진지한 표정이었다.

"허허! 역시 바로 알아보시는군요."

"제가……."

진우가 무슨 말이냐고 물으려 할 때였다.

쿠웅!

무언가 터지는 소리가 났다.

"여, 영주님! 교, 교회에서……."

"검은 연기가!"

교회에서 짙은 연기가 솟구치고 있었다. 여신 조각상이 떨어져 나가며 머리부터 꽂혔다. 단순한 화재는 아니었다.

'마기?'

평범한 연기가 아니라 마기였다. 진우는 중간계에서 마기를 보게 될 줄은 몰랐다.

'가봐야겠군.'

무슨 일인지 궁금했다. 셀레나와 알론소를 따라 건물 안으로 들어가니 책 한 권이 공중에 떠올라 있었다. 쇠사슬에 둘러싸인 채 마기를 내뿜고 있었다. 그렇게 랭크가 높아 보이지는 않는데, 마기를 내뿜고 있다 보니 인간들에게는 치명적이었다.

[D+]셀레나의 소환 마법서

셀레나 가문에 대대로 내려오는 흑마법서. 초급 흑마법을 익힐 수 있으나, 더 높은 경지로 나아가기 위해서는 마족과 계약을 해야 한다. 생명수로 인해 강화된 상태이고, 군주의 마력에 반응해 마계와 완전히 연결되어 있다.

셀레나가 가지고 있던 마법서였다. 원작에서는 저 마법서를 통해 마족과 계약을 하고 악역으로 각성하게 되었다.

알론소는 식은땀을 흘리며 깜짝 놀랐다. 바닥에 소환진이 그려지더니 쇠사슬이 박살 났다. 더욱 짙은 마기가 치솟았다.

"소, 소환되다니! 이 마기는…… 서, 설마 고위 마족?"

알론소의 말대로 마기를 뚫고 나온 건 고위 마족이었다. 진우도 알고 있는 마족이었다. 사업 계획서를 발표했다가 진우에게 한 소리 듣고 눈물을 찔끔했던 고위 마족이었다.

'흑마법서 판매 전략.'이라는 사업 계획서였다. 진우는 계획서를 보자마자 바로 폐기처분을 했다. 열정만 엄청나게 넘치는 고위 마족으로 기억하고 있었다.

"후, 흐하하하하!"

고위 마족은 고개를 치켜들고 웃었다. 나름대로 챙겨입고 온 티가 확 났다. 고위 마족이 한 차례 망토 자락을 펼치더니 손으로 얼굴을 가리고는 약간 상체를 비틀었다. 손가락 사이로 안광이 번뜩였다.

"크흑!"

알론소는 고위 마족을 보며 비틀거렸다. 다른 신관들도 마찬가지였다. 너무나 사악한 포즈였다. 알론소의 입에서 격한 기침과 함께 흘러나왔다. 어째서인지 두 손이 덜덜 떨렸다. 처음 느껴보는 손가락이 오그라드는 감각에 그는 극심한 두려움을 느꼈다.

"……"

진우는 잠시 말이 막혀 가만히 있을 수밖에 없었다.

"드디어 나를 불러 냈군. 군주님께 중간계를 바치겠다!"

셀레나와 신관들이 두려운 눈으로 마족을 바라보았다.

알론소는 신성력을 뿜어내며 대응했다. 그러나 고위 마족이 마기를 일으키며 신성력을 가볍게 튕겨냈다.

셀레나는 절망적인 표정이 되었다. 최악의 상황이었다. 이 모든 일이 자신 때문이었다. 자결을 해서라도 이 사태를 막고 싶었다. 그러나 몸이 마기 때문에 움직이지 않았다.

'제, 제발……'

누군가 저 사악한 존재를 막아준다면, 모든 걸 바칠 수 있었다.

"어리석군. 기껏해야 마왕급밖에 되지 않는 여신 따위를 믿고 있다니. 군주님께서 내려주신 위대한 힘을 보여주겠다."

고위 마족에게는 신성력이 통하지 않았다. 마기를 일으키려 했다. 중간계에서는 힘이 극도로 약해졌지만, 그걸로도 충분했다.

고위 마족은 포즈를 취하며 옆으로 오른손을 뻗었다. 그 위압감에 모두가 숨을 삼켰다. 오직 진우만이 한숨을 내쉬고 있을 뿐이었다. 마기를 일으키려다가 옆에 서 있는 누군가를 발견했다. 무척이나 어이없다는 눈으로 바라보고 있었다.

'감히 그런 눈으로……'

고위 마족은 인상을 찡그리며 그를 자세히 바라보았다.

"응?"

"……."

"어?"

"……."

자신의 눈이 의심되는지 눈을 문지르고는 진우를 바라보았다. 그러다가 피식 웃고는 고개를 설레 젓다가 다시 진우를 바라보았다. 흠칫했다. 품에서 커다란 안경을 꺼내 쓰고 다시 진우 쪽으로 고개를 돌렸다.

"아……."

"……."

고위 마족의 몸이 완전히 굳어버렸다. 식은땀이 줄줄 흘렀다. 두 눈이 마구 흔들렸다.

"구, 구, 군……."

입을 막아야 했다. 진우는 빠르게 왼손을 들었다. 절대 말하지 말라는 제스처였다. 그러자 고위 마족이 입을 닫더니 고개를 마구 끄덕였다. 알론소는 그 광경을 멍하니 바라보았다. 성자께서 성스러운 왼손을 들자 고위 마족의 몸이 마비된 것이다.

"마족이…… 괴, 괴로워하고 있다?"

"신성력을 더 집중시키게! 형제자매여! 성자께서 우리와 함께하시고 계신다네!"

알론소의 말에 신관들이 전력을 다해 신성력을 내뿜었다. 진우가 빨리 마계로 돌아가라고 은밀하게 손을 휘저었다. 그

손짓은 굉장히 우아하고 성스러워 보였다. 황금의 군주가 작동하여 은은한 금빛 궤적까지 만들어냈다. 성스러운 지휘였다.

알론소는 바로 그 손짓을 따라하기 시작했다. 신관들도 마찬가지였다.

"효과가 있다!"

"오오!"

고위 마족은 어찌할 바를 몰랐다. 이러지도 저러지도 못하고 신성력을 그대로 처맞고 있었다.

"……좀 가라고."

진우가 아주 작게 그렇게 말하자 바로 이해하고는 빠르게 고개를 끄덕였다.

"시, 실례했습니다!"

그렇게 말하더니 고개를 꾸벅 숙이고는 사라졌다. 고위 마족이 마계로 돌아감과 동시에 마기가 치솟으며 지붕이 뚫렸다. 그 구멍을 타고 태양 빛이 내려왔다. 태양 빛이 진우를 환하게 비추고 있었다. 동시에 소환 마도서에 불꽃이 일렁이더니 맹렬하게 타오르기 시작했다.

"아……."

셀레나가 털썩 주저앉으며 진우를 멍하니 바라보았다. 그녀를 잠 못 들게 했던 모든 것들이 사라졌고 몸과 마음이 한결 가벼워졌다.

[셀레나가 황금의 신도로 각성하였습니다.]
[셀레나의 암흑 마법이 황금의 암흑 마법으로 대체가 됩니다. 전직하였습니다.]

[B]황금과 악의 신도
예비 악당이었던 셀레나가 완벽히 각성하였다. 깊이 숨겨놓았던 악성이 깨어날지도 모른다.
*특수 기술
[B]사악한 행운

[황금의 성역이 탄생하였습니다.]

정적이 내려앉았다. 알론소와 신관들, 그리고 건물 밖에 있던 마을 사람들이 진우를 바라보고 있었다.
"……뭔가 급한 일이 있었나 봅니다."
진우는 난감해졌다.

고위 마족이 돌아간 직후, 성자가 나타났다는 소문이 급속도로 퍼져갔다. 영지에 저주를 내린 사악한 고위 마족을 성스러운 성자가 물리쳤다는 소문이었다. 고위 신관 알론소와 많은 신관이 이를 증언했다. 마침, 모험가들이 게른 마을 근처에 있는 던전을 확인해 보았는데, 정상적으로 돌아와 있었다. 저주가 풀린 것이다!

고위 마족은 그저 하수인에 불과하고 마왕을 뛰어넘는 존재가 대륙을 노리고 있다는 소문까지 퍼져나갔다. 교단에서는 말도 안 되는 소문이라며 일축했다. 여신의 권위가 하락할 것을 두려워해서였다.

셀레나를 검증하러 갔던 고위 신관 알론소가 셀레나는 저주와 무관하다고 발표했고, 이제 얼마 뒤면 셀레나는 다시 본래의 권위를 찾을 수 있었다.

에호스 백작은 얼굴이 일그러졌다. 선심을 쓰는 척하면서 상대를 농락하는 게 그의 취미였다. 선량한 얼굴은 그저 가면일 뿐이었다. 알타미아 영지는 대부분 넘어온 상태였고, 교단 검증을 통해 셀레나를 마녀로 만들 생각이었다. 그리고 가지고 놀다가 모든 걸 받아낸 이후에 처리할 계획이었다.

저주라고 소문을 퍼뜨려 귀족들을 움직인 것도, 교단을 움직이게 한 것도 그의 의도대로였다. 그는 사람이 좋은 척하면서 뒤에서 모두 조종하고 있었다.

저주는 과장된 면이 있었다. 에호스가 많은 조작을 했기 때문이다.

"성자라고? 성역이라고?"

고위 신관 알론소에게 뇌물은 잘 먹히지 않지만, 위축되고 있는 그의 파벌에는 많은 돈이 필요했다. 알론소를 따르는 신관들에게 막대한 뇌물을 주고 부탁을 했으니, 잘 유도해 주리라 믿었다. 게다가 셀레나를 추궁할 귀족들까지 딸려 보냈으니 전혀 문제가 없어 보였다. 그런데 갑자기 저수지가 무너졌단다.

귀족들은 돌아올 생각을 하지 않고, 신관들 모두 입을 싹 닦고는 모른 척했다.

'셀레나…… 숨겨둔 한 수는 있었군.'

셀레나의 수작이 분명했다. 그녀의 지모가 탐나 약혼을 하려 했지만, 오히려 잡아먹힐 것 같아 철저하게 빼앗기로 했다. 저주는 아주 좋은 구실이었다. 백작은 이대로 손에 다 들어온 알타미아 영지를 빼앗기기는 싫었다. 영지 통합이 된다면 왕국 내에서 그를 상대할 귀족은 몇 없게 된다.

"어떻게 생각하시오? 알론소 님께서 사악한 무언가에 홀린 게 아니겠소?"

"음……."

"아마도 그곳에는 거대한 악이 있겠지. 고위 신관 자리가 비면 차기 고위 신관은 테론소, 그대가 되겠군."

테론소는 고개를 끄덕였다. 그는 에호스 백작의 뜻을 알아들었다. 테론소는 신성력이 부족했지만, 음모와 정치 실력 하나로 중급 신관까지 올라온 자였다. 둘은 마주 보며 웃었다. 무언의 승낙이었다.

'음…….'

그러나 백작은 몸이 으슬으슬 떨렸다. 그는 그곳에 거대한 악을 넘어서는 존재가 있을지 꿈에도 생각하지 못했다.

진우는 진지하게 고민하기 시작했다. 게른 마을이 황금의 성역이 되어버렸다. 소유권이 진우에게로 넘어왔다. 물론, 라스칸 왕국의 법으로는 셀레나의 영지가 맞지만, 진우에게 모든 권한이 있었다. 셀레나도 그것을 인정하고 있었다. 성역은 왕국의 법을 넘어서는 신성한 영역이었다.

'성자라니······.'

신관과 마을사람들이 자신을 성자 취급을 하기 시작했다. 그게 굉장히 부담스러웠다. 성스러움과 거리가 먼 진우였다. 진우는 부정했지만 그럴 때마다 더욱 존경하는 눈빛으로 자신을 바라보았다. 셀레나는 황금의 암흑 마법을 능숙하게 다루기 시작했다. 황금의 암흑 마법을 익히면서 여신이 아닌 다른 길을 찾았다. 본래 고위 마족과 암흑 마법으로 이어졌고, 계약을 통해 타락하게 되었는데, 지금은 황금의 암흑 마법과 이어졌다.

"제가 해야 하는 일이 무엇인지 깨달았습니다."

셀레나는 각성한 이후로 많이 변했다. 한 꺼풀 벗겨진 느낌이었다. 마치 흑막 같은 느낌이 드는 웃음을 지었는데, 섬뜩한 느낌이 들었다. 카리스마도 대단했다.

진우는 일단 마계로 가서 고위 마족들을 불러 모았다. 쓸데없이 중간계에 간섭하지 말라는 지시였다. 그러자 활발히 활동하며 많은 문제를 일으켰던 흑마법사들이 음지로 돌아갔다. 성자가 나타난 이후의 일이라, 성자가 흑마법사들을 몰아냈다는 소문이 퍼졌다. 반은 맞고 반은 틀린 소문이었다.

'여긴 왜 이렇게 커졌데?'

마계에서 돌아오자 진우가 머물 곳이 마련되어 있었다. 진우가 머물 곳은 고위 마족이 소환되었던 곳이었는데, 셀레나의 지시로 마을 사람들과 신관들이 힘을 합쳐 영주관보다 거대하게 지어졌다.

'그래도 작은 마을일 뿐이니 별문제 없겠지.'

라고 생각했던 때도 있었다. 안일한 생각이었다.

진우의 눈앞에는 알론소와 신관들이 앉아 있었다. 신관들이 있으니 무언가 하기가 애매했다.

"안 돌아가나요? 고위 신관인데……."

"허허허! 성자께서 계시니 제가 있을 곳도 이곳이지요."

"저는 성자가 아닙니다."

"허어! 이렇게 겸손하실 수가! 성자께서도 성자가 아니라고 하시는데, 저와 같은 신관 따위가……. 흐음……."

알론소가 갑자기 상념에 빠졌다. 고위 마족마저 90도로 인사를 하게 만든 성자는 자신을 부정했다. 자신을 한없이 낮추고 있었다. 번뇌가 밀려왔다. 알론소는 아직도 자신이 고위 신관이라는 직책에 집착하고 있음을 깨달았다. 그의 안광이 번뜩였다.

"버려야 하는 것은 무엇인가?"

"버린 다라······."

알론소의 뒤에 앉아 있던 신관들도 영향을 받았는지 이상한 말을 해댔다.

[알론소가 새로운 교리를 깨우쳤습니다.]

*[T]교단이 나아갈 방향
*[E+]신이란 무엇인가?

뭔가 계속 발전해 나가고 있었다. 진우는 상념에 빠진 그들을 뒤로하고 황금의 성역에 대한 정보를 살펴보았다.

[A]황금의 성역

황금의 군주가 중간계에서 처음 지배하게 된 장소. 신도들은 충성도, 기여도에 따라 황금의 권능이 스며든 하사품을 받을 수 있다. 성스러운 하사품을 받게 된다면 충성도가 절대 떨어지지 않는다. 황금의 영역에 속한 자들은 성역에 영향을 받는다. 성향이 다소 변할 수도 있으나 걱정할 수준은 아니다.

*[C]군주님의 하사품: 기여도, 충성심에 따라 하사품이 지급된다. 언제든 회수할 수 있다.

*[B]성장: 성역에 소속된 자들이 성역 안에서 획득 경험치가 상승한다.

*인구 220명.

신규 인원: [E]검사 알린, [D]마법사 티냐, [E]궁수 할로······.


하사품은 중간계를 여행하기 위해 챙겨온 식료품이나 캠핑 도구 같은 것들이었다. 너무 많아 일일이 확인은 해보지 않았지만, 몇 개를 확인해 보니 랭크가 그렇게까지 높지는 않았다.

'지금 기여도가 가장 높은 사람은······.'

'축복받은 마을 노인'이었다. 진우가 머물 곳을 만들 때 가장 열심히 일했던 노인이었다. 하사품이 지급되었는데, 아공간에 있던 자양강장제였다.


[E+]빅하스D

황금의 군주가 지구의 물건을 중간계의 순수한 마력을 이용하여 강화하였다. 강력한 피로 해소 효과와 영구적인 체력 상승효과가 있다. 그리고 잠재력을 개방해 준다.


빅하스D는 몸에 굉장히 좋은 약이 되어 있었다.

'영지민이 늘어났네?'

마계로 갔다 온 사이 영지민이 늘어나 있었다. 새로 온 이들은 특이하게도 모험가들이 많았다.

이런 곳에 정착하다니 정말 기이한 일이었다. 이곳은 거의 아무것도 없는 촌이었기 때문이다.

진우는 마을 밖으로 나가보았다. 저수지로 길이 파괴되었음에도 방문객들이 갑자기 많아졌다. 성역 근처에 있는 던전에 도전하기 위한 모험가들이 대부분이었다. 저주가 풀렸다는 소문을 듣고 찾아온 이들이었다.

어디서 나왔는지 모르지만 알타미아 영지, 특히 게른 마을 근처에 있는 던전이 굉장히 좋다는 입소문이 났다. 성자를 보러 온 이들도 있었다. 조용한 마을에 모험가들이 방문하면서 시끄러워졌다. 몇몇 모험가들은 마을 사람들을 촌놈이라고 부르며 무시하거나 자신의 힘을 자랑했다. 원작에서도 자주 나오는 양아치들의 전형적인 모습이었다. 시끄러운 걸 보면 지금도 그러한 모험가가 있는 것 같았다.

모험가로 보이는 사내가 마을의 기물을 파손하며 난리를 쳤다. 초보를 벗어난 모험가 같았는데, 굉장히 위협적이었다. 진우는 자신이 나서서 처리할까 했지만, 마을 사람들의 분위기가 이상해 잠시 지켜보았다. 마을 사람들은 모두 음침한 미소를 짓고 있었다. 눈까지 얇게 휘어지며 입술이 쭈욱 찢어졌다. 마기 같은 것은 뿜어져 나오지 않았지만, 분위기 자체만으로 굉장히 악해 보였다.

'마족보다도 더 사악해 보이는데.'

진우가 그렇게 생각할 정도였다.

"클클클…… 젊음이구만. 젊은 혈기란 참 좋은 것이지."

"그러게 말입니다. 후후훗."

"오, 좋은 광물이구먼."

"네, '동굴'에서 캐왔어요."

노인이 그렇게 말하자, 바구니를 머리 위에 이고 있는 중년의 여인이 그렇게 말했다. 바구니 위에는 커다란 광석이 올려져 있었다. 두 손을 놓은 채 목의 힘만으로 버티고 있었다. 마을 사람들이 아무렇지도 않게 웃으며 바라보고 있자 모험가는 더 난리를 쳤다.

"이, 이익! 늙으면 곱게 뒈질 것이지 어디서 계속 훈수질이야?"

"흘흘흘, 젊은이, 그저 충고해 준 것일 뿐인데, 그리 화를 낼 이유가 있는가? 여관비를 제대로 내고 가던 길 가시게. 기물 파손비용도 부탁함세."

"던전 갔다 오면 갚는다니까? 외상 몰라? 귀먹었어?"

마을 사람들이 그 모습에 고개를 흔들며 소곤거리자 모험가는 얼굴을 구기며 허리에 있는 검을 뽑았다.

"이, 이 새끼들⋯⋯! 내가 누군지 알아?"

검을 뽑자 잠시 정적이 내려앉았다. 진우는 고개를 갸웃했다. 주변 분위기가 너무나 평온했기 때문이다.

"뽑았구먼."

"뽑았어."

"뽑았네요."

마을 사람들이 다시 그렇게 수군거렸다. 모험가는 기이함을 느꼈다. 보통 작은 마을 사람들은 검을 뽑으면 기겁하게 마련이었다. 모험가 길드의 정식으로 등록된 모험가는 그만큼 강해서 평민들이 제법 두려워했다. 이런 촌구석이라면 귀족도 없을 터였다. 그러나 이곳은 아니었다.

"뭐, 뭐야! 죽고 싶어?"

모험가가 그렇게 외치며 검을 허공에 휘두르자, 기다리고 있었다는 듯 경비대원이 달려왔다.

"검을 뽑아 겨누셨으니, 공식 결투를 청한다고 봐도 됩니까? 저희 영지에서는 라스칸 왕국에서 정한 결투법을 시행하고 있습니다."

"결투? 저 노인네랑?"

모험가가 어이없는 눈으로 노인을 바라보았다.

"흘흘, 이 노인네를 감당할 자신이 없는가? 요즘 젊은것들은 패기가 없단 말이야."

"이 영감탱이가 미쳤나."

경비원이 품에 있는 계약서를 건넸다. 패배할 경우 4년간 신분 강등 및 무급 봉사라고 적혀 있었지만, 모험가는 볼 것도 없다는 듯 사인했다. 라스칸 왕국의 법률에 따라 양쪽 모두에게 적용되었다.

'두고두고 천천히 괴롭혀주마.'

죽일 수는 없으나 마음껏 부려먹을 생각이었다. 모험가가 그렇게 생각하면서 검을 들었다. 노인은 허리를 펴며 지팡이를 들었다. 노인의 키가 갑자기 커진 것 같았다.

"잠시만 기다리게."

그러고는 옆에 있는 수레에 다가갔다. 돌들이 가득한 수레였다. 노인이 수레를 한 손으로 살짝 밀자 너무나 쉽게 앞으로 밀려났다. 고임목으로 놓은 쇳덩어리를 손에 들었다.

파앙!

지팡이에 끼우고 손날로 내려치니 공기가 터져나가는 소리와 함께 완벽하게 장착되었다. 모험가는 그 광경을 보고 흠칫했다. 뭔가 이상하게 돌아가고 있음을 감지했지만 되돌릴 수 없었다. 뒤돌아 있던 노인이 고개를 돌려 모험가를 바라보았다. 그의 눈빛이 기괴하게 번뜩였다.

"젊다는 건 참 좋은 거야."

"꿀꺽!"

끼기기긱!

손톱으로 무딘 날을 긁자 날이 날카롭게 섰다. 그 광경에 모험가가 침을 삼킬 수밖에 없었다.

"일할 날이 아주 많이 남았으니 말일세."

노인이 도끼로 변한 지팡이를 제대로 쥐었다. 근육이 부풀며 옷이 팽팽해졌다. 위기를 느낀 모험가가 검을 치켜들며 달려들려는 순간이었다.

댕강!

도끼가 모험가의 검을 가볍게 부러뜨리고 그의 코를 스쳐지나갔다. 코의 살갗이 벗겨지며 피가 주르륵 흘렀다.

"이런, 손이 미끄러졌구먼."

의외로 결투는 쉽게 끝났다. 모험자가 바닥에 주저앉으며 항복했다. 노인은 능숙하게 다시 도끼를 분리하고는 다시 수레 밑에 고정했다. 마을 사람들은 구경이 끝났는지 모두 할 일을 하러 갔다. 모험가는 굉장히 얌전해졌다. 노인은 품에서 교단 가입서를 꺼냈다. 정확히 말하자면, 알론소와 여러 신관들을 중심으로 만들어진 성자 교단이었다. 여신 교단에서 분리되어 나온 새로운 형태의 교단이었다.

"게른 마을의 교단에 가입하면, 봉사 기간을 1년 단축해 줄 수 있다네."

"아…… 네."

"허허! 젊은 친구라 그런지 역시 머리가 깨어 있구먼."

모험가는 멍한 표정으로 사인했다. 그는 노인을 올려다보았다. 노인의 벗어진 머리가 태양 빛에 반사되며 후광처럼 보였다.

"어, 어떻게 그렇게……. 그런 힘을……."

노인은 진지한 표정으로 그를 바라보았다.

"자네 빅하스D라고 아나?"

"빅, 빅하스?"

대단한 어감이었다. 마치 전설 속에나 나오는 굉장한 아티팩트의 이름 같았다.

"흘흘, 오늘 하는 걸 봐서 그 비밀을 알려주겠네. 자! 할 일이 많으니 어서 움직이도록 하세."

노인은 모험가를 데리고 바로 작업장으로 향했다. 진우를 발견하자 공손히 인사했다. 모험가도 눈치를 보다가 따라 했다. 방금 난리를 쳤던 모험가가 맞는지 의심스러울 정도였다.

[초보 모험가 아돌룬이 황금의 성자 교단에 가입했습니다.]

어째서 영지민이 늘어났는지 알 수 있는 대목이었다.

"음……."

거의 납치 수준이었다.

교단 따위를 만들 생각이 없는 진우는 굉장히 난감했다. 마을이 확장되어 가고 있었고, 나무로 지은 집이 벽돌로 바뀌고 있었다. 질퍽했던 바닥은 어느새 포장되어 있었다.

진우는 공사장을 바라보았다.

"히, 힘듭니다. 으윽!"

"허어, 난리를 칠 때는 언제고 어찌 이렇게 허약한 모습을 보이는가."

말투는 정중하였으나 '일해라, 노예야!' 같은 광경이 펼쳐져 있었다.

'일단 던전으로 가보자.'

진우는 던전에 가보았다. 게른 마을의 뒤에 나타난 던전이었다. 던전으로 가니 아이들이 던전 앞에서 뛰어놀고 있었다.

"받아!"

"와!"

포이즌 슬라임이 공 역할을 하며 바닥을 굴러다녔다. 여인들이 던전 안에서 광석을 캐오고 있었다.

"제인 알지? 그 귀족이랑 결혼한다더라. 이곳에서 산데."

"낭만적이네."

수다를 떨면서 광석을 나르고 있었는데, 마치 냇가에서 빨래하는 여인들을 보는 것 같았다. 성역 안에 해당하니 경험치 버프가 적용되고 있었다.

[따가움! 따가움!]

미궁의 목소리가 들렸다. 마을 사람들에게는 그저 음침한 바람 소리로 들릴 뿐이었다. 던전의 벽을 부수며 마을로 나르고 있었다. 자업자득이었다. 회수하면 더 이상해질 것 같으니 당분간 지켜보기로 했다.

'이거 왠지…….'

진우는 문득 던전에서 마을을 내려다보았다. 마을은 처음 왔을 때보다 훨씬 커져 있었다. 던전에서 채취한 돌로 지어서인지 요상한 기운이 흘러나왔다. 고개를 들어 하늘을 보니 먹구름이 잔뜩 껴있었다. 그리고 마을 중앙에는 진우가 머무는 숙소가 있었다. 현재 또다시 증축하고 있었다.

'뭔가 마왕성 같은데.'

진우는 피식 웃었다. 그럴 리가 없었기 때문이다.

단지…… 아주 조금 변형된 촌구석 마을일 뿐이었다. 적어도 마을 밖은 평화로우니 말이다.

to be continued

# 9클래스 소드 마스터

이형석 퓨전 판타지 장편소설
WISHBOOKS FUSION FANTASY STORY

검성(劍聖), 카릴 맥거번.
검으로 바꾸지 못한 미래를 다시 쓰기 위해
과거로 돌아오다.

이민족의 피로 인해 전생에 얻지 못한 힘.

'이번 생에 그걸 깨주겠다.'

오직 제국인들만이 사용할 수 있었던,
그 힘을!

'나는 마법을 익힐 것이다.'

이제, 검(劍)과 마법(魔法).
두 가지의 길 모두 정점에 서겠다.

9클래스 소드 마스터: 검의 구도자